WEELDERIG EN FASCINEREND

EEN ROMANTISCH VERHAAL OVER EEN MOLLIG MEISJE IN EEN KLEIN STADJE

GROOT EN MOOI
BOEK TWEE

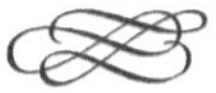

MARY E THOMPSON

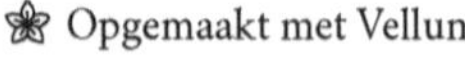 Opgemaakt met Vellum

GROOT EN MOOI

Welkom terug bij Groot en mooi. Waar maat slechts een getal is en mannen van vrouwen met rondingen houden. Heb het leven lief en geniet van elke dag, want het leven is beter met cupcakes.

BOEK 2

Weelderig en fascinerend

Soms zijn vrienden de beste minnaars.

We waren vrienden. Gewoon vrienden. Dat hij me de hele tijd mee uitvroeg? Dat was onschuldig flirten. Hij meende het niet.

Maar hij meende het wel toen hij een date met iemand anders afsloeg omdat we al plannen hadden. Hij haalde me op, praatte met mijn vrienden en checkte de hele avond hoe het met me ging. Net als een date. En die goedenachtkus?

Daar was niets vriendschappelijks aan.

Hij kuste als een man die precies wist wat hij wilde. En ik? Ik kon niet ontkennen dat ik hetzelfde wilde. Ik hoopte maar dat ik niet gekwetst zou raken door hem toe te laten.

OPDRACHT

Voor mijn kinderen, die me meer liefde geven dan ik ooit voor mogelijk had gehouden.

HOOFDSTUK 1

IK WILDE IN de liefde geloven, echt waar. Met zoveel voorbeelden van liefde in mijn leven zou je denken dat het voor mij makkelijk zou zijn geweest om in de liefde te geloven. Het huwelijk van mijn ouders was na tweeëndertig jaar nog steeds ijzersterk, mijn oudere zus was gelukkig getrouwd, zelfs mijn beste vriendin had de liefde gevonden.

Maar ik bleef sceptisch.

Ik dacht ooit dat ik verliefd was, maar daarna heb ik geleerd hoe eenzijdig liefde kon zijn. Liefde is niet gelijkwaardig of eerlijk. Liefde is geen partnerschap. Liefde is manipulatie en bedrog. Liefde is jezelf boven een ander stellen.

Liefde is niet het verhaal dat ze je in de films vertellen.

Films laten je geloven dat liefde gelukkig kan zijn, zelfs eerlijk. Ze laten mensen zien die er alles aan doen om de persoon van wie ze zeggen te houden te helpen en te verzorgen. Maar ik wist wel beter.

Liefde liet altijd haar ware aard zien. Liefde zei altijd het een en deed het ander. Liefde deed je pijn zodra je je verdediging liet zakken.

Liefde was nooit onvoorwaardelijk.

Maar met vriendschap kon ik wel omgaan. Vriendschap was makkelijk. Ik kon van mijn vrienden houden omdat we nooit iets van elkaar eisten. Vriendschap was anders dan liefde, op alle goede manieren.

Daar herinnerde ik mezelf aan toen ik op een vroege zaterdagochtend mijn werk binnenliep. Ik kende Aidan Matthews al jaren, omdat we samenwerkten op de regionale luchthaven van Winterville voor de Transportation Security Administration, oftewel de TSA. Aidan was precies het soort man waar een vrouw van zou kwijlen. Hij had donkerbruin haar dat altijd net iets te lang leek, zachte bruine ogen die zijn geheimen verborgen hielden, brede schouders, biceps zo groot als mijn hoofd, een borstkas waar je dagenlang van kon smullen, buikspieren om van te dromen en handen die een vrouw konden laten schreeuwen.

Dat is tenminste wat ik heb gelezen.

Het schreeuwgedeelte dan, niet over zijn handen.

Seks en liefde waren voor mij al lang geleden uit mijn leven verdwenen. Aidan zorgde er bijna voor dat ik het weer wilde proberen, maar ik kon onze vriendschap niet verpesten. We hadden een gemakkelijke, leuke vriendschap. Het soort waarbij het grappig was dat hij me elke week mee uit vroeg. Al een paar maanden. Iedere week weer. Eerlijk gezegd was hij me murw aan het maken, maar ik wist dat het niet serieus was. Als je Aidan kon zien, zou je het begrijpen. Hij was een man die iedere vrouw wilde en ik was de vrouw die geen enkele vrouw wilde zijn.

Met maat 50 was ik nauwelijks wat een man een goede vangst zou noemen. Ik was degene die ze zouden teruggooien. Degene naar wie ze zouden kijken en zich afvragen waarom ik nooit voor mezelf zorgde, niet wat hij kon doen om voor me te zorgen.

Natuurlijk zou ik hem niet laten als hij het probeerde. Geen enkele man, niet alleen Aidan. Ik zorgde voor mezelf.

Ooit was ik een lust voor het oog, slank en levendig. Op de middelbare school was ik een cheerleader. Het soort waar elk meisje een hekel aan had, met een grote glimlach, een flinke voorgevel en die perfecte paardenstaart die alleen cheerleaders lijken te kunnen maken. Ik kreeg veel aandacht van mannen en mijn klasgenoten. Ik kreeg makkelijk vriendjes en was dom genoeg om op een van hen verliefd te worden.

Van hem heb ik mijn lesje geleerd. Alle lessen die me hebben gemaakt tot wie ik was, heb ik van hem geleerd.

Ik leerde ook dat dikke meiden niet verkracht worden. Het was voor mij reden genoeg om de kilo's eraan te eten.

Wat me weer bij Aidan bracht. Als we geen vrienden waren, zou ik aannemen dat hij dacht dat ik een makkelijk nummertje zou zijn en dat hij me daarom steeds mee uit vroeg. Maar naarmate we closer werden, realiseerde ik me dat hij een goede vent was, en bovendien bloedheet. Hij kon elke vrouw krijgen, maar leek mij achterna te zitten. Ik nam aan dat hij gewoon dacht dat hij mijn ego een beetje zou opkrikken.

Het was in ieder geval leuk om met hem te praten.

Ik liep de vergaderruimte binnen aan het begin van onze dienst. Aidan en ik werkten hetzelfde rooster, wat het altijd interessant hield. Je zou denken dat werken op een luchthaven spannend is, maar het was eigenlijk strontvervelend. De meeste reizigers gedroegen zich alsof ze vips waren, ook al waren ze niet anders dan alle anderen. Op een kleine luchthaven als Winterville hadden we maar één veiligheidscontrole, dus iedereen moest samen in de rij wachten. Meestal viel dat wel mee, maar af en toe had je zo'n passagier die dacht dat de rij voor hem opzij zou moeten gaan. Dat kon spannend worden.

Aidan gaf me een kop koffie, één melk en twee suiker, precies zoals ik het graag dronk, toen ik bij hem kwam. Toen ik hem bedankte, zei hij: 'Ik hoop je gewoon voor me te winnen. Ik begin me af te vragen of jij zo'n vrouw bent die alleen van een man houdt waar ze achteraan moet jagen.'

Ik grijnsde naar hem over de rand van mijn beker. 'Ik ben zo'n vrouw die niet van mannen houdt.'

'Oeh, echt? Laat me even van dat idee genieten. Kan ik daar een video van krijgen?' plaagde hij, waarbij hij mijn uitspraak met opzet verkeerd interpreteerde.

Ik gaf hem een tik op zijn arm en liet de kans niet onbenut om de stevige spier onder zijn shirt te waarderen. 'Je weet dat ik dat niet bedoelde. Ik bedoelde gewoon dat ik daten heb opgegeven. Mannen zijn te veel gedoe en liefde is geen realiteit.'

Ik zag iets door zijn ogen flitsen, iets als pijn of woede. Hij verborg het snel en zette zijn charme weer aan terwijl hij naar me toe leunde. 'Je hebt gewoon nog niet de juiste man ontmoet. Losers zijn het niet waard, maar een echte man, een die weet hoe hij je moet behandelen, zoals ik... Je zult me smeken om je nooit te verlaten als je me ooit een kans geeft.'

Ik gooide mijn hoofd achterover en lachte met hem mee, genietend van het licht in zijn diepbruine ogen. 'Werkt die openingszin ooit?'

Hij lachte harder en knipoogde naar me. 'Zeg jij het maar. Zorgt het ervoor dat je het heroverweegt om met me uit te gaan?'

Ik rolde met mijn ogen naar hem, lachend om de plagende twinkeling in zijn ogen. 'Als ik dacht dat je echt serieus was, zou ik erover nadenken, maar ik weet dat ik op het werk gewoon een afleiding ben. Ik twijfel er niet aan dat als je hier weggaat, een rij vrouwen je volgt, smekend dat je ze nooit verlaat.'

Aidans ogen werden smal, een uitdaging erin. Hij boog

dichterbij en opende zijn mond om iets te zeggen, maar onze baas, Miriam, kwam binnen voordat hij kon antwoorden.

'Oké, iedereen. Vandaag zou een vrij gewone dag moeten zijn. Gisteren was een goede dag hier en gisteravond is alles goed gegaan, dus we kunnen een rustige dag verwachten. Het enige nieuwe dat we hebben, is een vliegverbod voor één man. Zijn naam is Robert Stewart. Hier is zijn foto. Ik heb hem aan de lijst toegevoegd en de nieuwe updates bij jullie posten gehangen. Laten we aan de slag gaan.'

Ik dronk het laatste restje van mijn koffie op en liep met de anderen de vergaderruimte uit. Aidan pakte mijn elleboog vast toen we de deur uit liepen.

'Wat ga je vandaag na je werk doen?'

Mijn mondhoek krulde omhoog toen ik aan mijn plannen dacht. Het was pas een paar weken geleden dat ik Charlie had ontmoet, de eigenaresse van mijn nieuwe favoriete bakkerij, Bijt me!, maar ik was nu al dol op haar. Ze was grappig en lief, en haar cupcakes waren goed genoeg om elke man te vervangen. Die middag was haar grote openingsfeest.

'Ik spreek af met een paar vrienden bij de grote opening van Bijt me!, de nieuwe bakkerij in de stad. Hoezo?'

Aidan glimlachte, een rustige, wetende glimlach. Het maakte me nerveus. Plotseling zweette ik. Ik wist niet waarom hij glimlachte, maar het was een glimlach die me vertelde dat hij dacht dat hij me had. De rollen werden omgedraaid en ik had hem de sleutel in handen gegeven.

'Mag ik mee? Ik zou graag je vrienden ontmoeten en je eens zien als je je haar los hebt.'

Ik liet de adem die ik vasthield ontsnappen. Het was niet zo erg als ik dacht. Hij eiste niets, of manipuleerde me niet. Hij vroeg gewoon of hij mee mocht naar een openbaar evenement. Een waar mijn vrienden zouden zijn. Een die zou betekenen dat ik hem in mijn wereld toeliet. Een die mij de kans zou geven om net iets meer op hem te kwijlen.

'Ja hoor, waarom niet. Het feestje duurt bijna de hele middag, dus ik ga er na mijn dienst naartoe. Het is op Lake Effect Lane in dat winkelcentrum.'

Aidan knikte en liet mijn elleboog los. 'Ik weet waar dat is. Ik kijk ernaar uit om de middag met je door te brengen. En voor alle duidelijkheid,' zei hij terwijl hij dichterbij leunde. Zijn adem kietelde mijn oor en liet mijn hersenen alle kanten op spinnen, 'ik meen het altijd als ik je mee uit vraag. Nu ik weet dat je het nooit hebt overwogen, zal ik ervoor zorgen dat mijn bedoelingen in de toekomst duidelijker zijn.'

Mijn hartslag versnelde toen Aidans bezitterige toon door mijn aderen stroomde. In plaats van bang te zijn, zoals ik had verwacht, was ik onverklaarbaar opgewonden. Ik wilde hem bijna uitdagen om te zien wat hij precies zou doen om me van gedachten te veranderen.

Aidan deed zo snel een stap achteruit dat ik bijna omviel. Ik besefte niet dat ik tegen hem aan leunde, met mijn vingers langs zijn shirt glijdend, totdat hij bij me wegging. Een sluwe glimlach verscheen op zijn perfecte lippen en hij draaide zich om en liep naast me naar onze post.

Gelukkig voor mij stonden Aidan en ik samen achter het röntgenapparaat. Normaal gesproken hield ik het apparaat in de gaten en inspecteerde hij de tassen van dichterbij als we bij die post werkten. Dat kwam mij goed uit, omdat ik me kon verschuilen. Doordat ik uit het zicht was van de passagiers en de bemanning die door de luchthaven kwamen, was de kans klein dat ik denigrerende opmerkingen zou krijgen of commentaar op mijn gewicht zou horen.

Je zou denken dat reizigers wel betere dingen te doen hebben dan mij belachelijk te maken, toch? Helaas, als ze kwaad worden, reageren ze zich af op wie er ook maar in de buurt is. Omdat niemand het in zijn hoofd zou halen om tegen Aidan uit te vallen, kreeg ik de volle laag van hun onbeschoftheid, vooral als ik hun tassen moest inspecteren.

Aidan wist dat ik me graag verschool, ook al begreep hij niet echt waarom. Het was gewoon weer een van die dingen die bewezen dat hij een goede vriend was. Hij deed dingen om mij op mijn gemak te stellen, zonder dat hij hoefde te weten waarom.

Hoe kon ik er zelfs maar aan denken om dat te verliezen?

Mijn verraderlijke lichaam zou zich weer moeten afsluiten en terugkeren naar het celibataire leven dat het had geleid. Een vriend als Aidan verliezen was een paar uur van wat toch al niet leuk zou zijn niet waard. Ik zou liever een paar uur met hem zitten praten dan hem zwetend boven me te hebben en te moeten faken wat ongetwijfeld weer een vreselijk excuus voor seks zou zijn. Het was de tijd niet eens waard.

Ik wist dat er iets in mijn leven ontbrak, maar ik was er vrij zeker van dat ik het niet onder Aidan zou vinden. Ik wist niet waar ik het wel zou vinden, maar seks was voor mij nooit een antwoord geweest en dat zou het nu zeker ook niet zijn.

Ik zette de gedachten aan Aidan en de leegte in mijn leven van me af toen de medewerkers van de luchtvaartmaatschappij de veiligheidscontrole naderden. Er waren drie gates in de terminal en elke gate was voor een andere maatschappij, dus we moesten hun personeel controleren. Door de jaren heen hadden we ze allemaal een beetje leren kennen, ook al zagen we elkaar alleen maar in het voorbijgaan.

Maar dat was voor sommigen van hen meer dan genoeg.

Zoey Sanders was zo iemand. Een paar seconden om haar designerhandtas te scannen was altijd meer dan genoeg tijd om mezelf eraan te herinneren wat een kreng ze was. Het hielp niet dat ze perfect was met haar lange, glanzende bruine haar en perfecte amberkleurige highlights. Haar bruine ogen waren opgemaakt met die smokey look die beter bij een nachtclub dan bij een vliegveld had gepast, maar op de een of andere manier kwam ze ermee weg. Haar antracietkleurige kokerrok en getailleerde witte blouse accentueerden haar superslanke figuur, met een paar knoopjes te veel open voor het geval iemand nog niet wist hoe perfect haar borsten waren.

'Hoi Aidan,' koerde ze.

'Hé Zoey. Hoe gaat het met je vanmorgen?' vroeg Aidan met een glimlach. Ik haatte het als hij naar haar lachte. Dat kreng had al zelfvertrouwen genoeg en dan moest hij ook nog naar haar glimlachen alsof zij de zon liet opkomen. Ik werd er gek van.

Wat me enorm irriteerde.

'Veel beter nu ik weet dat jij hier bent om ons veilig te houden. Wat doe je vanmiddag na je werk?' Haar ogen gleden over hem heen, zonder te verbergen dat ze hem bekeek. Haar bedoelingen waren verdomd duidelijk. En hoewel ik geen enkel recht op hem had, haatte ik het dat ik er niets aan kon doen, behalve daar staan en luisteren hoe hij plannen maakte om haar later te neuken in plaats van met mij uit te gaan.

Stom, stom, stom.

'Sorry, Zoey, ik heb al plannen.'

Ik weet niet wie er meer verbaasd was, zij of ik. Aidan ging door, schoof haar tas naar het einde van de band en sleepte toen de handtas van de vrouw achter haar naar zich toe.

'En volgend weekend?' probeerde Zoey opnieuw.

'Ik weet het niet. Waarschijnlijk niet. Ik heb het nogal druk, Zoey.'

Ze pakte haar tas, maar leunde naar hem toe, waardoor hij inkijk had in haar blouse toen ze haar rug kromde. Hij keek niet weg van haar ogen en ik voelde mijn innerlijke slet een klein beetje juichen dat hij haar niet alleen had afgewezen, maar ook haar borsten niet met zijn ogen had uitgekleed.

'Je weet me te vinden. Altijd, Aidan,' spinde ze voordat ze zich omdraaide en wegliep. Ik rolde met mijn ogen, maar keek Aidan niet aan. Zoey was absoluut een van die vrouwen die seks leuk deden lijken. Ze moest wel beter zijn in faken dan ik. Wat kon het schelen? Ik had geen reden om jaloers te zijn op Zoey, we speelden in compleet verschillende competities, dus het was niet alsof ik echt met haar concurreerde. Maar het voelde goed dat Aidan zijn plannen met mij niet had afgezegd om met haar uit te kunnen gaan, en dat hij de dag met mij zou doorbrengen in plaats van aan Zoey te frunniken.

'Dus wat denk je dat die passagier op de No Fly-lijst heeft gedaan?' vroeg Aidan. 'De vorige had tien jaar lang geen kinderalimentatie betaald en ze probeerden hem in de gevangenis te krijgen. Wat denk je van deze?'

Ik lachte en verwelkomde het gesprek tussen Aidan en mij weer. Het was een terugkerende grap tussen ons, verhalen verzinnen voor alle passagiers op de No Fly-lijst. Het maakte de dag wat sneller voorbijgaan als we grappige dingen vonden in ons werk.

'Ik denk dat hij een rijkeluiskindje is dat wegliep toen zijn vader hem verbood om bij het circus te gaan.'

Aidan lachte met me mee, zijn handen streken de mijne toen hij naar het scherm reikte om het te pauzeren en de tas onder de röntgenstralen beter bekeek. Hij liet de tas weer verder rollen en keek naar me neer. 'Ik dacht dat zijn ex erachter was gekomen dat hij haar diamanten ring had ingeruild voor een zirkonia en de diamanten had verpand.'

'Oei, daar zou ik pissig van worden. Tenminste, als ik van diamanten hield.'

'Welke vrouw houdt er niet van diamanten?' vroeg Aidan geamuseerd.

'Nou, ik. Ik vind dat niemand anders me moet vertellen welke sieraden ik moet dragen. Diamanten zijn mooi, maar het voelt alsof iedereen een diamant heeft, tenminste iedereen die getrouwd of verloofd is. Ik heb liever iets ongebruikelijks, zoals tanzaniet.'

'Serieus?'

'Ja, het is prachtig. En het is anders. Ik ben ook fan van amethist, saffieren en peridoot, mijn geboortesteen. Ze zijn schitterend, maar anders dan een doodgewone diamant. Maar goed, het maakt eigenlijk niet uit. Geen enkele man zal ooit sieraden voor me kopen.'

'Ik wel,' zei Aidan zacht, zijn lippen zo dichtbij dat ik zijn adem in mijn nek voelde.

Ik gooide mijn hoofd achterover en lachte. 'Je bent hilarisch. Dat is net zoiets als me de hele tijd mee uit vragen. Je moet wel denken dat ik een heel laag zelfbeeld heb, om te blijven doen alsof je me leuk vindt.'

Aidans ogen ontmoetten de mijne en mijn adem stokte in mijn keel, maar voordat hij iets kon zeggen, begon onze ochtendspits, wat me de perfecte ontsnapping gaf aan zijn intense blik. En de rauwe lust die ik erin zag.

HOOFDSTUK 2

MET AIDAN AAN mijn zijde was onze dienst van negen uur zo voorbij. Voor ik het wist, kwam de volgende ploeg binnen en liepen Aidan en ik naar de personeelsruimtes.

'Kan ik je voor het feest ophalen?' vroeg hij toen we de personeelskamer binnenstapten.

'Eigenlijk wilde ik gewoon lopen. Ik woon daar vrij dichtbij en het is makkelijker om mijn auto bij mijn appartement te laten staan en erheen te wandelen.'

'Nog beter. Zal ik anders met je meelopen?'

Ik wist niet waarom hij er zo graag heen wilde, maar ik begreep al helemaal niet waarom hij met mij wilde gaan. Toch merkte ik dat ik het moeilijk vond om nee tegen hem te zeggen.

'Oké, is goed. Ik woon in Tree Branch Apartments, nummer 307.'

'Klinkt goed. Ik ga even naar huis om me om te kleden en dan ben ik er zo.'

Ik knikte terwijl ik hem de deur weer uit volgde. In één dag was alles tussen Aidan en mij veranderd en ik had het gevoel dat ik niet meer mezelf kon zijn bij hem. Hij had me gedurende de dag vaker van die roofdierachtige blikken toegeworpen en leek me vaker dan normaal aan te raken. Ik wist niet wat het allemaal betekende, maar ik begon me af te vragen of hij het al die keren dat hij me mee uitvroeg echt meende. Ik begreep niet waarom hij geïnteresseerd in me zou zijn, maar... Misschien had hij zijn hoofd gestoten zonder dat ik het wist. Of was hij gehypnotiseerd. Dat werkte toch?

Maar dat maakte allemaal niet uit. Aidan stond op het punt om mijn privéleven binnen te dringen, mijn vrienden te ontmoeten en me buiten het werk te zien. Ik kon het niet helpen me af te vragen wat mijn vrienden zouden denken als ik met een man aan kwam zetten, vooral eentje die ze niet kenden.

Ik wist dat mijn vriendin, Sam Reed, helemaal wild van hem zou worden, maar zij werd wild van elke man die ook maar een beetje aantrekkelijk was. Ik hield van Sam, maar soms kon ik haar gewoon niet begrijpen. Het was alsof ze een compleet andere taal sprak als ze het over mannen had, eentje die ik nooit had kunnen verstaan.

Alhoewel, Mandy was het de laatste tijd ook met Sams beoordelingen eens. Mandy en haar vriend, Xander, waren verliefd. Ze hadden elkaar toevallig ontmoet toen hij de klantenservice belde waar Mandy werkte en waren daardoor hopeloos verliefd geworden.

Natuurlijk zat ik erop te wachten tot hun droom uit elkaar zou spatten. Niet dat ik dat mijn beste vriendin toewenste, maar ik wist dat het zou gebeuren. Ze hadden al één probleem gehad en ik wist gewoon dat er iets anders zou gebeuren. En zoals gewoonlijk zou ik er voor Mandy zijn om haar te helpen de scherven op te rapen.

Thuis verruilde ik mijn uniform voor een lichtbruine capri en een zwart T-shirt. Mijn honingkleurige haar wilde niet meewerken, maar ik haalde er een borstel doorheen en besloot dat het maar goed genoeg moest zijn. Met een beetje mascara en wat lipgloss was ik klaar om te gaan. Bij de voordeur pakte ik de riem van Brownie, mijn driejarige Duitse herder.

Ik deed de deur open en zag dat Aidan net wilde aankloppen. Brownie, normaal gesproken een goede waakhond, keek naar me op voordat hij zijn hoofd tegen Aidans hand drukte. Hij knielde voor ons neer en wreef achter Brownies oren. 'Ik wist niet dat je een hond had. Hij is prachtig.'

'Dank je. Hij is drie. Ik heb hem uit het asiel. Ze dachten niet dat hij een volbloed was, maar als hij een kruising is, is het met iets anders groots. Je ziet de Duitse herder echter overal in hem terug.'

Aidan ging door met Brownie te aaien, die op de grond was geploft om zijn buik te laten zien. Aidan keek naar me op en beschermde zijn ogen tegen de middagzon. 'Wilde je hem gaan uitlaten of gaat hij met ons mee?'

Ik lachte. 'Nee, Brownie mag niet mee de winkel in. Hij eet alles wat niet vastgespijkerd zit. Ik wilde hem even uitlaten, omdat hij de hele dag alleen thuis is geweest.'

Aidan stond op en veegde het vuil van zijn knieën, waardoor mijn aandacht werd gevestigd op zijn enorme dijen die uit zijn cargoshorts probeerden te breken. Hij droeg sportschoenen en een T-shirt van de Buffalo Bills.

Om de een of andere reden zag hij er heerlijk uit.

'Laten we gaan. Ik loop met je mee. Doe je deur op slot.'

Ik glimlachte om zijn verzoek en liep toen de trap af naar het hondenveldje achter mijn gebouw. Brownie sprong opgewonden op en neer toen hij het hek zag. Zodra we binnen de omheining stonden, maakte ik zijn riem los en liet ik hem rennen over het grasveld dat het complex voor de bewoners had. Het was een van de redenen waarom ik überhaupt voor Tree Branch had gekozen. Honden zoals Brownie hebben de kans nodig om te rennen.

'Je ziet er leuk uit,' zei Aidan, zijn ogen strak op Brownie gericht. 'Ik heb je nog nooit zonder je uniform gezien.'

Plotseling verlegen, fluisterde ik 'dank je'.

Ik probeerde mezelf eraan te herinneren dat Aidan mijn vriend was. We waren al jaren vrienden en er was geen reden voor mij om me ongemakkelijk bij hem te voelen. Zelfs als hij echt met me uit wilde, hoefde ik me daar geen zorgen over te maken. Het zou toch nooit standhouden.

Brownie kwam naar ons toe gedenderd, vrolijk kauwend op een stok die hij aan de andere kant van de omheining had gevonden. Aidan bukte om hem op te pakken en Brownie sprong weg om te wachten tot hij hem zou gooien. Aidan plaagde hem een paar keer voordat hij de stok over het gras gooide. Brownie schoot erachteraan en greep hem in zijn ren van de grond.

Brownie kwam terug naar ons toe en Aidan gooide zijn stok nog een keer en wendde zich toen tot mij. 'Maak ik je ongemakkelijk? Doordat ik hier ben? Ik heb het gevoel dat je me hier niet wilt hebben.'

Ik vroeg me, niet voor het eerst, af hoe hij altijd leek te weten wat ik dacht of voelde. Ik wist dat ik hem de waarheid verschuldigd was, maar ik wist niet hoe ik hem de waarheid moest vertellen. Of zelfs een versie ervan die hem zou helpen het te begrijpen.

Anderzijds kon ik geen versie bedenken die mij hielp het te begrijpen. Dat hij daar was en een stok voor mijn hond gooide, voelde te veel als iets wat een stelletje zou doen. Te veel alsof we iets begonnen. Iets waar ik niet zeker van was of ik er klaar voor was. Zelfs al was het met Aidan, die ik meer vertrouwde dan welke man dan ook in tien jaar.

Hij kende mijn verleden niet, de leugens en het trauma waar ik doorheen was gegaan. Dat kon hij onmogelijk weten. Maar hij was bereid om te vechten tegen wat me ook tegen-hield. Hij had me al maanden mee uitgevraagd en ik had eindelijk ja gezegd. Ook al was het geen date, het was meer dan ik had gehad in een langere tijd dan waar ik aan wilde denken.

'Ik denk dat ik niet weet hoe ik me bij jou moet gedragen. Op het werk hebben we zo'n gemakkelijke vriendschap, maar buiten het werk is alles anders. Ik weet niet zo goed wat ik tegen je moet zeggen of hoe ik me bij jou moet gedragen.'

Brownie jankte aan onze voeten toen Aidan hem negeerde en zich tot mij wendde. 'Claire, kijk, ik vind je leuk. Dat heb ik nooit voor je verborgen. Nou ja, misschien de eerste paar jaar toen we elkaar leerden kennen, maar de laatste tijd niet. Ik ben nog steeds dezelfde man met wie je luncht en die je elke dag lastigvalt. Als er nooit iets tussen ons gebeurt, wil ik nog steeds dat we vrienden zijn.'

Ik haalde diep adem, wetende dat hij gelijk had en dat ik me dwaas gedroeg. Er was niets veranderd. En dat hoefde ook niet. Hij zei dat hij me leuk vond, niet dat hij met me uit wilde. Hij was nog steeds dezelfde vriend met wie ik de hele dag had gepraat, alleen droeg hij nu kleding waardoor ik meer van zijn ongelooflijke lichaam kon bewonderen.

'Je hebt gelijk. Het spijt me. Goed, laten we naar Bijt me! gaan.'

'Dat zou ik heel graag doen,' mompelde Aidan, net luid genoeg zodat ik het kon horen. Mijn mond viel open en hij haalde alleen zijn schouders op en gooide de stok nog een keer voor Brownie.

Met Brownie weer opgesloten in het appartement, liepen Aidan en ik naar Bijt me! Ik kon al zien voordat we in de buurt kwamen dat de tent bomvol zat. Mensen zaten buiten aan bistrotafeltjes en er stond een rij tot buiten de deur.

We drongen naar binnen en ik zag Mandy, Xander, Sam en Addi achterin aan een tafeltje zitten. Ze hadden één stoel over, maar aan de menigte te zien kostte het hun alle moeite om die vrij te houden. Ik wees ze aan Aidan aan en hij volgde me door de menigte, zijn hand rustend op de onderkant van mijn rug terwijl we liepen.

Ik zal niet liegen: zijn warme hand op mij liet tintelingen over mijn ruggengraat lopen.

Sam zag ons als eerste en haar ogen lichtten op toen ze merkte dat Aidan achter me liep. Ze stootte Addi aan, die bijna stikte in haar cupcake. Mandy en Xander waren te druk met de hoestbui van Addi om te beseffen dat we de tafel naderden.

'Gaat het?' vroeg ik aan Addi toen we bij de tafel kwamen.

Ze knikte en de tranen stroomden over haar wangen door het zuurstofgebrek. Sam gaf haar nog een laatste flinke klap en richtte toen haar bruine ogen en verbluffende glimlach op Aidan. 'Ik ben Sam. Ben je een vriend van Claire?'

'Voor nu wel, ja. Ik'm Aidan', zei hij terwijl hij haar hand pakte. 'Sam? Jij bent de fotografe, toch?'

Sam grijnsde naar hem en wapperde flirterig met haar wimpers. 'Inderdaad. Ik moet bekennen dat ik echter niets over jou weet, Aidan. Hoe ken je Claire?'

Voordat hij kon antwoorden, trok Xander Mandy van haar stoel op zijn schoot. Hij schoof Mandy's stoel naar Aidan toe. Hij keek mij aan en nam toen plaats tussen Sam en Xander. Ik liet me vallen op de stoel aan de andere kant van Xander, naast Addi.

'Claire en ik werken samen voor de TSA. Jij moet Addi zijn,' zei hij en hij richtte zijn blik op haar. 'En ik twijfel er niet aan dat jullie twee Xander en Mandy zijn.'

Xander stak zijn hand achter Mandy's rug om en schudde die van Aidan. Mandy en Addi glimlachten naar hem. Sam leunde dichter naar hem toe en zei, 'Dus Aidan, vertel ons eens wat over jezelf. Wat doe je in je vrije tijd?'

'Niet zo heel veel. Ik ben aan het sparen om een huis te kopen, dus ik werk eigenlijk heel veel. Meestal neem ik elke week een of twee extra diensten, dus ik werk ongeveer zes dagen per week.'

'Dat wist ik niet,' flapte ik eruit voordat ik mezelf kon tegenhouden.

'Waar wil je iets kopen? Ik woon in een geweldige buurt. Je moet een keertje langskomen om te kijken,' zei Sam, terwijl ze naar hem toe leunde.

Ik balde mijn vuisten onder de tafel en probeerde niet van streek te raken. Ik had geen enkel recht op Aidan en Sam mocht zoveel flirten als ze wilde. Ik had al tijdenlang de afspraakjes met Aidan afgewezen en Sam voldeed net zo makkelijk als ik aan het profiel van zijn droomvrouw. We hadden dezelfde maat, maar zij had grotere borsten en dat lange, golvende haar dat gemaakt leek te zijn voor natte dromen. Haar diepbruine ogen trokken mensen aan en gaven je het gevoel dat je al je geheimen wilde prijsgeven.

Dat was natuurlijk deels waarom ze zo'n fantastische fotografe was. Mensen wilden graag in de buurt van Sam zijn. Mensen wilden voor haar glimlachen en vertrouwden haar genoeg om haar die verborgen momenten te laten vastleggen die niemand anders zag.

Ik was altijd jaloers geweest op hoe makkelijk zij met mensen praatte, waardoor koetjes en kalfjes zo eenvoudig leken. Waar ik me altijd in de schaduw had verstopt, was Sam niet bang om in de schijnwerpers te stappen als dat nodig was.

Aidan draaide zich naar Sam en zei, 'Dat klinkt geweldig. Ik heb echt nog niet besloten waar ik wil kopen. Ik hou van Winterville, dus ik weet dat ik in de stad blijf, maar ik weet gewoon niet waar. Ik zou graag een hond willen, dus ik hoop op een plek met een tuin plus twee of drie slaapkamers. Ik hou van koken, dus ik wil een geweldige keuken.'

'Heb je een opknappertje overwogen? Ik heb mijn huis voor een prikkie gekregen en heb alles zelf opgeknapt,' vroeg

Xander. Ik was plotseling dol op Mandy's vriendje omdat hij de aandacht van Sam afleidde.

'Dat heb ik overwogen. Ik werk graag met mijn handen, maar ik ben bang dat ik te veel hooi op mijn vork neem en het nooit afkrijg.'

Xander lachte. 'Ik weet precies wat je bedoelt. Ik had ook dat gevoel. Het kostte me ongeveer twee keer zo lang om mijn huis af te krijgen als ik dacht. De sleutel is echter om iets te vinden waar je in kunt wonen terwijl je het opknapt.'

Aidan knikte en draaide zich naar Xander om hun gesprek voort te zetten. 'Ja, ik wil zo snel mogelijk verhuizen. Als ik iets met meer dan één badkamer vind, weet ik dat het niet zo erg zal zijn om het huis op te knappen, zolang het structureel in orde is. Jij klinkt alsof je wel het een en ander van huizen afweet.'

Xander grijnsde. 'Ja, ik werk bij Colton Construction als projectmanager. Ik ben elektrotechnisch ingenieur, maar ik heb ook wel wat fatsoenlijke mechanische vaardigheden.'

'Laat hem je niet voor de gek houden. Hij is geweldig. Zijn huis is verbluffend. Je zou eens moeten langskomen om te kijken. Hij heeft foto's van hoe het was, om je echt een idee te geven van wat er gedaan is. Het is geweldig,' schepte Mandy op over Xander.

Ik wierp een snelle blik op Sam en zag haar de hele situatie in zich opnemen. Gelukkig was ze niet boos, ze observeerde alleen maar. Ik dacht ook niet dat ze wist dat ik enige interesse in Aidan had.

Wacht. Shit, ik wilde hem niet leuk vinden.

Sam was mijn vriendin. Als zij hem wilde, moest ik een stap terug doen en hem aan haar laten. De laatste tien jaar had ik mezelf immers voorgehouden dat liefde geen deel zou uitmaken van mijn toekomst. Sam verdiende een kans.

'Dat zou ik zomaar kunnen doen. Bedankt. Het is overweldigend om na te denken over het kopen van een huis en al die dingen. Ik ben 31, maar ik heb nog steeds het gevoel dat ik niet oud genoeg ben voor verantwoordelijkheid. Tegelijkertijd ben ik het huren zat.'

'Mijn buurt heeft wat oudere huizen, maar de meeste zijn in redelijk goede staat. Ik geef je mijn nummer, dan kun je langskomen om mijn huis te bekijken. We kunnen ook door de buurt zwerven, zodat je kunt zien hoe het zou zijn om mijn buurman te zijn,' sprong Sam weer in het gesprek.

'Bedankt, Sam. Dat klinkt geweldig. Ik ben echt blij dat Claire me vandaag heeft laten meegaan. Ze heeft het de hele tijd over jullie, maar ik had geen idee dat jullie allemaal zo gastvrij zouden zijn.'

Xander lachte en wreef over Mandy's rug. 'Zorg er alleen voor dat je niet een van deze dames tegen je in het harnas jaagt. Je zult het duur moeten bekopen als je een van hen kwetst. Ik heb mijn lesje snel geleerd.'

'Ja,' viel Sam hem bij. 'Ik moest Mandy een paar weken geleden ophalen van een feestje toen ze dacht dat Xander een klootzak was. Hij kon haar meer dan 24 uur niet vinden. We komen voor elkaar op.'

'Loyaliteit is een zeer belangrijke eigenschap in een persoon. Ik zou geen vriendschap of relatie overwegen met iemand die niet loyaal is. Het zegt veel over jullie allemaal dat jullie zulke goede vrienden zijn.'

'Claire en Mandy zijn al sinds jaar en dag vriendinnen, maar Addi en ik hebben hen op de universiteit ontmoet. We hebben elkaar alle vier in ons eerste jaar leren kennen en zijn sindsdien beste vriendinnen. We zouden alles voor elkaar doen.'

Ik kromp ineen toen Sam haar hand op Aidans arm legde. Hij keek ernaar en vervolgens met een glimlach weer naar haar op. Ik wilde blij voor ze zijn. Om het allemaal los te laten en gewoon te accepteren dat een van mijn beste vriendinnen een andere vriend van me leuk vond. Ze waren perfect voor elkaar, veronderstelde ik.

Ik wilde het laten gebeuren, maar ik kon niet vechten tegen de misselijkheid die door me heen golfde. De jaloezie die uit het niets kwam en me onderuit zou hebben gehaald als ik niet al zat.

Ik had ja moeten zeggen. Al was het maar een van die keren dat hij me mee uit vroeg, had ik moeten instemmen. Slechts één keer en ik zou de vrouw zijn met wie hij aan het flirten was. In plaats daarvan flirtte hij met een van mijn beste vriendinnen. Iemand met wie ik nooit zou vechten om een man.

Daarom moest ik weglopen, want ik kon niet gewoon blijven zitten en toekijken.

HOOFDSTUK 3

Ik sprong op van mijn stoel en snelde naar de toonbank. Charlie stond te praten met een vrouw die iets kleiner was dan ik en een zwarte korte broek en een rood gemarmerde top droeg. Ze had blond haar tot op haar schouders en blauwe ogen, zo blauw als de lucht op een zonnige dag. Ze straalde zelfvertrouwen uit.

Dit was een vrouw van wie ik iets kon leren.

'Hoi Claire,' begroette Charlie me hartelijk. 'Hoe gaat het met je?'

'Hoi Charlie. Het feest is geweldig. Het lijkt erop dat je een groot succes bent,' antwoordde ik, en ik ontweek haar vraag over hoe het met me ging. Ik mocht Charlie graag, maar we kenden elkaar pas een paar weken. Ze vroeg het om een praatje te maken, niet omdat ze mijn hele verknipte verhaal wilde horen.

'Ja, ik ben best tevreden met hoe alles is gegaan. Claire, dit is mijn goede vriendin, Alexandria Mack.'

Ik draaide me naar de blondine en glimlachte. Ze was hartelijk en vriendelijk en iemand met wie ik het, naar ik wist, goed zou kunnen vinden. 'Leuk je te ontmoeten, Alexandria.'

Ze rolde met haar ogen en grijnsde naar Charlie. 'Mijn vriendin hier is graag een wijsneus. Noem me maar Lexi, tenminste, buiten mijn werk. Leuk om jou ook te ontmoeten, Claire.'

'Kan ik een cupcake voor je halen?' vroeg Charlie.

Het enige wat me ervan had weerhouden een cupcake te pakken toen ik binnenkwam, was het feit dat er een rij stond. Charlie's cupcakes waren compact en smeuïg en smolten op je tong. Ze zouden haar cupcakes echt mee moeten nemen naar vredesbesprekingen. Ik garandeer je dat iedereen ervan zou gaan glimlachen.

'Absoluut. Wat heb je nog?'

Charlie bakte al haar cupcakes overdag terwijl de winkel open was, waardoor de geur van versgebakken lekkernijen in de winkel bleef hangen. Elke ochtend voordat ze openging, was ze er al vroeg om ze allemaal voor die dag van glazuur te voorzien en soms bakte ze er nog meer. Ze had het overdag zo druk dat ze zelden tijd had om haar vitrines bij te vullen, dus ik wist dat haar populairste smaken – red velvet, vanille, chocolademousse en Oreo – uitverkocht zouden zijn.

'Eigenlijk heb ik een vanillecupcake voor je bewaard, omdat ik weet dat dat je favoriet is. Ik ben ook bezig geweest met een S'mores-cupcake en een kaneelbroodjescupcake.'

Ik kreunde. 'Na de dag die ik achter de rug heb, probeer ik ze allebei. Je bent mijn reddende engel!'

Charlie glimlachte en liep weg om mijn cupcakes te pakken. Ik ging tegenover Lexi staan, maar voordat ik iets kon zeggen, vroeg ze: 'Ken je die man daar? Prachtig, donker haar, spieren te over?'

Ik wierp een blik op mijn vrienden en zag Sam lachen om iets wat Aidan zei. 'Ja, Aidan en ik werken samen. Hoezo?'

'Hij's staart al hierheen sinds je aan kwam lopen. Ik begon

me al af te vragen of er wc-papier uit mijn korte broek hing of zo, maar ik realiseerde me dat hij naar jou keek. Is hij je vriendje?'

Om de een of andere vreemde reden voelde ik de behoefte om mijn hart te luchten. Aidan en Sam te zien flirten verscheurde iets in me. Het was een lange dag geweest, die begon met die vreselijke bitch Zoey die met hem flirtte, om vervolgens, slechts een paar uur nadat ik me realiseerde dat ik misschien gevoelens voor hem had, te moeten toekijken hoe Sam met Aidan flirtte. Kon het nog meer naar de klote zijn?

Ik schudde mijn hoofd terwijl ik mijn ogen van Aidan en Sam afwendde. 'Hij's niet mijn vriend. We zijn vrienden en hij heeft me een paar keer mee uitgevraagd, maar ik dacht altijd dat hij een grapje maakte. Ik bedoel, hij is bloedmooi en ik niet. Dat zou nooit werken.'

'Waarom niet?'

'Hij's als een god en ik ben daar zo ver van verwijderd dat ik nog niet eens zijn laarzen zou mogen likken. Hij is perfect en ik ben allesbehalve. Bovendien is de vrouw met wie hij momenteel flirt een van mijn beste vriendinnen.'

Lexi keek weer naar de tafel met mijn beste vrienden. Ik keek naar haar in plaats van naar de tafel. Ik wist niet zeker of ik het nog langer kon aanzien. Hoe graag ik Sam ook wilde steunen, het zou moeilijk zijn om te zien hoe zij en Aidan verliefd werden.

'Als ze je beste vriendin is, waarom zou ze dan flirten met een man die jij leuk vindt? Ze klinkt niet als een erg goede vriendin.'

Ik glimlachte om haar eerlijkheid. Ik kon wel iemand als Lexi in mijn leven gebruiken. Iemand die me de waarheid zou vertellen, of die nu makkelijk was of niet. Lexi was een stoere tante.

'Ze weet niet dat ik hem leuk vind. Ik heb hen nooit over

Aidan verteld, omdat ik nooit dacht dat hij echt geïnteresseerd was. Bovendien is mijn achtergrond behoorlijk verknipt en ik vertrouw de liefde niet echt.'

Lexi snoof. Ze keek me aan alsof ik gek was en op dat moment voelde ik me ook zo. Daar stond ik, mijn hart te luchten bij een wildvreemde. Ik wist niets over de vrouw behalve haar naam en ik vertelde haar al deze dingen die ik zelfs Mandy niet had verteld. Ik bekende mijn gevoelens voor Aidan en maakte Sam zo'n beetje met de grond gelijk.

En ik had Lexi laten denken dat Sam de vreselijke vriendin was.

'Luister, niemand vertrouwt de liefde. Mijn ouders gingen uit elkaar toen ik een kind was en liefde bestond niet in mijn leven. Ik was een speelbal voor elk van mijn ouders, en had nooit echt het gevoel dat ze van me hielden, tenzij de een me wilde gebruiken om de ander pijn te doen. Als volwassene accepteer ik gewoon dat liefde niet bestaat en ga ik verder.'

Ik staarde haar met open mond aan, me afvragend waar ze mijn hele leven was geweest. 'Ben jij mijn lang verloren zus of zo? Ik zweer dat ik er precies zo over denk.'

'Precies zo over wat?' vroeg Charlie terwijl ze mijn cupcakes voor me neerzette. Ik snoof aan elk ervan en genoot van het krachtige aroma van de suiker die ze in het glazuur gebruikte. Het water liep me in de mond terwijl ik besloot welke cupcake ik als eerste zou nemen.

'Over de liefde,' vertelde Lexi haar. 'Claire en ik geloven allebei niet dat de liefde bestaat. Het probleem voor haar is dat er een heel knappe man naar haar loert vanaf de andere kant van de kamer. En het is haar collega en vriend, maar haar beste vriendin flirt met hem omdat ze niet weet dat Claire hier de man leuk vindt.'

Ik liet een zucht ontsnappen, half lachend om Lexi's beknopte beschrijving van mijn leven. Als het over iemand anders ging, zou ik het grappig vinden, maar omdat het over mij ging, wilde ik wel huilen. Hoe was ik hierin verzeild geraakt?

In plaats van commentaar te geven op Lexi's maar al te rake verhaal, nam ik een enorme hap van de S'mores-cupcake. Het eerste wat ik proefde was het biscuitje dat de bodem van de cupcake bekleedde. Chocoladecake omhulde een zoet, zacht geworden marshmallow. Bovenop zat glazuur met marshmallowsmaak, met daaroverheen biscuitkruimels gestrooid.

Ik was verliefd.

Zomertijd in Winterville betekende meestal kampvuren in het donker, marshmallows roosteren en S'mores eten. Eén hap van Charlie's cupcake en ik wist dat ik mijn S'mores deze zomer bij Bijt me! zou halen in plaats van boven het vuur.

'Je bent een meester. Ik denk dat ik hier maar gewoon intrek. Het is minder verwarrend als het leven vol cupcakes zit in plaats van mannen.'

Charlie lachte; haar parelende lach doorbrak de ellende die ik op dat moment voelde. Ik keek op naar de kraaienpootjes rond haar ogen en was jaloers op alles in haar leven wat haar vreugde bracht. Ik wenste dat ik dat soort vreugde in mijn leven had. Het drong opnieuw tot me door dat ik iets miste in mijn leven. Meer dan een man, meer dan een baan. Een doel. Een missie. Iets waardoor ik me levend zou voelen. Iets wat me vreugde zou brengen.

'Hier wonen maakt je alleen maar dik, geloof me. Het lost geen problemen met mannen op. Of met beste vriendinnen. Dat is Sam, toch? Zij is de fotografe?'

Ik knikte. Sam, Addi, Mandy en ik gingen nu al een paar weken naar Bijt me! voor onze wekelijkse meidenavond. Een van Addi's collega-leraren had cupcakes meegenomen naar school en Addi stelde de zaak voor toen Mandy een avond een plek nodig had om zich voor Xander te verstoppen. We werden allemaal op slag verliefd op de plek en besloten dat we er elke week zouden afspreken.

Het was een leuke bijkomstigheid dat we Charlie langzamerhand leerden kennen. Ze was net zo zoet als haar cupcakes, maar ze stond meestal vast achter de toonbank terwijl wij er waren. Ze was altijd blij ons te zien, maar het was moeilijk om zo dichtbij te zitten en haar niet bij onze gesprekken te betrekken.

We leken allemaal instinctief te weten dat Charlie een van onze goede vriendinnen zou worden. Addi was meestal de eerste van onze groep die er was, dus zij had Charlie beter leren kennen dan de rest van ons, maar we mochten haar allemaal. Ik vond het altijd makkelijker om andere vrouwen met overgewicht te vertrouwen, zoals ik, omdat ze waarschijnlijk niet zulke achterbakse krengen waren als de slanke meiden met wie ik op de middelbare school omging. Dat was een groot pluspunt voor Charlie, op de tweede plaats na haar cupcakes.

'Ja, Sam is fotografe. En zo knap als maar kan. Ze zou zelf model kunnen zijn, zo prachtig is ze.'

Lexi liet een waarderende blik over Sams casual look van een strakke spijkercapribroek, een top met korte mouwen en een luipaardprint, en haar golvende kastanjebruine haar glijden. Haar bril met rood montuur omlijstte haar diepbruine ogen en veranderde haar van knap in de fantasie van een slimme meid.

Als je van een maatje meer hield.

Sam had net als ik maat 50, maar ik was er altijd jaloers op hoeveel beter het haar stond. Als ik naar haar keek, zag ik een prachtige vrouw die er altijd tot in de puntjes verzorgd uitzag. In tegenstelling daarmee liet mijn spiegel alleen een dikke vrouw zien.

Sommige dingen waren gewoon niet eerlijk.

'Dat weet ik niet. Ze is erg knap, maar het is niet zo dat jij er vreselijk uitziet. Je hebt een geweldige glimlach en een heel vriendelijk gezicht. Vraag maar aan Charlie, ik praat meestal niet met vreemden, maar jij hebt een van die gezichten waardoor ik al mijn geheimen wil opbiechten. Bovendien ben je net zo aantrekkelijk als je vriendin. Maar dat maakt allemaal niet echt uit. Wat wel uitmaakt, is dat je vriend alleen naar haar heeft gekeken als ze zijn aandacht van jou afleidde. Het is duidelijk dat hij weg van je is,' vertelde Lexi me, waarmee ze mijn zelfmedelijden doorbrak.

Ik wierp een blik achterom en zag Aidan naar me kijken. Hij schonk me een stralende glimlach voordat Sam er weer in slaagde zijn aandacht te trekken, en ik merkte dat de glans in zijn ogen een beetje verdween toen hij naar haar keek. Misschien had Lexi gelijk, misschien viel hij niet op Sam.

Ik richtte me weer op mijn cupcake, gewoon om mijn mond bezig te houden. Ik wist nooit hoe ik complimenten moest aannemen en dat een vrouw zo zelfverzekerd en mooi als Lexi me vertelde dat ze me mocht, was bijna net zo wereldschokkend als wanneer Aidan zou zeggen dat ik zijn droomvrouw was.

'Niet kijken nu, maar je lekkerding komt je halen,' fluisterde Charlie.

Uit een reflex draaide ik me naar Aidan en keek hoe hij met elke doelbewuste stap in mijn richting dichterbij kwam. Zijn ogen waren op de mijne gericht en ik zag een mengeling van ergernis en verlangen erin. Mijn adem stokte toen ik besefte dat beide voor mij waren, en ik had geen idee wat ik met een van beide aan moest.

Toen hij bij me was, klemde hij me vast tussen zijn armen en liet zijn handen op de toonbank achter me rusten. Hij leunde naar me toe, kuste mijn wang en nestelde zich toen tegen mijn oor. Hij fluisterde: 'Ik kwam hier om tijd met jou door te brengen, niet met je vriendinnen. Ze zijn aardig, maar ik ben hier voor jou.'

Er ontsnapte een hijg aan mijn lippen, zowel door de nabijheid van zijn lippen als door de intimiteit van zijn woorden. Misschien ook een beetje omdat hij totaal niet geïnteresseerd leek in Sam.

Aidan nam net genoeg afstand om me in mijn ogen te kijken, terwijl de zijne vurig waren, waardoor mijn mond droog werd. Zijn hand reikte langs me heen en kwam terug met mijn kaneelbroodjescupcake, degene die ik net had gegeten. Hij nam een grote hap en liet zijn eigen tandafdrukken vlak naast de mijne achter.

Het roomkaasglazuur kleefde aan zijn lippen toen hij zijn ogen sloot en de hap opat die hij had genomen. Mijn tong schoot naar buiten om mijn eigen lippen te likken, en ik wenste dat ik gewoon naar voren kon leunen en het roomkaas van zijn lippen kon likken, me afvragend hoe het op hem zou smaken. Zijn roze tong gleed naar buiten, haalde het glazuur van zijn lippen zijn mond in en hij kreunde alsof het het lekkerste was dat hij ooit had gehad.

De kans was groot dat dat zo was.

'Ik begrijp waarom je hier komt. Dat is geweldig,' murmelde hij, dicht genoeg bij me dat ik zijn adem op mijn gezicht kon voelen, de geur van kaneel die over me heen dreef.

'Charlie is de eigenaresse. Zij maakt al deze cupcakes. En dat is haar vriendin Lexi,' vertelde ik hem met een knikje in hun richting. Ik waagde een blik op mijn vriendinnen en zag dat hun monden tot op de grond openhingen terwijl ze toekeken hoe Aidan mijn cupcake bleef verorberen terwijl hij me tegen zich aan geklemd hield.

Na nog twee happen was mijn cupcake op. Een deel van me was geïrriteerd dat hij me nooit nog een hap had aangeboden, maar toekijken hoe hij hem opat was de prijs van de cupcake meer dan waard. Aidan likte de laatste restjes glazuur van zijn vingers en wendde zich toen eindelijk tot

Charlie en Lexi. 'Leuk om jullie allebei te ontmoeten. Je bent hier geweldig in. Wat dacht je van nog twee van wat ik net heb gegeten, zodat ik die van Claire kan vervangen en er zelf nog een heb?'

Charlie knikte, net zo verbijsterd door de hele situatie als ik, en ging de twee cupcakes halen waar Aidan om had gevraagd. Hij richtte zijn glimlach op Lexi. 'Werk jij hier ook?'

Lexi schudde haar hoofd. 'Ik ben de Vice President of Lean Manufacturing bij EAAC Pigments. Charlie en ik hebben een paar jaar geleden samen een managementcursus gevolgd. Het klikte meteen en sindsdien zijn we goede vriendinnen.'

Aidan knikte waarderend en ik staarde Lexi met open mond aan. Ik had geen idee dat ze zo slim en machtig was. Shit, VP? Ik stond daar met een VP te praten en deed alsof we oude vriendinnen waren. Ik wist zeker dat ze me een dwaas moest vinden.

'Ik vertel mensen meestal niet wat ik doe totdat ze me leren kennen, omdat ze dan naar me kijken zoals Claire nu doet. Ik ben gewoon een normaal persoon die het goed heeft gedaan in haar carrière omdat ik niet bang ben om de mannen te commanderen,' lachte ze beleefd. Ik deed mijn best de paniek van mijn gezicht te laten verdwijnen en wist dat ze gelijk had. Ik mocht haar. Ik kon haar niet beoordelen alleen omdat ze slim was. Dat was niet eerlijk tegenover haar, of tegenover mij. Ik kon altijd nog een vriendin gebruiken.

Charlie gaf Aidan het doosje met twee cupcakes erin en hij gaf haar zijn creditcard. Nog steeds door hem vastgepind, kon ik niet anders dan genieten van zijn gespannen armspieren toen hij over de toonbank reikte, zijn voeten geen centimeter verplaatsend van de plek waar hij me gevangen hield.

En ik realiseerde me eindelijk dat ik niet bang was.

De laatste keer dat ik door een man werd vastgepind, was het ergste moment van mijn leven. Maar nu, daar met Aidan, wist ik dat ik hem meer vertrouwde dan ik misschien zelfs aan mezelf wilde toegeven.

HOOFDSTUK 4

AIDAN PAKTE EEN van de nieuwe cupcakes uit de doos die Charlie hem had gegeven en hield hem voor me. Ik keek hem aan en vroeg me af of hij echt wilde dat ik een hap nam of dat hij hem gewoon aan me probeerde te geven.

Ik strekte mijn hand uit naar de cupcake, maar hij schudde zijn hoofd, zijn ogen werden iets groter toen mijn tong langs mijn lippen gleed. Ik boog naar hem toe en nam een hap van de cupcake tussen zijn vingers. Hij glimlachte naar me en bracht de cupcake toen naar zijn eigen lippen, waarbij hij een hap nam naast de mijne.

Ik stikte bijna terwijl hij naar mij keek en ik naar hem. Ik had nog nooit zoiets onschuldigs meegemaakt dat zo sensueel en... heet leek. Toen hij me de cupcake weer aanbood, openden mijn lippen zich vanzelf zodat ik nog een hap kon nemen. Aidans ogen werden groot toen mijn lippen zich om zijn vinger sloten en ik mijn best deed om hem niet te bijten, maar ik wist dat dat niet was waar hij aan dacht.

Hij stopte het laatste hapje in zijn mond, zijn ogen op de mijne gericht terwijl hij zoog op de vinger die net in mijn mond was geweest. Mijn slipje werd vochtig en mijn knieën trilden terwijl ik naar hem keek. Ik had nooit gewild dat een man me zo'n behandeling zou geven, maar om de een of andere reden kon ik me voorstellen dat Aidan me zou laten schreeuwen.

En o, wat wilde ik graag dat hij het zou proberen.

Ik had een tijdlang gedacht dat er iets mis met me was. Misschien was ik kapot en kon ik gewoon niet van seks genieten. Verkracht worden als tiener helpt natuurlijk niet bij je opwinding over seks. Dat zei mijn therapeut altijd.

Maar terwijl ik in een drukke bakkerij stond en mijn nieuwe vrienden toekeken hoe Aidan me cupcakes voerde, kon ik alleen maar denken aan hoe goed hij me zou kunnen laten voelen. En hoezeer hij het risico waard zou kunnen zijn.

Toen Aidan de tweede cupcake tevoorschijn haalde, nam hij de eerste hap. Zonder een woord te zeggen hield hij hem naar me toe en ik nam een hap. Hij keek naar mijn lippen terwijl ik kauwde en mijn ogen vielen dicht, genietend van de heerlijke smaken en het gevoel van de sexy man die tegen mijn lichaam gedrukt stond. Ik wist dat hij ook genoot, dat of hij had een pistool in zijn zak.

Aidan nam nog een hap en hield toen het laatste stukje van de cupcake naar me toe. Hij trok een wenkbrauw naar me op en daagde me uit om het te pakken. Ik wist wat het betekende. Ik wist wat hij wilde. Ik wist wat ik wilde.

Ik wilde zijn vingers schoonlikken. En niet alleen omdat ze onder het glazuur zaten.

Ik sloot mijn ogen, niet in staat om in de zijne te kijken, en liet mijn mond openvallen. Zijn vingers gleden tussen mijn lippen, voorafgegaan door het laatste hapje van onze cupcake. Ik wikkelde mijn tong om het hapje en trok het los van zijn vingers, waarna ik met mijn tong over de kussentjes van zijn vingers ging, me afvragend wat hij had gedaan om ze zo ruw en sexy te maken. Ik hield altijd van een man die wist hoe hij met zijn handen moest werken.

Ik draaide mijn tong om de toppen van zijn vinger en duim, zoog elk laatste restje glazuur van hem af, en liet toen mijn tanden op de kussentjes sluiten, waarbij ik zachtjes in zijn huid beet. Zijn zachte gekreun ging door merg en been en mijn ogen vlogen open en ontmoetten de zijne, vol van verlangen en genot. Hetzelfde wat ik zou zien als ik in een spiegel zou kijken.

Voorzichtig trok ik me terug van Aidan en hij liet zijn vingers uit mijn mond glijden. Hij keek naar mijn mond alsof hij probeerde te beslissen wat hij moest doen. Een zacht geluidje ontsnapte aan Charlie of Lexi en we draaiden ons beiden naar hen toe.

Schaamte overspoelde me toen ik de geschokte blikken op hun gezichten zag. 'Eh, excuus, een momentje,' mompelde Aidan en ging er toen vandoor richting het toilet achter in de winkel.

Zonder dat hij me tegen de toonbank gedrukt hield, viel ik bijna om. Ik sloot mijn ogen en probeerde mijn evenwicht te hervinden, maar ik zag alleen Aidans zachte bruine ogen.

'Ik moet Mike bellen als ik hier wegga,' murmelde Lexi hardop, terwijl ze me nog steeds aankeek.

'Wie is Mike?' vroeg ik, wanhopig op zoek naar een ander onderwerp.

'Mike is mijn vriend… met voordelen. We helpen elkaar stress en spanning te verlichten en na jullie twee en die cupcakes te hebben gezien, voel ik een heleboel spanning. Ik moet vanavond aan mijn trekken komen, en hij hoeft er niet hard voor te werken. Shit, jullie twee brandden bijna een gat in *mijn* slipje. Ik weet niet hoe jij nog overeind staat.'

'Zo was het niet…' probeerde ik te protesteren, maar ik wist dat het wel zo was. Het was het meest sexy wat ik ooit had meegemaakt. Het was iets waardoor ik me afvroeg wat ik al die tijd gemist had, en het gaf me het verlangen om erachteraan te gaan.

Om achter hem aan te gaan.

'Ja, het was precies zo. Ik wou dat ik een Mike had om te bellen, want ik zal dagenlang gefrustreerd zijn nadat ik dat heb gezien. Ik dacht dat je zei dat jullie alleen vrienden waren?' zei Charlie. Ze klonk niet beschuldigend, alleen verward. Geen oordeel, en dat had ik nodig. Ze gaf om me. Het voelde goed.

'We waren alleen vrienden. Dat zijn we al jaren. Hij heeft me wel mee uitgevraagd, maar ik dacht nooit dat hij het meende.'

'O, hij meent het,' onderbrak Lexi haar nadrukkelijk.

'Dat zie ik nu. Hij vertelde me vanmorgen dat hij zijn bedoelingen in de toekomst duidelijker zou maken.'

'Hij maakt het zeker duidelijk,' plaagde Lexi.

Ik keek weer naar de toiletten en zag hem naar buiten komen, een serieuze blik in zijn ogen voordat hij naar zijn voeten staarde. Toen hij eindelijk opkeek, kruisten zijn ogen de mijne en hij glimlachte. Een glimlach die me vertelde dat ik de belangrijkste persoon in de kamer was. Dat ik degene was naar wie hij wilde kijken. Ik was degene die hem liet grijnzen als de gelukkigste man op aarde.

'Ja, het is behoorlijk duidelijk,' zei ik tegen Lexi, niet in staat mijn ogen van Aidan af te houden.

Toen Aidan naast me stond, nestelde hij zich weer in mijn nek en kuste mijn razende pols. Zijn gemakkelijke genegenheid deed iets met me, iets waar ik niet mee wist om te gaan. Iets waarvan ik wist dat ik het leuk zou vinden als ik hem door liet gaan.

In plaats daarvan sleepte ik hem en Lexi mee terug naar de tafel met mijn vrienden. Ik stelde Lexi aan iedereen voor en ze knipoogde naar me toen ze naast Sam ging zitten. Ik glimlachte een geheime glimlach, maar die verdween snel toen Aidan me op zijn schoot trok. 'Ik plet je,' protesteerde ik voordat ik ging zitten.

'Je plet me als je niet gaat zitten, alsjeblieft. Ik kan je hebben, Claire.'

Ik gaf toe aan zijn lieve woorden en ging voorzichtig op zijn benen zitten. Hij draaide me opzij zodat het grootste deel van mijn gewicht op zijn rechterbeen rustte en ik naar Mandy en Xander keek. Mandy trok haar wenkbrauwen naar me op en glimlachte, waarmee ze stilletjes haar goedkeuring gaf aan wat er met Aidan aan de hand was.

Jammer dat ik geen flauw idee had.

Mijn vrienden praatten om me heen, leerden Lexi kennen en spraken over hun wereld. Addi had eindelijk zomervakantie en bracht haar dagen door met het helpen van Sam met haar fotografie en rondhangen op het strand. Addi vertelde Sam en Lexi over het lekkers dat ze op het strand had gezien en ze spraken alle drie af om een keer samen te gaan.

Ik glimlachte om het tafereel om me heen. Ik zat op de schoot van een heel leuke man, deelde een middag met mijn beste vrienden en at heerlijke cupcakes. Ik dacht niet dat het nog beter kon worden dan dat.

Terwijl het gesprek om me heen doorging, raakte ik de draad kwijt van wat iedereen zei. Aidans hand gleed op en neer langs mijn ruggengraat en streelde me zachtjes. Hij raakte mijn blote huid niet aan, maar ik voelde zijn vingers tot op het bot. Terwijl ze vloeibaar werden en ik in zijn armen smolt, wist ik dat ik moest gaan. Ik moest wegwezen.

Voordat ik er te diep in zat om te stoppen wat er ook gaande was.

Ik sprong snel op, wat iedereen schokte.

'Ik moet naar huis. Ik, eh, ik zie jullie later,' stamelde ik, klaar om te vluchten. Mandy wierp me een bezorgde blik toe voordat ze Aidan boos aankeek. Ik schudde een beetje mijn hoofd zodat ze wist dat hij niets verkeerds had gedaan. Haar blik werd zachter, maar ze keek nog steeds bezorgd. Voordat ze me te pakken kon krijgen, draaide ik me om en snelde naar de deur, zwaaiend naar Charlie toen ik naar buiten liep.

Toen ik eenmaal buiten was, haalde ik diep adem. De paniek die ik had gevoeld begon te verdwijnen en ik had eindelijk het gevoel dat ik helder kon denken, ook al was ik nog steeds vreselijk in de war.

Het ene moment was ik dolgelukkig, zittend bij Aidan, pratend met mijn vrienden en genietend van de dag. Het volgende moment verloor ik de controle, simpelweg omdat hij me aanraakte.

Mijn demonen zaten diep en ik was er duidelijk nog niet overheen. Ik wist niet of ik er ooit overheen zou komen, maar ik wist wel dat ik het wilde. Ik wilde zijn zoals Sam en met Aidan flirten. Ik wilde zijn zoals Lexi en van seks genieten. Ik wilde zijn zoals Addi en mannen waarderen. Ik wilde zijn zoals Mandy en mezelf laten liefhebben.

Ik wist alleen niet of ik een van die dingen kon doen.

Ik hoorde mijn naam achter me voordat ik de hoek omging. Iets zei me dat Aidan achter me aan zou komen. Hoewel ik geen spelletje met hem speelde, en dat ook nooit zou doen, was ik er stiekem opgetogen over dat hij me gevolgd was.

Mijn passen vertraagden terwijl de zijne versnelden, rennend om me in te halen. Toen hij naast me was, raakte hij me niet aan, hield hij me niet tegen, keek hij me niet aan. Hij liep gewoon zwijgend naast me en gaf me de tijd om alles te verwerken.

Hij gaf me de kans om te onthouden dat hij eerst mijn vriend was, voor wat er ook maar tussen ons speelde.

Terwijl we terugliepen naar mijn appartement, raakten onze vingers elkaar en onze lichamen elkaar. Zijn heup gleed langs de mijne en mijn schouder stootte tegen zijn biceps. En uiteindelijk vonden onze vingers elkaar en hielden ze elkaar vast, met elkaar verweven als een ingewikkelde stof.

Bij mijn deur wachtte Aidan tot ik de deur opendeed en de riem van Brownie pakte. We liepen de trap weer af naar het hondenveldje, nog steeds hand in hand. Brownie wachtte terwijl ik zijn riem losmaakte en rende toen weg over het veld, zocht een plekje om zijn behoefte te doen en ging toen op zoek naar zijn stok van eerder.

Aidan kneep in mijn vingers en ik keek eindelijk naar hem op. 'Het spijt me. Ik had je niet zo moeten behandelen en het spijt me dat ik je ongemakkelijk liet voelen,' zei hij, met verdriet en spijt in zijn ogen.

Verbijsterd staarde ik hem aan. Hij kon toch niet denken dat ik boos op hem was, of wel?

'Ik ben niet boos op je. Dat weet je toch?'

Aidan kneep zijn ogen kort samen en keek toen weg. Hij liet mijn hand los en liep een paar meter verder. 'Waarom ging je weg? Als het niet was omdat je boos op me was, wat was het dan wel?'

Ik zuchtte diep, niet zeker hoe ik moest uitleggen wat ik zelf niet eens begreep. Hoe kon ik hem duidelijk maken dat wat er gebeurde me bang maakte, omdat ik mezelf niet vertrouwde om verstandige beslissingen te nemen als het om hem ging. Ik wist niet hoe ik met mezelf en de gevoelens die hij bij me losmaakte, moest omgaan. Ik verlangde naar hem zoals ik nog nooit naar iemand in mijn leven had verlangd. Nooit. En het joeg me de stuipen op het lijf.

'Ik date niet. Echt nooit. Ik heb heel weinig ervaring met mannen en ik weet niet hoe dit moet. Jij lijkt je overal zo gemakkelijk bij te voelen en het is een beetje overweldigend voor me.'

Aidan draaide zich weer naar me toe en kwam dichterbij. Hij legde zijn grote, sterke handen op mijn gezicht en omvatte mijn wangen zachter dan ik ooit voor mogelijk had gehouden. Zijn bruine ogen staarden in mijn groene en hij haalde diep adem. Een seconde dacht ik dat hij me zou gaan kussen. Zelfs tot op het punt dat mijn tong over mijn lippen streek om me voor te bereiden op zijn mond op de mijne.

Met een plotselinge helderheid besefte ik dat ik wilde dat hij me kuste. Ik hoopte dat hij het zou doen. Mijn lippen tintelden in afwachting van de zijne. Toen zijn lippen opengingen, vielen mijn ogen dicht en wachtte ik, met ingehouden adem.

'Ik voel me alleen zo op mijn gemak omdat jij het bent,' zei Aidan. Mijn ogen schoten open en zijn gezicht was maar een paar centimeter van het mijne. Zijn woorden spoelden over me heen met de adem van zijn lippen en ik glimlachte. 'Ik ben niet iemand die constant aan het daten is. Sterker nog, ik heb niet veel dates gehad sinds ik jou ken, omdat ik andere vrouwen altijd met jou vergeleek. Dat is niet eerlijk en ik wil niet klinken alsof ik dit allemaal bij jou neerleg. Ik wil gewoon dat je begrijpt dat ik hier niet ben om een spelletje met je te spelen. Ik ben hier omdat ik je oprecht leuk vind.'

Hoe moest ik daarop reageren? Deze man kende ik al jaren, ik had met hem geluncht en gedineerd, hij wist hoe ik mijn koffie dronk en ik wist hoe hij de zijne dronk, we plaagden elkaar, klaagden over het leven en het werk, en ik had geen idee dat hij zo lief en romantisch was.

Of dat hij me zo leuk vond.

'Tegelijkertijd wil ik je niet ongemakkelijk laten voelen. Ik wil bij je zijn, met je daten. Maar als het niet is wat je wilt, dan trek ik me terug en zijn we weer vrienden. Ik heb je gezegd dat ik mijn intenties in de toekomst duidelijker zou maken. Als dit jouw manier is om me te vertellen dat je er niet voor openstaat, dan laat ik je nu meteen gaan.'

Een golf van paniek schoot door me heen zoals ik nog

nooit eerder had gevoeld. Ik wist dat we niet terug konden. Niets zou ooit nog hetzelfde zijn tussen ons.

Ik wilde niet terug. Ik wilde vooruit, ontdekken waar dit naartoe ging. Waar datgene wat we begonnen naartoe kon leiden. Ik wilde weer een man vertrouwen en ik wist dat die man alleen Aidan kon zijn.

'Nee,' fluisterde ik. 'Ik wil niet dat je je terugtrekt. Ik heb je afgehouden omdat ik dacht dat je flirtte om de tijd te doden, niet omdat je me leuk vond. Ik denk niet dat ik terug kan naar alleen vrienden zijn, niet na hoe je me vandaag hebt laten voelen. Alsof ik speciaal ben, alsof ik ertoe doe.'

'Je bent speciaal, Claire. Je hebt altijd iets voor me betekend. En het spijt me, maar ik kan geen minuut langer wachten om je te kussen.'

Voordat ik kon reageren, daalden zijn lippen op de mijne. Zijn handen, die nog steeds mijn gezicht vasthielden, werden zachter toen onze lippen elkaar raakten. Een vonk, klein maar vurig, sprong op en stak me in vuur en vlam. Alleen al het strijken van zijn lippen over de mijne deed me levendiger voelen dan ik in lange tijd had gevoeld. Toen zijn handen van mijn wangen gleden, slaakte ik een zachte zucht van genot.

Eén hand balde zich in mijn haar en hield me precies waar Aidan me wilde hebben. De andere hand gleed over mijn keel naar mijn schouder en toen over mijn arm, waar hij mijn hand pakte, en onze vingers verstrengelden zich weer. Aidan draaide mijn arm achter me en legde onze samengevoegde handen op de onderkant van mijn rug, zijn duim haakte door een riemlus van mijn capri.

Hij kuste als een man die wist hoe hij met een vrouw moest omgaan. Zijn zachte kusjes reisden van de ene hoek van mijn mond naar de andere, terwijl hij zacht en lief elke centimeter van mijn lippen proefde. Toen hij zijn tong in de hoek doopte waar mijn lippen samenkwamen, zuchtte ik opnieuw en mijn lippen gingen iets uit elkaar.

Aidan, altijd op mij afgestemd, centreerde zijn lippen weer op de mijne en maakte gebruik van de opening tussen mijn lippen. Zijn tong danste ertussen en verleidde me om me te openen. Mijn vrije hand reikte naar hem toen mijn lippen opengingen en zijn tong in mijn mond gleed, op hetzelfde moment dat mijn arm om zijn nek sloot.

Ik trok hem dichterbij, Aidan vatte de aanmoediging op en kuste me diep. Onze tongen gleden samen, verstrengeld in de puurste uiting van liefde. Hij hield me tegen zich aan terwijl hij mijn mond verkende, mijn tong met de zijne streelde en in de holtes van mijn wangen dook.

Ik deed hetzelfde, leerde elk deel van zijn mond van zijn lippen tot het einde van zijn tanden, en sloeg hem op voor later, voor wanneer hij onvermijdelijk zou vertrekken. Ik wist dat deze kus de kus was waar ik mijn hele leven op had gewacht. Dit was de kus waarover ik in boeken had gelezen en waarover ik mijn vriendinnen had horen praten. De kus die mijn leven voorgoed zou veranderen en me een ander mens zou maken.

Iedereen denkt dat een eerste kus speciaal is. Het markeert iets, zegt iets over je. Als je te jong bent, was je een slet. Als je te oud bent, ben je een preuts persoon. Als je te veel tong gebruikt of er te goed in bent, dan lieg je erover dat het je eerste kus is. Maar dat maakt allemaal niet uit, want een eerste kus is niet zo speciaal. Een eerste kus is meestal slordig en ongemakkelijk en voelt raar. Het is iets waar je je vrienden over vertelt, maar waar je nooit echt van geniet. Niemand weet wat hij of zij de eerste keer doet, dus je hebt geen idee of je goed of slecht bent.

Maar die kus, mijn eerste kus met Aidan... Dat was een kus die iets betekende. Een kus die bergen kon verzetten en de zieken kon genezen. Het was een kus die me kracht gaf en tegelijkertijd alles uit me zoog. Het was een kus die me vertelde dat het leven met Aidan nooit saai of eentonig zou zijn, maar vol passie.

Het was een kus die me een nieuwe vrouw maakte.

Toen Aidan zich eindelijk van me terugtrok, kon ik mijn ogen niet openen. Ze waren zwaar van lust en verlangen. Ik wilde hem mee naar mijn bed slepen en hem zijn gang laten gaan met me. Als hij me zo goed kon laten voelen met slechts een kus, kon ik me alleen maar voorstellen wat hij zou kunnen doen als hij losgelaten werd op de rest van mijn lichaam. Ik wilde weten hoe het voelde om mezelf te verliezen met een man, om van seks te genieten en zijn naam te schreeuwen terwijl hij de mijne kreunde.

Al deze gedachten gingen door mijn hoofd terwijl Aidan daar stond en me dicht tegen zich aanhield. Zijn hart klopte in het ritme van het mijne en ik wist dat de kus hem net zo zwaar had geraakt als mij. We waren allebei op zoek naar woorden, snakten naar adem, wanhopig om uit te leggen wat er zojuist was gebeurd.

Maar we konden het niet.

We konden alleen maar daar staan en elkaar vasthouden. Onze verstrengelde handen waren nog steeds tegen mijn rug gedrukt en zijn erectie drukte tegen mijn voorkant. We hadden allebei een hand in het haar van de ander en geen van ons leek klaar om los te laten. Klaar om onder ogen te zien wat er zojuist was gebeurd.

We stonden daar een paar minuten, elkaar vasthoudend, voordat Brownie kwam aanstormen. Hij had zijn stok van eerder gevonden en duwde die trots naar Aidan. We bogen ons allebei voorover en keken neer op mijn hond, die niet zo geduldig wachtte tot Aidan met hem zou spelen. Ik kon me erin vinden.

Aidan kneep in mijn hand en drukte een kus op mijn voorhoofd, bukte toen om de stok op te rapen. Hij gooide hem over het gras en Brownie rende er vrolijk achteraan. Zodra de stok Aidans hand verliet, reikte hij weer naar me, trok me tegen zijn lichaam aan en hield me dichtbij, alsof hij geen genoeg van me kon krijgen, maar ook niet wist wat hij moest zeggen of doen na de kus die we zojuist hadden gedeeld.

De rest van de middag brachten we zo door, afwisselend de stok voor Brownie gooiend en elkaar vasthoudend. Toen Brownie moe was, liep Aidan met ons mee naar huis, kuste hij mijn wang en vertrok zonder een woord te zeggen.

Maar ik wist dat hij net zo van slag was als ik. Tot in het diepst van mijn trillende wezen.

HOOFDSTUK 5

DE DINSDAG DAAROP ging ik terug naar Bijt me! voor onze wekelijkse meidenavond. Ik had er zin in om mijn vriendinnen weer te zien, maar er was een ongemakkelijk gevoel in mijn maag gekropen. Ik wist wat het was, maar ik wilde er niet aan denken. Ik wilde het negeren, ook al zou dat niet helpen.

Ik was bang om Sam onder ogen te komen.

Ze was een van mijn beste vriendinnen. We kenden elkaar al sinds ons eerste jaar op de universiteit en na negen jaar waren we zo hecht als vriendinnen maar konden zijn. Toch hadden we in al die tijd nog nooit ruzie gehad om een man. Ik wist niet of Sam en ik echt ruzie hadden om Aidan, maar ik maakte me zorgen dat ze kwaad zou zijn. Dat ze zou denken dat ik hem van haar had afgepakt.

Ook al kende ik hem eerder en was hij technisch gezien met mij naar de opening gegaan. Als er iemand kwaad had moeten zijn, was ik het wel. Ik had echter niets om boos over te zijn. Ik tintelde nog steeds van de kus die Aidan en ik hadden gedeeld. Ja, drie dagen later. Ik had nog nooit een kus drie minuten later herbeleefd, laat staan drie dagen later.

Ik stapte een paar minuten te laat Bijt me! binnen, om er zeker van te zijn dat ik niet alleen met Sam zou zijn. Ik wist dat we het er op een gegeven moment over moesten hebben, maar ik was er nog niet klaar voor.

De zoete geur van cupcakes omhulde me toen ik de deur binnenliep, en in gedachten koos ik al uit welke cupcakes ik zou nemen. Voor zaterdag was vanilleboon mijn favoriet geweest, maar dat veranderde toen Aidan me de kaneel-broodjescupcake voerde. Ik keek door de vitrine en zag een schaal vol liggen, en er trokken tintelingen door mijn lichaam, waarbij mijn tepels het voortouw namen om te zien of Aidan er was voor een tweede ronde.

Toen de klant voor mij vertrok, vroeg ik Charlie om een vanilleboon- en een kaneelbroodjescupcake voor bij mijn water. Ze glimlachte veelbetekenend naar me, maar zei niets. Ik gaf haar mijn pinpas en bracht mijn lekkers naar onze tafel waar iedereen op me zat te wachten, zelfs Mandy, die meestal te laat was.

Ze stopten allemaal met praten toen ik ging zitten, iets waarvan ik wist dat het betekende dat ze ofwel over mij praatten, ofwel op mij zaten te wachten. Ik keek op in Addi's zachte bruine ogen en wist dat het laatste het geval was. Zelfs Addi grijnsde naar me.

'Wat?' vroeg ik defensief, wetende zodra de woorden mijn mond verlieten dat het de situatie alleen maar erger maakte.

Addi en Sam richtten zich weer op hun cupcakes, maar Mandy bleef me aankijken. 'Aidan was leuk.'

Ze probeerde me uit de tent te lokken. Ze probeerde me alles over hem, en over ons, te laten vertellen zonder er moeite voor te hoeven doen. Tja, we waren al meer dan twintig jaar vriendinnen en ik was niet van plan in haar trucjes te trappen.

'Jep,' was alles wat ik zei.

'Ga je hem nog een keer zien?' vroeg ze.

'Natuurlijk. We werken dezelfde dienst. Ik zie hem elke keer als ik naar mijn werk ga.'

Dat was duidelijk niet het antwoord waar Mandy op hoopte en ze tuitte haar lippen en trok een wenkbrauw naar me op, wachtend op meer.

'En buiten het werk? Jullie leken het nogal gezellig te hebben toen je bij hem op schoot gekropen zat,' zei Sam. Tot mijn verbazing hoorde ik geen spoor van woede of jaloezie in haar stem, alleen nieuwsgierigheid.

Ik wist niet hoe ik haar moest antwoorden. Ook al had ik drie dagen lang aan Aidans kus gedacht, ik had hem niet gezien of van hem gehoord. We werkten niet, dus ik verwachtte hem normaal gesproken niet te zien. Maar na onze kus… nou ja, ik had wel verwacht iets van hem te horen.

En het deed pijn om toe te geven dat hij me niet had gebeld en dat ik geen idee had hoe het nu zat tussen ons.

'Ik heb Aidan sinds zaterdag niet meer gezien,' antwoordde ik uiteindelijk. Het was de waarheid, waarbij ik alles wegliet over hoeveel pijn het deed om niets van hem te horen of over onze kus.

'Jullie hadden het net zo gezellig als Mandy en Xander. Ik zou hebben geraden dat jullie het met elkaar deden. Ik sta er dan ook van te kijken dat je hem al dagen niet hebt gezien,' zei Sam eerlijk.

Mandy en Addi knikten instemmend, en iedereen keek naar mij voor meer informatie, meer details, die ik gewoon niet had. Ze wilden het hele verhaal, de primeur over mijn relatie met Aidan. Details die ik zelf nog probeerde uit te zoeken, details die pas duidelijk zouden worden als ik Aidan weer zag.

'Ben je boos op me, Sam?' vroeg ik uiteindelijk, deels om

van onderwerp te veranderen en deels omdat ik het moest weten.

'Waar zou ik boos om moeten zijn? Eerst dacht ik dat jullie gewoon vrienden waren, maar ik zag hoe hij naar je keek. Alsof je nog lekkerder was dan een van Charlies cupcakes. Ik heb me teruggetrokken voordat hij terug naar jou ging, voordat hij je die cupcake voerde. Ik heb wel één vraag, hoor… Heeft hij een broer?'

Ik lachte en prevelde een snel dankgebedje dat ik zulke geweldige vriendinnen had. Alleen Sam kon de knop omzetten en het haar niet deren dat ze aan het flirten was met een man die in iemand anders geïnteresseerd was. Sam was geweldig, veerkrachtig en een fantastische vriendin.

'Sorry, maar nee. Hij is enig kind. Hij heeft wel een paar neven, geloof ik.'

Sam wreef opgewonden in haar handen en zei: 'Als je eenmaal weet hoe het zit tussen jullie twee, geef dan een feestje en nodig zijn knappe neven uit.'

Ik glimlachte, maar meende het niet helemaal. Ze had de spijker op zijn kop geslagen, ik moest uitzoeken hoe het zat tussen ons. Aangezien mijn ervaring met relaties beperkt was tot kutrelaties in het echte leven of fictieve relaties in films, had ik geen idee hoe ik verder moest, hoe ik erachter moest komen hoe het zat met Aidan.

Misschien besefte hij nadat hij me had gekust dat hij een dwaas was en wilde hij mijn gevoelens niet kwetsen. Misschien dacht hij dat hij me leuk vond totdat hij me kuste. Misschien… honderd verschillende dingen. Waarvan ik geen enkel idee had.

Ik zou moeten wachten tot ik hem twee dagen later op het werk zou zien om een soort aanwijzing te krijgen over ons.

Ik wou alleen dat mijn vriendinnen zo geduldig waren.

'Dus, je weet niet wat er aan de hand is? Maar het is

duidelijk dat er *iets* aan de hand is. We zagen allemaal hoe hij je die cupcake voerde. Als dat niet bloedheet was, weet ik het ook niet meer. Hadden jullie al iets met elkaar?'

Ik haalde diep adem en maakte me op voor het kruisverhoor. Ik wist dat het zou gebeuren, maar ik had gehoopt het te kunnen vermijden. Wat naïef van me.

'Nee, we hadden niets met elkaar. Hij heeft me een paar keer mee uitgevraagd en ik heb nee gezegd omdat ik niet dacht dat hij het meende. Hij zei het altijd op een gekscherende toon.'

'Hoezo? En hoe kon je nee tegen hem zeggen?' vroeg Addi.

De afgelopen drie dagen had ik me hetzelfde afgevraagd. Het was stom van me om te denken dat nee zeggen tegen Aidan een goed idee was, of iets wat ik voor altijd kon volhouden. Hij zei dat hij me leuk vond, maar hij kuste me en belde niet. Hoewel ik hem niet over één kam kon scheren met BJ, mijn klootzak van een ex, kwam hij ook zeker niet rechtstreeks uit een film.

De waarheid was dat hij me had gekust en toen was weggelopen.

'Ik zei nee omdat ik echt dacht dat hij een grapje maakte. Als hij me mee uitvroeg, zei hij dingen als: "Je moet gewoon met me uitgaan, want geen enkele andere man zal je ooit waardig zijn," of "Je weet dat we perfect voor elkaar zijn. Verzet je er niet langer tegen en ga gewoon met me uit, zodat ik het je kan bewijzen." Ik heb hem echt nooit serieus genomen.'

Drie gezichten staarden me aan alsof ik drie hoofden had. Of misschien glazuur op mijn shirt. Sam sprak als eerste, zoals gewoonlijk: 'Hij is helemaal gek op je. Als hij ook maar een van die dingen tegen mij had gezegd, had hij nog steeds in mijn bed gelegen.'

Addi en Mandy knikten, waardoor ik me afvroeg waarom

ik het nooit eerder had doorgehad. Het is altijd makkelijker om dingen te zien als je er niet middenin zit. En wat Aidan betrof, zat ik tot over mijn oren in de verwarring.

Toen ik eraan terugdacht, wist ik dat het er was. Ik wist dat ik hem veel leuker vond dan ik wilde toegeven. Ik wilde dat hij mij ook leuk vond. Ik hoopte dat zijn woorden de waarheid waren, dat hij echt met me wilde daten. Ook al geloofde ik niet in de liefde.

Na zijn kus begon de liefde verwarrend voor me te worden. Als de liefde kon bestaan, dan was het in een kus als die. Een kus die me zwaar liet ademen en me naar meer deed verlangen. Maar dat hij drie dagen niet belde, was een klap in mijn gezicht die me linea recta terugstuurde naar de 'geen liefde'-zone. Als Aidan ook maar de helft had gevoeld van wat ik had gevoeld, dan had hij me wel gebeld.

Toch?

'Als Xander dat tegen me zou zeggen, zou ik ter plekke met hem trouwen. Ik weet dat hij van me houdt, maar zo praat hij niet. Dat is echt van die shit rechtstreeks uit de films waar jij zo graag naar kijkt. Ik zie het helemaal voor me dat jij zwijmelt bij een vent op het scherm die dat zegt, maar als je het in het echt hoort, denk je dat het een leugen is,' voegde Mandy toe.

Ze had gelijk. Niet dat ik dat graag hoorde. Als een man in een film dat had gezegd tegen de vrouw die hij najoeg, zou ik hebben gehuild om hoe lief het was. In plaats daarvan hoorde ik het in het echt en geloofde ik er niet in. Geloofde ik niet in Aidan.

Maar hij belde niet. Dus hoe kon ik nu in hem geloven?

'Oké, meiden, maar hij heeft me niet gebeld. Ja, ik heb keer op keer nee gezegd. Ik was stom. Maar ik heb zaterdag ja gezegd. Daarom was hij daar. Hij heeft me niet gebeld. Betekent dat niet iets?'

'Weet je zeker dat hij je nummer heeft?' vroeg Addi.

'Ja,' gaf ik toe. 'Hij heeft me eerder gebeld als we met een groepje uitgingen. Af en toe stuurt hij me een appje.'

'En zijn werk dan? Hij zei dat hij veel overwerkt. Kan het zijn dat hij dit weekend heeft gewerkt?' vroeg Mandy.

Ze had gelijk. Hij had inderdaad aan iedereen verteld dat hij veel extra overwerkt omdat hij spaart om een huis te kopen. Misschien had hij de afgelopen dagen moeten werken.

'Of misschien wist hij niet wat hij moest zeggen. Hij is je zaterdag behoorlijk snel achternagerend. Niemand van ons wist waarom je zo wegging, maar toen Mandy opstond om achter je aan te gaan, was Aidan al halverwege de deur,' vertelde Addi me.

'Ja, hij was niet te stoppen. Heeft hij je nog ingehaald?' vroeg Mandy.

Ik knikte, terwijl ik terugdacht aan onze wandeling naar mijn appartement en hoe hij bij me was gebleven tot ik thuis was. Ik voelde mijn wangen rood worden toen onze kus door mijn gedachten flitste.

En ze merkten het allemaal.

'Oeh, wat is er gebeurd? Je kijkt ontzettend schuldig. Heb je met hem geslapen?' Sam leunde naar voren, klaar voor de roddels.

Ik rolde met mijn ogen naar haar. Ze kende mijn verleden en wist hoeveel moeite ik had om me open te stellen voor mannen, maar ze behandelde me altijd als ieder ander en stelde dezelfde vraag die ze ook aan Addi of Mandy zou hebben gesteld.

En daar was ik haar ontzettend dankbaar voor. Dat ze me niet het gevoel gaf dat ik anders was, alleen maar omdat het eerste en enige vriendje dat ik had gehad me had verkracht. Dat ze me niet het gevoel gaf dat ik daardoor anders was.

'Ik heb niet met hem geslapen. Hij heeft me alleen gekust.'

'Dat moet een kus van jewelste zijn geweest,' zei Addi

zachtjes. Een glimlach speelde om haar lippen en ik wist dat ze niet jaloers was, maar wel een beetje afgunstig. Ik kende dat gevoel maar al te goed.

'Het was een geweldige kus. Een kus die vuurwerk verdiende. Een kus waar ik sindsdien niet meer aan heb kunnen stoppen met denken, ook al lijkt hij er geen enkele moeite mee te hebben gehad om verder te gaan.'

'Ach, meid, dat weet je niet,' zei Mandy, terwijl ze haar arm om mijn schouder sloeg. 'Als hij aan het werk was of iets anders had, was hij misschien te druk. Hij kan ook hebben geprobeerd te verwerken wat er is gebeurd. Kerels verwerken dingen niet zoals wij. Als het zo'n goede kus was, heeft het hem waarschijnlijk compleet in de war gebracht.'

'Ja, maar waarom zou hij me dan niet bellen? Als hij in de war is, vindt hij me misschien niet zo leuk als hij dacht.'

Ze wisselden allemaal een blik uit die me vertelde dat ze hetzelfde hadden gedacht. Ik wilde het niet horen. Ik kon het medelijden in hun stemmen of het ongemak in hun ogen niet verdragen. Het was misschien niet eerlijk, maar ik kon er niet meer tegen.

'Laten we het gewoon over iets anders hebben. We gaan toch geen antwoord vinden op de vragen die door mijn hoofd spoken en dit alles maakt me alleen maar meer van streek. Jullie weten dat ik sowieso al wantrouwend ben tegenover mannen. Als Aidan besluit dat hij een fout heeft gemaakt, dan schrijf ik het gewoon af als weer een vent die een eikel was.'

Ik dacht niet dat het zo makkelijk zou zijn om hen het onderwerp te laten vallen, maar dat was het blijkbaar wel. Natuurlijk hielpen de tranen die dreigden op te wellen waarschijnlijk ook. Ik had niet meer om een man gehuild sinds ik het hele vreselijke verhaal over BJ had opgebiecht aan Mandy. Eigenlijk was dat niet huilen om een man, maar huilen om de pijn van wat er was gebeurd, om mijn verlies van vertrouwen in mannen.

Aidan had lang niet zoiets ergs gedaan, maar ik voelde me teleurgesteld. Ik dacht dwaas genoeg dat we stilzwijgend hadden afgesproken om het te proberen. Maar hij belde nooit.

HOOFDSTUK 6

TOEN WE EINDELIJK allemaal op het punt stonden om te gaan, legde Mandy haar hand op mijn arm en zei: 'Kan ik je naar huis brengen?'

Ik schudde mijn hoofd, me afvragend waarom ze de moeite nam. Ze wist dat ik om de hoek woonde en altijd liep. Omdat het eind juni was, was het lekker weer en was het nog maar net donker.

'Alsjeblieft, dan voel ik me beter', zei ze.

Met een blik op Sam en Addi stemde ik toe, me afvragend wat er aan de hand was waar ze met me over moest praten. Mandy zocht me meestal alleen op als er iets was gebeurd. Meteen trok ik een muur op en bereidde me voor om Xander af te kraken, ook al was ik hem eigenlijk wel aardig gaan vinden.

Ik stapte in de passagiersstoel van Mandy's auto en zat stilletjes terwijl ze wegreed en de twee minuten naar mijn appartement reed. Hoe gek het ook leek, ik liet haar begaan, wachtend tot ze zou beginnen te praten over wat er ook aan de hand was.

Toen ze uitstapte, wist ik dat het een lange nacht zou

worden. Als ze mee naar binnen kwam, dan had Xander het flink verpest. In gedachten liep ik mijn keuken door en besefte dat ik twee flessen wijn en een bak ijs in de vriezer had. Dat moest maar volstaan.

Ik liet ons binnen en Brownie kwam aanrennen om ons te begroeten. Mandy was een kattenmens, maar ze mocht Brownie wel. Ze knielde op de grond om hem overal te aaien en hij liet zich op zijn rug vallen, zijn buik blootgevend voor extra kriebels. Mandy lachte terwijl ze zijn onuitgesproken verzoek inwilligde.

Uiteindelijk hield ik het niet meer uit. 'Wat is er gebeurd, Mandy? De spanning is om te snijden. Is er iets mis tussen jou en Xander?'

Mandy keek me met dromerige ogen aan en zei: 'Nee. Xander is perfect. Ik'ben hier omdat ik me zorgen om jou maak.'

O, shit, dacht ik, *de ondervraging gaat verder.* Mandy stond op, legde haar arm over mijn schouder en leidde me toen naar mijn woonkamer om op de bank te gaan zitten. Ik was al in de war en het idee dat mijn beste vriendin daar zat en me vertelde dat ze zeker wist dat alles in orde was, was niet mijn idee van een goed einde van mijn avond.

'Mandy, met mij komt het wel goed. Je hoeft je geen zorgen om me te maken', zei ik tegen haar, klaar om daar zo snel mogelijk weg te komen. Ik sprong op van de bank en liep de keuken in.

'Dat's het probleem, Claire. Ik'zal me altijd zorgen om je maken. Net zoals jij je zorgen maakte om mij met Xander. Ik weet dat je't niet zeker weet of je iets moet beginnen met Aidan, of met wie dan ook, maar hij was echt lief.'

Ik trok mijn koelkast open en pakte de fles wijn die ik erin had staan. Ik pakte twee glazen, vulde het ene tot de rand en het andere halfvol, en gaf Mandy het halfvolle glas. We klonken met onze glazen en ik nam een lange, versterkende slok van de mijne. De alcohol en de kou lieten me rillen terwijl het door mijn keel gleed.

'Je vindt hem echt leuk, maar ik zie dat je dat niet wilt.'

'Mandy, ik waardeer dit allemaal, maar het lijkt er niet toe te doen. Als Aidan geen interesse in me heeft, wat maakt het dan uit hoe ik me voel?'

Mandy zette haar wijnglas op het aanrecht en stapte dichter naar me toe. 'Hoe jij je voelt, doet er altijd toe. Als je't niet naar je zin hebt, doet het ertoe. Als je gelukkig bent, doet het ertoe. En alles daartussenin.'

Ik blies mijn adem uit, me afvragend hoeveel ik aan Mandy moest opbiechten. Haar opgetrokken wenkbrauw vertelde me dat ze dwars door mijn pogingen heen keek om te verbergen hoe verloren ik me voelde. 'Ik weet niet of ik de laatste tijd gelukkig ben. Jou met Xander zien, je zo gelukkig zien… Het deed me beseffen hoeveel er in mijn leven ontbreekt.'

'Zoals wat?' vroeg Mandy, en ze nam een slok van haar glas. Ik wist dat ze dat deed om te voorkomen dat ze zelf de leegte zou invullen met wat zij dacht dat ik miste.

Ik haalde mijn schouders op. 'Ik weet het niet helemaal zeker. Een deel van mij heeft het gevoel dat ik het leven maar gewoon onderga. Jij houdt van je werk, maar ik heb gewoon een baan die de rekeningen betaalt. Jij hebt Xander, maar ik functioneer amper in de buurt van mannen. Jij hebt je eigen huis, maar ik huur zonder plannen om dat te veranderen.'

'Je moet doen wat voor jou werkt. Twee maanden geleden had ik nog maar nauwelijks een van die dingen.'

'Jij hebt altijd van je werk gehouden', protesteerde ik.

'Dat is waar', gaf Mandy toe. 'Maar ik hou er zo veel meer van zonder Melody en nu ik de leiding heb.'

Mandy had onlangs promotie gekregen tot manager Klantenservice. Tijdens het beslissingsproces kwam aan het licht dat haar rivale op het werk, Melody, roddels over

Mandy verspreidde en haar bijna haar baan had gekost. Mandy kwam voor het eerst ooit voor zichzelf op tegen Melody, en uiteindelijk was Melody degene die zonder baan zat.

Ik glimlachte, wetende dat Xander de grootste verandering in Mandy teweeg had gebracht. Vóór hem denk ik niet dat ze het tegen Diana, haar oude baas, had opgenomen om Melody ontslagen te krijgen. Ze was veranderd met Xander in haar leven, op een goede manier.

'Wat wil je doen als je niet meer voor de TSA wilt werken?'

Ik haalde weer mijn schouders op, niet zeker hoeveel ik wilde opbiechten. Ik'd in mijn hoofd met ideeën gespeeld, maar dat betekende niet dat ik ze wilde delen.

'Je hebt een idee, nietwaar? Je weet wat je wilt doen', stelde Mandy vast. Ze kon me net zo goed lezen als ik haar.

Ik kauwde op mijn lip en knikte. 'Ik wil andere meiden helpen. Meiden die hebben meegemaakt wat ik heb meegemaakt. Nog beter zou zijn om het te stoppen voordat het gebeurt.'

'Je wilt werken met meiden die verkracht zijn?' vroeg Mandy, geschokt.

Ik knikte. 'Ik wil niet dat iemand zoveel jaar later nog steeds littekens heeft. Ik wil dat ze genezen. Ze zouden een normaal leven moeten kunnen hebben, normale relaties-'

'Dat zou jij ook moeten', onderbrak Mandy me.

Tranen vulden mijn ogen. Een deel van me wist dat ze gelijk had. Als iemand anders het verdiende, was er geen reden om te geloven dat ik dat ook niet deed, maar het was moeilijker te accepteren. Ik was bezoedeld. Het was geen schok dat Aidan me niet wilde, zelfs al wist hij niet de hele waarheid over mijn verleden. Misschien voelde hij aan dat er iets meer aan de hand was toen ik wegliep.

'Hij praatte over je, wist je dat?' Mandy onderbrak mijn

gedachtestroom en leek mijn gedachten te lezen. 'De hele tijd dat je van tafel was, praatte hij over jou. Hoe leuk hij het vond om met je samen te werken, hoe blij hij was om eindelijk je vrienden te ontmoeten, hoe enthousiast hij was om Brownie te ontmoeten en hoeveel plezier hij had met hem te spelen. Telkens als Sam hem op haar probeerde te laten focussen, kwam hij weer met een ander verhaal over iets wat jij had gedaan. Hij probeerde Sam te vertellen, zonder haar een slecht gevoel te geven, dat hij niet'geïnteresseerd was in haar omdat hij alleen oog voor jou had. Dat's niet de man die je kust en niet belt.'

Ik schudde mijn hoofd en slikte nog een slok wijn door. De wijn begon mijn hersens al wazig te maken, omdat ik nog geen avondeten had gegeten en snel dronk. Ik wilde niet nadenken over hoe lief Aidan was of hoe leuk hij me vond voordat hij me kuste. Ik wilde niet horen hoe goed mijn vrienden met hem konden opschieten of hoeveel hij over me praatte. Ik kon het niet. Omdat het pijn deed.

Ik wilde geen pijn hebben om een man die nooit van mij was geweest. Ik kon het niet en ik zou het niet doen.

'Mandy, alsjeblieft, hou er gewoon mee op. Oké, dat was allemaal voordat hij me kuste. Voordat hij me drie dagen negeerde. Ik denk niet dat ik het aankan, oké. Ik wil gewoon proberen verder te gaan. Ik weet niet hoe ik hem onder ogen moet komen op het werk, wetende dat hij met één kus mijn hele leven heeft veranderd.'

'Wat bedoel je? Hoe heeft hij je leven veranderd?'

Ik proestte van het lachen, wetende dat ze zou denken dat ik gek was. Hoewel Mandy Xander had gevonden, had ze'nooit over zijn kussen gepraat zoals ik me voelde over die van Aidan. Ze zou denken dat ik mijn verstand verloor.

'Hij gaf me weer iets om in te geloven. Toen hij me kuste, voelde het alsof mijn wereld voor het eerst in lange tijd logisch was. Ik wilde niet dat hij stopte. Ik begreep eindelijk waarom jullie allemaal van seks houden. En dat kwam alleen maar door een kus.'

Verrassend genoeg lachte Mandy niet. Ze keek me alleen maar aan en nam alles in zich op. Luisterend alsof ik haar de geheimen van het leven vertelde.

'Dat voelde ik de eerste keer dat Xander me kuste. Het was de beste kus van mijn leven, die mijn wereld echt op zijn kop zette. Maar het was niet alleen dat hij een goede kusser was. Het was de passie, liefde en zorg erachter. Het was de connectie die voelde alsof we elkaar al een eeuwigheid kenden. De plotselinge en onwrikbare behoefte om hem voor altijd aan mijn zijde te hebben. Het joeg me de stuipen op het lijf.'

'Ja, mij ook. Het maakte Aidan ook bang, dat weet ik zeker. Hij sprak de rest van de dag niet meer met me.'

'Echt waar?' zei Mandy en ze krabde aan haar hoofd alsof ze iets probeerde te bedenken. 'Is hij er zomaar vandoor gegaan?'

Ik schudde mijn hoofd terwijl de scène zich weer in mijn gedachten afspeelde. 'Hij hield mijn hand vast. We stonden daar hand in hand en hij gooide de stok voor Brownie. Toen Brownie er genoeg van had, liep Aidan met ons mee terug naar de deur, kuste mijn voorhoofd en vertrok zonder nog iets te zeggen. Het was alsof we allebei in trance waren. Ik wist niet wat ik tegen hem moest zeggen en dacht dat hij hetzelfde voelde.'

'Hoe weet je dat dat niet zo was?'

Ik haalde mijn schouders op. 'Als dat zo was, had hij dan niet moeten bellen?'

Mandy haalde diep adem en maakte zich op om iets te zeggen waarvan ze wist dat ik het niet leuk zou vinden. 'Ik vind het prima als de man de eerste stap zet en betaalt en al die shit, maar jij had hem kunnen bellen. Misschien voelt hij zich hierdoor net zo overvallen als jij en denkt hij dat je niets van hem wilt horen. Misschien is hij bang dat je van gedachten bent veranderd over hem. Of misschien is hij gewoon aan het werk, zoals ik je al eerder vertelde.'

Op dat moment was alles mogelijk.

'Ik denk dat ik dacht dat hij, omdat hij me altijd heeft proberen te veroveren, dat zou blijven doen. Als hij geen interesse meer heeft, dan begrijp ik waarom hij niet zou bellen. Maar als hij nog hetzelfde voelt als voorheen, had hij moeten bellen. Hij had me iets moeten laten weten. Word ik nu gek?'

Mandy schudde haar hoofd en nam toen een slok van haar wijn. 'Ik snap het, schat, echt waar. Ik voelde me net zo met Xander. Hij was degene die achter me aan zat. Hij wilde onze eerste date regelen en bleef me maar bellen. Hij was degene die me mee uit vroeg. Maar nu we voorbij alle shit zijn waar we in het begin mee te maken hadden,' ik trok mijn wenkbrauw naar haar op. 'Oké, ík ben voorbij alle shit, hij had niets om voorbij te komen. Hoe dan ook... hij heeft me verteld dat hij zich lange tijd heeft afgevraagd of ik echt in hem geïnteresseerd was. Hij zei dat omdat hij altijd degene was die belde, hij het gevoel had dat ik hem maar duldde totdat er iemand beters langskwam.'

'Je was gewoon bang dat hij een spelletje met je speelde,' protesteerde ik namens haar.

Ze knikte. 'Ja, dat was ik. Maar dat wist hij toen niet. Hij kon dat onmogelijk weten. Hij vertelde me dat elke keer dat hij de telefoon pakte om me te bellen of te sms'en, zijn handen trilden en hij het gevoel had dat hij misselijk werd. Het is moeilijk voor te stellen dat hij iets anders dan zelfverzekerd is, maar hij zei dat hij wist dat hij me leuk vond op het moment dat hij mijn stem hoorde. Ik voelde hetzelfde, ik vertrouwde het alleen niet. Ik denk dat hetzelfde misschien met jou en Aidan gebeurt.'

'Ik weet het niet...'

'Ik kan er helemaal naast zitten, maar de overstap van vriendschap naar meer is eng. Het is zelfs nog moeilijker for jou en Aidan, omdat jullie al jaren vrienden zijn en samenwerken. Het is niet alsof jullie zomaar terug kunnen als het niet werkt. Maar eerlijk gezegd, van het weinige dat we met hem gepraat hebben, denk ik dat hij een goede vent is.'

Ik knikte. 'Hij is de beste man die ik ken. Niets ten nadele van Xander. Aidan let op me op het werk, is er altijd om de taken te doen waarvan hij weet dat ik me er ongemakkelijk bij voel, ook al weet hij niet waarom.'

Mandy's voorhoofd fronste terwijl ze vroeg: 'Zoals wat?'

Ik wist hoe Mandy over haar gewicht dacht. Hoewel ze nooit had verwacht een man als Xander te vinden, had ze altijd gehoopt dat ze de liefde zou vinden. Ze datete tijdens haar studie en heeft een paar vriendjes gehad sinds we afgestudeerd zijn. Haar gewicht was een probleem voor haar omdat ze zich zorgen maakte over de meningen van anderen, maar ze was gelukkig. Ze had niet haar hele leven geprobeerd af te vallen.

En ze begreep niet helemaal waarom ik mijn volwassen leven had doorgebracht met aankomen.

'Weet je nog hoe jij het fijn vindt om bij de klantenservice te werken omdat niemand je kan zien en je op je uiterlijk kan beoordelen?' Ze knikte. 'Nou, ik vind het niet fijn om voor passagiers te staan, want als ze boos worden over iets, worden ze vaak gemeen. Ik ben vaker een dikke teef genoemd dan ik kan tellen, alleen maar omdat de röntgen iets oppikte en ik een tas moest inspecteren. Aidan merkte mijn terughoudendheid om aan het einde van de lijn te werken op en wanneer we samen zijn, doet hij dat voor me.'

'Hij geeft veel om je. Dat gaat niet zomaar weg. Zeker niet na een tenenkrullende kus.'

Ik moest lachen om Mandy. Tenenkrullend omschreef

59

zijn kus zeker. Tenenkrullend, wereldschokkend, een rilling door je lijf. Ja, die pasten allemaal.

'Ben je bang om hem toe te laten vanwege BJ? Je hebt sinds hem gedatet, dus ik dacht eigenlijk dat je over hem heen was, maar we praten er nooit over.'

Ik dronk de rest van mijn wijnglas leeg, ongemakkelijk bij zowel het praten over mijn ex als het vergelijken van de twee mannen. Er was geen vergelijking. Die kon er niet zijn. Als ik bang was om Aidan toe te laten, zei dat dan dat ik dacht dat hij als BJ kon zijn? Als ik gewoon bang was, wat zei dat dan over mij?

'Ik praat niet graag over BJ. Ik vertrouwde hem. Dat had ik duidelijk niet moeten doen, maar ik was zeventien en blijkbaar dom. Ik heb sindsdien nooit echt een man kunnen vertrouwen, maar Aidan vertrouw ik wel. We zijn al jaren vrienden en ik weet dat hij me geen pijn zou doen. Hij is geen BJ. Het probleem is dat, omdat ik hem wel vertrouw, ik bang ben. Het is moeilijk om hem te vertrouwen en een nieuw terrein te betreden. Toen hij me kuste, wilde ik niet dat hij stopte. En ik denk dat dat me meer dan wat dan ook bang maakte.'

'Wat bedoel je?' vroeg Mandy zachtjes.

'Ik heb nooit van seks genoten. Jullie hebben het erover en ik zit erbij en vraag me af wat ik verkeerd heb gedaan. Het was nooit leuk voor me, maar alleen al Aidan kussen was beter dan alle seks die ik ooit heb gehad. Het zorgde ervoor dat ik andere dingen wilde proberen.'

Ik heb nooit met Mandy over seks gepraat, omdat ik nooit iets te vertellen had. Ook al had ik seks gehad, het was lang geleden, en ik vroeg zeker nooit om advies of begon over het onderwerp. Mandy luchtte door de jaren heen haar hart en deelde verhalen met me, maar dat ik een discussie begon was een beetje raar voor ons.

'Je wilde met hem naar bed, alleen al vanwege zijn kus,

maar het maakte je bang omdat je hem genoeg vertrouwt om het te overwegen. Klopt dat zo'n beetje?'

Ik knikte.

'God, ik was precies jou drie maanden geleden. Heb ik je verteld dat Xander en ik na onze eerste date met elkaar naar bed zijn geweest?' Ik knikte. Ze had zich er toen raar over gevoeld en leek zich ervoor te schamen, maar nu... tja, ze leek anders. 'Het was vanwege zijn kussen. Hij kuste me meteen toen ik bij het restaurant aankwam, omdat hij zei dat hij geen minuut langer kon wachten om me te kussen. We kusten en dansten en deelden ons eten en tegen de tijd dat de date voorbij was, waren we klaar om elkaar op de parkeer-plaats te bespringen. Hij verstopte zich de hele avond achter me, omdat hij zo'n harde erectie had dat die zijn spijkerbroek deed spannen. In de week die we hadden besteed om elkaar aan de telefoon te leren kennen, was ik als een blok voor hem gevallen en ik kon me niet voorstellen bij hem weg te lopen.'

Oh shit. Ik wilde niet horen dat ik verliefd aan het worden was op Aidan. Het was te vroeg. We kenden elkaar nog niet zo goed. En hij had me niet gebeld.

Maar verdomme, Mandy had gelijk. Wat ze beschreef, wat zij had meegemaakt, ik voelde al diezelfde dingen. Voor een vrouw die had besloten dat liefde niet in haar toekomst lag, dook ik er wel vol in.

Ik kon alleen maar hopen dat er iemand was om me op te vangen.

'Claire, ik probeer niet te zeggen dat je verliefd bent op Aidan. Alleen jij weet dat. Ik weet alleen dat ik hetzelfde voelde met Xander. Ik kon geen genoeg van hem krijgen en kon mijn handen, of de rest van me, niet van hem afhouden. En hij voelde hetzelfde. Aidan zou je niet gekust hebben als hij je niet leuk vond. En kussen zoals jij ze beschreef... die zijn niet eenzijdig. Hij voelde het ook.'

Mandy dronk de rest van haar wijn op en keek me aan.

Ze probeerde te achterhalen of ze me een beter of slechter gevoel had gegeven. Dat probeerde ik ook. Ik wist, toen ze de woorden uitsprak, dat ik al verliefd begon te worden op Aidan. Eerlijk gezegd was dat al gebeurd in de jaren dat we elkaar kenden, maar ik had het weggestopt. Helaas, zoals Mandy al zei, zouden we niet terug kunnen naar hoe de dingen voorheen waren. Ik moest gewoon afwachten en zien of hij samen met mij verder wilde of dat ik alleen verder zou moeten.

Mandy vertrok een paar minuten later, zodat ze naar Xander kon gaan. Ze was nog niet officieel bij hem ingetrokken, maar ze was bijna nooit meer thuis en had zelfs haar kat, Zada, naar het huis van Xander verhuisd. Ik liet Brownie uit en vond wat overgebleven pizza in mijn koelkast. Toen ik eenmaal op mijn bank was gekropen, pakte ik mijn telefoon en besefte ik dat ik een sms had. Van Aidan.

> Sorry dat ik niet gebeld heb. Nachtdienst gedraaid terwijl we vrij zouden zijn. Mis je. Kan niet stoppen met aan je te denken. Zie je morgen.

En zomaar was het hem vergeven.

HOOFDSTUK 7

DE VOLGENDE PAAR dagen op het werk vlogen voorbij. Aidan flirtte elke kans die hij kreeg met me, maar uiteindelijk hebben we na het werk helemaal niet afgesproken. Aidan draaide twee dagen een extra dienst en de derde dag had hij plannen met zijn ouders. Hij nodigde me wel uit om met hen te gaan eten, maar ik sloeg het af. Ik kon het me niet voorstellen om zijn ouders te ontmoeten terwijl Aidan en ik elkaar nog maar net leerden kennen.

Na onze vierde dag ging een groepje van ons meestal uit. Later tijdens de dienst vroeg Aidan me of ik met de rest mee wilde gaan. Ik wist niet zeker of ik er puf voor had, omdat ik eigenlijk gewoon wilde ontspannen, maar ik wilde ook wat tijd met hem doorbrengen. Ik was er echter nog niet klaar voor om weer met hem alleen te zijn, en ons groepje was altijd leuk om mee op te trekken, dus ik stemde toe.

Na onze dienst stonden drie van onze andere collega's in de personeelskamer over hun plannen te praten. Nicole en Jenn waren goede vriendinnen en Bob was hopeloos verliefd op Nicole. Als Nicole en Jenn uitgingen, zou Bob zonder twijfel met hen meegaan.

'Laten we vanavond naar Malley's gaan. Ik wil drinken, luidruchtig zijn en Bob inmaken met poolen', klapte Jenn opgetogen in haar handen. Ik kreunde inwendig. Malley's was niet mijn favoriete plek, maar ze hadden er tenminste goede drankjes. Ik was een ramp in poolen en was niet zo enthousiast over het idee om toe te kijken hoe iedereen het naar zijn zin had. 'Ik moet de rest van deze energie kwijt. Aidan, ga je met ons mee?'

Ik had niet eens gemerkt dat hij de kamer was binnengekomen. Instinctief draaide ik me om, om naar hem te kijken en zag hem knikken. 'Ja. Ik ben behoorlijk kapot, dus misschien blijf ik niet te lang, maar ik ga wel even mee.'

Hoewel ik wist dat hij ging, was het fijn om het te horen. Malley's was geen geweldige plek voor ons om te praten, maar de anderen zouden tenminste afgeleid zijn door het poolen. We zouden misschien meer kans krijgen om te praten dan ik eerst dacht, ook al werd het een kort avondje.

Ik begreep dat hij niet lang wilde blijven. Hij had tien dagen achter elkaar gewerkt, waarvan twee met dubbele diensten. Hij moest wel uitgeput zijn. En uit eigenbelang had ik iets met hem willen doen omdat ik hem had gemist. Het was een week geleden sinds zijn kus en ik droomde nog steeds over hem. Hij had me niet opnieuw gekust, wat geen verrassing was, aangezien ik hem alleen op het werk had gezien. Een deel van me hoopte dat daar verandering in zou komen.

'Spelbreker', plaagde Nicole hem. Ze was lang en prachtig met meer dan genoeg rondingen. Nicole was ook gezellig en makkelijk in de omgang. En om de een of andere reden gaf ze me nooit het gevoel dat ze op Aidan viel, wat het voor mij een stuk makkelijker maakte om haar aardig te vinden. 'Jij en Claire zijn zo saai. Zij zei ook al dat ze niet lang blijft.'

'Ik weet het', murmelde Aidan, zijn woorden doorspekt met zoveel warmte dat het mijn blik trok. Ik zag verlangen en de ongestelde vraag in zijn ogen. Een blik die zei dat hij net zozeer had gehoopt met mij af te spreken als ik hem had gehoopt te zien.

Ik pakte mijn spullen en volgde de anderen de kamer uit met Aidan aan mijn zijde. Op de parkeerplaats ging iedereen een andere kant op, maar Aidan bleef bij mij in de buurt. 'Wil je dat ik je oppik?' vroeg hij me toen we alleen waren.

'Eh, nee, ik kom er zelf wel.'

'Weet je het zeker? Het ligt op mijn route, en dan heb ik de kans om je welterusten te kussen als ik je afzet.'

Mijn lichaam werd warm toen hij naar me toe leunde. Zijn adem kietelde mijn wang voordat hij me zachtjes kuste. 'Ik pik je over een uur op.'

Ik kleurde en knikte terwijl ik in mijn auto stapte.

Een uur later reed Aidan weg bij mijn appartement en sloeg af richting Malley's. Winterville, New York, waar we woonden, was mijn geboorteplaats en ik kon een glimlach niet onderdrukken toen ik uit het raam keek. Malley's lag in ons centrum, aan Winter Way, onze versie van de Hoofd-straat. In een klein stadje als Winterville was het centrum behoorlijk klein, maar het was er bruisend op een zater-dagavond.

Aidan reed een paar keer het blok om voordat hij een parkeerplaats vond aan Icy Lane. Begin me niet over onze straatnamen. Ik hield van Winterville, maar wie al die straat-namen had bedacht was een beetje te veel van het goede voor mij.

We liepen de bar binnen met Aidans hand laag op mijn rug. Hij begeleidde me naar waar Nicole, Jenn en Bob rond een statafel stonden. Er stonden twee stoelen leeg en ik schoof op een ervan terwijl Aidan drankjes voor ons ging halen.

'Zijn jullie samen hiernaartoe gekomen?' vroeg Jenn.

Ik knikte en probeerde te doen alsof het niets voorstelde,

maar ik zag de blik die Jenn en Nicole uitwisselden. Aidan kwam terug met twee biertjes en gaf er een aan mij voordat hij op de stoel naast me ging zitten. Zijn been schuurde tegen het mijne toen hij ging zitten en ik hapte naar adem bij het contact.

Heilige shit, ik was verkocht. Eén kleine aanraking, niet eens huid op huid, en ik was klaar om hem te bespringen. Ik had nog nooit in mijn leven een man willen bespringen. Nog nooit.

Ik dronk mijn biertje in een paar slokken half leeg en zette het met een harde klap op tafel. De alcohol wervelde door mijn hersenen en ik voelde me iets beter. Het was mijn enige verdediging tegen Aidan en de lust die door me heen stroomde bij zijn aanraking, een aanraking die niet was gestopt sinds hij was gaan zitten.

Zijn dijbeen rustte nog steeds tegen mijn knie. We zaten zo dicht bij elkaar dat ik kon voelen wanneer hij verzette en zijn arm raakte me bijna toen hij zijn biertje ophief om te drinken. Nicole wierp een blik op Jenn en zei: 'Laten we gaan poolen.'

Jenn stemde toe en Bob liep achter hen aan, waardoor Aidan en ik alleen aan de tafel achterbleven. 'Gaat het?' vroeg Aidan me zodra ze buiten gehoorsafstand waren.

'Ja, waarom?'

Hij nam nog een slok van zijn bier en nam me zorgvuldig op. 'Je lijkt gespannen. Wil je ergens anders heen?'

'Nee', zei ik te snel. Pijn flitste in Aidans ogen voordat hij het verborg. 'Ik bedoel, we zijn hier net. Laten we met hen gaan poolen.'

Aidan knikte en pakte zijn flesje. Ik dronk de rest van de mijne op en hij bood aan een nieuwe voor me te halen. Ik stemde toe en hij liep naar de bar terwijl ik me omdraaide om me bij onze vrienden aan de pooltafel te voegen.

'Wat is er aan de hand met jullie?' vroeg Jenn toen ze aan de rand van de pooltafel naast me kwam staan.

Jenn was de afgelopen jaren een vriendin geworden, maar geen goede. Toch wist ik dat ik met haar kon praten. 'Ik heb geen idee. Hij ging vorig weekend met mij en mijn vrienden uit en hij kuste me, maar sindsdien hebben we elkaar niet meer gezien. Behalve op het werk, bedoel ik.'

Jenns glimlach liet me weten dat ze een geheim had, een waarvan ik niet zeker wist of ik het wilde horen. 'Je hebt eindelijk ja gezegd. Goed. Hij werd er gek van hoe hij je zover kon krijgen om met hem uit te gaan.'

Ik rolde met mijn ogen. 'Aidan zat niet bepaald verlegen om vrouwelijke aandacht. Hij ziet er veel te goed uit om op mij te zitten wachten.'

Ze haalde haar schouders op en zei: 'Misschien. Maar hij wachtte op jou. Hij vroeg me elke week of ik iets kon bedenken wat hij kon zeggen of doen waardoor je met hem uit zou gaan. Ik ben blij dat hij eindelijk iets heeft bedacht. Als ik Nicole nu nog zover kon krijgen om Bob een kans te geven, zou iedereen gelukkig zijn.'

'Hoe zit het met jou, Jenn?' vroeg ik, me realiserend dat ik heel weinig over haar wist.

'Ik? Oh, ik ben gelukkig. Ik woon al bijna een jaar samen met mijn vriend en we beginnen over trouwen te praten. Hij is absoluut de ware voor mij. Ik hou zoveel van hem en vreemd genoeg voelt hij hetzelfde voor mij.'

'Hoe kan het dat ik dit niet wist? En waar is hij vanavond?'

'Waar is wie?' vroeg Aidan met een scherp randje in zijn stem, terwijl hij me mijn biertje gaf.

'Jenn vertelde me net over haar vriend. Ik vroeg haar waar hij is.'

De opluchting in Aidans ogen was bijna lachwekkend, alsof hij dacht dat ik Jenn probeerde over te halen om me aan iemand anders te koppelen. Hij leunde met ons tegen de pooltafel en mengde zich in ons gesprek, terwijl Jenn ons vertelde over Devon, haar vriend, en zijn gekke uren bij de politie.

'Gaan jullie nog spelen of blijven jullie daar maar staan,' zei Nicole achter ons. Ik draaide me om en zag haar tegen een keu leunen, terwijl de ballen al in de driehoek lagen, klaar voor het spel.

'Ik heb er niet zo'n zin in, maar ik kijk wel mee,' zei Jenn, terwijl ze aan haar drankje nipte. 'Jullie zouden wel in teams moeten spelen.'

'Claire zit in mijn team,' zei Aidan voordat iemand anders iets kon zeggen. Hij trok me tegen zich aan en sloeg zijn arm om mijn schouders.

'Je moet wel weten dat ik niet goed ben in poolen,' zei ik lachend tegen hem, terwijl ik me afvroeg of hij zich zou bedenken over het feit dat hij met mij in een team zat.

Hij nestelde zich in mijn nek en fluisterde in mijn oor: 'Dan vind ik het des te leuker om het je te leren.' Zijn tong gleed in het kuiltje achter mijn oor en mijn hele lichaam trilde door de sensuele aanraking.

'Hebben jullie een kamer nodig of gaan we nog spelen?' vroeg Bob geïrriteerd. Ik kon het niet helpen me af te vragen of hij over de zeik was omdat het niet zo goed leek te gaan tussen hem en Nicole.

'We gaan zeker spelen,' zei Aidan, terwijl hij mijn blik vasthield. Zijn woorden en de diepe brom van zijn stem joegen nog meer rillingen door mijn lijf. Aidan liep vastberaden weg, koos een keu en nam plaats aan het hoofdeinde van de tafel.

Met de keu soepel tussen zijn vingers glijdend, stootte Aidan de witte bal richting de driehoek met ballen aan de andere kant van de tafel. Een voldoening gevend geluid liet ze alle kanten op schieten voordat de volle blauwe bal, nummer twee, pardoes voor mijn neus in een pocket verdween. Ik trok een wenkbrauw naar hem op en hij grijnsde terug.

'Wij zijn de vollen,' zei hij tegen Bob, zonder zijn blik van mij af te wenden.

Aidan maakte zich op voor een nieuwe stoot en potte de zeven. Hij miste zijn volgende stoot, maar liet voor Bob niets goeds achter om te schieten. Hij probeerde een bandstoot voor de dertien, maar miste en stootte de witte bal in de pocket aan de zijkant.

Aidan haalde de witte bal eruit en kwam op me af. 'Jij bent niet aan de beurt,' jengelde Bob.

'Ze kan niet zo goed spelen, dus ik ga haar helpen. Het is niet alsof we voor geld spelen of zo, Bob. We spelen gewoon voor de lol,' zei Aidan tegen hem en zette hem op zijn plek als een kind. Ik glimlachte in mezelf omdat Aidan eraan dacht om plezier te hebben in plaats van verstrikt te raken in de competitie.

'Waar wil je op stoten?' vroeg hij me toen hij me de witte bal gaf.

'Nummer vier, die kan ik misschien wel raken,' zei ik onzeker.

Aidan bekeek de bal, die op ongeveer dertig centimeter van de hoekpocket lag. Ik legde de speelbal achter de vier, nam de keu van Aidan aan en boog me over de tafel. 'Is dit goed?' vroeg ik hem, toen ik klaarstond voor mijn stoot.

Ik voelde hem voordat hij me aanraakte, voordat hij sprak. Aidans heupen drukten zich van achteren tegen me aan en zijn lichaam boog zich over me heen, zijn borst rustend op mijn rug. Een hand gleed omlaag om mijn heup vast te houden en de andere bedekte de hand waarmee ik de keu positioneerde. 'Perfect,' fluisterde hij in mijn oor, terwijl ik zijn erectie voelde opzwellen in zijn korte broek.

Iets nam bezit van me, als een kracht die ik niet kon verklaren, bijna als een orkaan die mijn hormonen aan flarden reet. Het was het enige wat ik kon bedenken dat me overkwam toen ik mijn heupen naar achteren draaide tegen zijn korte broek, waardoor zijn erectie zich net iets dieper in mijn billen boorde. Zijn vingers groeven zich in mijn heup en hij gromde in mijn oor. 'Absoluut fucking perfect,' siste hij, terwijl hij tegelijkertijd gekweld en opgewonden klonk. Natuurlijk wist ik dat hij dat was door de manier waarop hij tegen me aan drukte.

Ik gleed de keu tussen onze vingers door en potte de vier in de hoekpocket. We liepen om de tafel heen om een volgende stoot te zoeken en ik stelde me op voor de zeven, met Aidan weer achter me. Onze vrienden stonden aan de andere kant van de tafel te praten en letten niet op ons. Aidans hand gleed over mijn kont toen ik over de tafel boog, en werd snel vervangen door zijn lichaam. Ik wreef weer met mijn heupen tegen hem en hij duwde terug tegen me, terwijl hij 'Fuck,' in mijn oor fluisterde.

De zeven kaatste van de rand van de pocket en we gaven mijn beurt aan Nicole. Aidan hield me in de donkere hoek en hield me voor zich, zijn handen om mijn middel geslagen terwijl hij zijn kin op mijn schouder liet rusten. 'Je bent gevaarlijk,' fluisterde hij tegen me, terwijl de anderen aan het spelen waren. 'Ik wil je zo graag.'

Onmiddellijk spande mijn lichaam zich aan, een onwillekeurige reactie waarvan ik me afvroeg of ik er ooit vanaf zou komen. Ik wist dat het deels mijn schuld was, door hem zo te plagen, maar om de een of andere reden had ik niet verwacht dat hij er zo direct voor uit zou komen. Het was lang geleden dat ik met iemand naar bed was geweest en ik was er niet klaar voor dat onze relatie die kant op zou gaan.

Plotseling voelde ik de behoefte om te drinken. Veel. Ik maakte me los uit zijn armen en liep rechtstreeks naar de bar, waar ik een shot tequila en een Long Island Iced Tea bestelde. Ik sloeg het shotje snel achterover, zonder mezelf de kans te geven erover te twijfelen, en nam toen een goede, lange slok van mijn drankje. Na twee biertjes mengde de sterke drank zich snel in mijn bloedbaan en ik voelde me een stuk lichter.

'Weet je zeker dat je zoveel moet drinken?' vroeg Aidan voorzichtig toen ik terugkwam.

'Het komt wel goed,' zei ik en ging weer voor hem staan. Ik kon niet ontkennen dat ik het leuk vond hem te plagen, met hem te spelen. Maar ik was er nog niet klaar voor om verder te gaan dan dat. Ik wist dat hij me als een 'cock tease' kon afdoen en kwaad kon worden, en die kans was groot, maar ik kon mezelf niet tegenhouden. De alcohol gaf me moed die ik nuchter niet had.

Toen ik weer aan de beurt was om te stoten, was de tafel bijna leeg. Wij hadden nog de bal met nummer één op de tafel liggen en Nicole en Bob moesten nog de vijftien en de tien potten. Daarna konden we voor de acht gaan.

Ik maakte me op voor de stoot op bal nummer één, onzeker of ik hem wel echt kon maken. Ik keek over mijn schouder naar Aidan, die dit keer een beetje achter me stond, en vroeg of hij me kon helpen. Een glimlach verlichtte zijn gezicht terwijl de spanning van zijn schouders gleed. Het was niet mijn bedoeling om hem gemengde signalen te geven, maar dat had ik duidelijk wel gedaan.

Hij kwam achter me staan en boog zich over me heen, voorzichtig om zijn heupen niet tegen de mijne te laten rusten. Zijn ene hand gleed langs mijn arm omlaag om mijn hand te bedekken en zijn andere hand rustte stoïcijns op mijn taille. Door mijn drankjes was ik dapper en ik duwde mijn kont achteruit tegen zijn kruis, terwijl ik mijn heupen tegen hem draaide. Hij vloekte zachtjes in mijn oor en zijn hand gleed omlaag naar mijn heup, waarbij hij mijn kont lichtjes omvatte voordat hij zijn nieuwe erectie tegen me aanduwde.

'Je maakt me gek,' zei hij in mijn oor voordat hij aan mijn oorlel knabbelde. 'Stoot die bal en over een tijdje neem ik je mee naar huis voordat ik je midden in de kroeg betast.'

Ik draaide mijn gezicht om naar hem te kijken en trok plagend mijn wenkbrauwen op. Hij gromde naar me en duwde toen weer tegen mijn billen.

Mijn stoot ging ver naar rechts en de witte bal kaatste van de zijkant af en kwam toen tot stilstand in het midden van de tafel.

Nicole stapte naar voren en potte haar twee ballen voordat ze zich opmaakte voor de acht. Met de precisie van een professional liet ze de laatste bal in de pocket vallen en juichte om haar overwinning. Ze draaide zich om en omhelsde Bob, die zijn ogen sloot toen haar lichaam zich tegen het zijne drukte. Ik had een beetje medelijden met hem en deed een stil schietgebedje dat het goed zou komen tussen hen.

'Ben je klaar om te gaan?' vroeg Aidan in mijn oor, terwijl zijn armen zich van achteren om mijn middel wikkelden en zijn erectie laag op mijn rug rustte.

'Laat me eerst mijn drankje opmaken,' zei ik.

Zelfs door mijn door alcohol veroorzaakte roes vroeg ik me af wat Aidan wilde en of hij iets met me zou proberen. En of ik wilde dat dat gebeurde.

HOOFDSTUK 8

Al te snel stopten we voor mijn appartement. De alcohol die me in de bar moed had gegeven, zat nu in mijn lege maag en zorgde voor een knoop van spijt en angst in mijn buik.

Misschien geen angst. Ik was niet bang voor Aidan, maar ik wist nog steeds niet wat hij wilde, wat zijn bedoeling met me was. Hij leek me leuk te vinden, hij zei dat hij me wilde. Kon ik me daar weer voor openstellen? Wilde hij een relatie of was hij alleen maar uit op seks?

Ik kon moeilijk geloven dat hij op seks uit was. Aidan kon elke vrouw krijgen die hij wilde en ik had hem nooit de indruk gegeven dat ik makkelijk was. Als hij me wilde, moest het voor meer zijn dan alleen seks.

En ik denk dat dát me nog meer in verwarring bracht dan wanneer hij alleen seks met me had gewild.

Ik struikelde toen ik uit de auto stapte en viel bijna toen ik de trap op liep; de drankjes eisten hun tol van mijn evenwicht. Aidan was elke keer aan mijn zijde en hield me stevig vast zodat ik niet viel. Hij pakte mijn sleutels nadat ik ze voor de derde keer had laten vallen en opende mijn deur, waar Brownie ons ongeduldig opwachtte.

'Ik laat hem wel even uit,' zei Aidan. 'Ga jij maar op de bank liggen. Ik neem je sleutels mee. Ik ben zo terug.'

Ik wuifde hem weg terwijl ik op de bank plofte en vrijwel onmiddellijk in slaap viel.

Iets nats raakte mijn gezicht aan en ik probeerde het weg te vegen. Het ging naar de andere kant van mijn gezicht en maakte me wakker, hoewel met tegenzin. Ik opende mijn ogen en keek in grote bruine ogen die mijn hart deden smelten. Ik boog voorover en sloeg mijn armen om zijn nek, terwijl ik mijn gezicht in zijn hals nestelde.

'Alles goed, Brownie,' fluisterde ik tegen mijn bezorgde hond. Ik stond op en liep naar de slaapkamer toen ik besefte dat er iets niet klopte. Ik miste iets, maar ik wist niet wat het was.

Ik stopte midden op de vloer en de haren in mijn nek gingen recht overeind staan. Op de een of andere manier wist ik dat ik niet alleen was. Toen ik me concentreerde en alle sporen van alcohol uit mijn voorheen benevelde brein verdwenen, hoorde ik een zachte ademhaling, alsof hij probeerde te beslissen of hij moest bewegen. Mijn ogen schoten snel heen en weer om te zien of er iets was dat ik als wapen tegen hem kon gebruiken, voor het geval hij me zou bespringen.

'Gaat het, Claire?' drong de zachte stem tot me door. De spanning in mijn lichaam smolt onmiddellijk weg en ik moest bijna huilen bij het horen van Aidans stem achter me. Het was niet BJ, of iemand anders die me kwaad wilde doen. Het was Aidan.

Lieve Aidan.

Nuchtere Aidan.

Ik draaide me om naar hem toe en wierp hem mijn liefste, meest sexy blik toe. De mist trok weer mijn brein in en ik worstelde om iets te bedenken dat zou verklaren wat ik aan het doen was.

'Nu jij hier bent voel ik me zo veel beter,' spinde ik, hopend dat het voor hem net zo goed klonk als in mijn hoofd. Er verscheen een glimlachje om zijn mondhoek en ik besefte dat hij het leuk moest hebben gevonden. Hij kwam dichterbij en ik grijnsde naar hem.

Aidan stopte voor me, zonder me aan te raken, maar dichtbij genoeg dat ik zijn warmte kon voelen. Zijn geur kietelde mijn neus; het was niet zijn gebruikelijke geur, merkte ik op. Hij rook naar bier, zweet, frisse lucht en hemzelf. 'Mmm,' murmelde ik en hij glimlachte naar me. 'O, bedankt voor het uitlaten van Brownie,' herinnerde ik me eindelijk.

'Graag gedaan. Ik denk dat het tijd is om je naar bed te brengen,' zei hij, wat een vuur in me ontstak. Ik leunde een heel klein beetje naar hem toe en grijnsde. Ik was nog nooit zo opgewonden geweest om met een man naar bed te gaan. Misschien was een beetje dronken zijn het geheim.

'Ik hoopte al dat je dat zou zeggen,' koerde ik voordat ik mijn handen naar zijn nek bracht en ze eromheen sloeg. Ik wreef mijn lichaam tegen het zijne als een loopse teef en bewoog met mijn mond voorop naar de zijne toe. Ik trok zijn gezicht naar me toe en onze lippen raakten elkaar in het midden.

Herinneringen aan onze eerste kus vervaagden terwijl onze tweede kus de hoofdrol opeiste. Grote God, die man wist hoe hij moest kussen. Hij nam snel de leiding, zijn handen gleden door mijn haar en kantelden mijn hoofd terwijl zijn lippen de mijne plaagden en proefden. Hij smaakte een beetje naar bier, maar dat maakte me niet uit. Onze lippen dansten met elkaar, raakten elkaar steeds opnieuw, en elke keer dat we ons terugtrokken, wilde ik hem alleen maar weer dichterbij hebben.

Toen Aidan eindelijk zijn tong tussen mijn gespreide lippen door durfde te steken, zuchtte ik instemmend. Een van zijn handen gleed naar mijn middel en hield mijn heupen strak tegen de zijne. Zijn erectie spande tegen zijn korte broek en ik wist dat het een goede nacht zou worden.

'Jezus, je kust als een godin,' raspte hij toen hij zich terugtrok. Zijn lippen gingen naar mijn oor waar zijn tanden tevoorschijn kwamen en in de zachte huid van mijn oorlel beten. Ik hapte naar adem bij de plotselinge sensatie en hij likte eroverheen met zijn tong, waardoor mijn ademhaling veranderde in een kreun van genot.

Aidans tanden gleden over mijn nek en toen dook zijn tong tussen mijn sleutelbenen voordat hij zijn weg omhoog baande langs de andere kant van mijn nek. Zijn vingers beten in mijn vlezige heup en ik trok hem aan zijn haar terug naar mijn mond voor meer.

Zijn tong stootte snel mijn mond in, zonder op een uitnodiging te wachten. Ik probeerde hem naar mijn slaapkamer te trekken, maar hij bleef staan, zijn kussen deden me alles vergeten behalve het gevoel van zijn tong tegen de mijne en zijn armen om me heen. Zijn lippen waren zacht tegen de mijne, zijn tong hard en dringend. Ik wilde de rest van hem ook hard en dringend.

'Laten we naar mijn kamer gaan,' spinde ik, wetende dat hij er net zo klaar voor was als ik.

'Dat kan ik niet, Claire.'

Een emmer ijswater zou een minder harde schok zijn geweest.

'Pardon? Waarom niet?' Ik was gekwetst, geschokt en verward. Waarom kuste hij me in godsnaam als hij niet geïnteresseerd in me was?

'Niet op deze manier, lieverd,' zei hij zacht, en kwam weer dichterbij. 'God, ik wil je, maar niet nadat je hebt gedronken. En niet als we nog niet eens op een date zijn geweest. Je bent geen scharrel voor me, geen onenightstand. Zo kan ik je niet behandelen.'

'Als je me niet wilde, had je me niet moeten aanraken bij Malley's en had je me zeker niet moeten kussen. Jij was degene die zei dat het tijd was om me naar bed te brengen.'

'Ik bedoelde om te slapen. Ik ga naar huis. Ik vertrouw mezelf niet om hier bij jou te zijn, want dan kan ik mezelf niet tegenhouden om naar je toe te komen. Jij zou er 's ochtends spijt van hebben en ik zou het mezelf nooit vergeven.'

Ik wilde met hem in discussie gaan, hem vertellen dat ik dat niet zou doen, maar ik wist dat het geen zin had. Hij zei dat alleen maar zodat hij me de waarheid niet hoefde te vertellen. Ik was leuk om te kussen, maar hij wilde me niet naakt zien. Boodschap ontvangen.

'Nou, dan kun je maar beter gaan,' zei ik hard. Ik sloeg mijn armen om me heen in een poging… ik weet niet wat, af te weren. Hem. Mijn gevoelens. Mijn lichaam. Misschien wel alles.

'Claire…' begon Aidan. Hij zag eruit alsof hij iets probeerde uit te zoeken, probeerde te beslissen hoe hij het kon oplossen, maar het was te laat. Ik was klaar met hem.

Aidan liep naar de deur. Hij aaide Brownie over zijn kop en draaide toen de knop om. Hij draaide zich weer naar me om en ik zoog een ademteug naar binnen, wachtend op de genadeklap die hij zou uitdelen. Hij schudde alleen zijn hoofd en stapte de deur uit. Die sloot met een zachte klik achter hem.

Ik deed de deur op slot en stortte op mijn bed neer, terwijl ik probeerde te vergeten hoe zijn lichaam tegen het mijne had gevoeld.

EEN PAAR DAGEN later was ik weer aan het werk. Ik had niets van Aidan gehoord, niet dat ik dat had verwacht. Hij had me ronduit afgewezen en er was geen reden voor hem om me te bellen. Misschien was dat wel de belangrijkste reden waarom ik zo tegen mijn werk opzag. Het was niet alleen dat ik hem niet wilde zien, het was dat ik hem niet langer als mijn vriend kon zien. Hij was gewoon weer een klootzak in mijn wereld geworden. Een klootzak die met me speelde en me vervolgens aan de kant schoof toen ik hem eindelijk binnenliet.

Hoe had ik zo dom kunnen zijn?

Ik stapte de vergaderzaal binnen en zag dat iedereen er al was. 'Eindelijk,' zuchtte Jenn. 'Aidan wil ons niets vertellen over wat er gebeurde toen hij je laatst naar huis bracht. Zijn jullie eindelijk samen?'

Ik snoof naar haar, lachend alsof het het grappigste was wat ik in tijden had gehoord. 'O, Jenn, die is goed. Nee, zie je, Aidan heeft je niets verteld omdat er niets te vertellen is-'

'Dat is wat ik al zei,' onderbrak hij me.

Ik keek hem vuil aan voordat ik me weer tot Jenn richtte. 'Er valt niets te vertellen, want Aidan is niet in me geïnteresseerd. Ik heb mezelf zo'n beetje aan hem opgedrongen en hij heeft me kalm afgewezen, met een of ander slap excuus dat hij geen misbruik van me wilde maken omdat ik gedronken had. Zo kan Aidan de fatsoenlijke vent uithangen in het verhaal en de dikkerd afwijzen zonder dat hij daarvoor als een klootzak wordt gezien.'

Jenn keek namens mij Aidan woest aan en Nicole deed hetzelfde. Bob zat er alleen maar met open mond bij. Ik schonk Aidan, die er woedend uitzag, een stralende glimlach en ging toen mijn koffie pakken.

'Dat is niet waar,' gromde Aidan terwijl ik mijn koffie inschonk.

'Wat is niet waar? Dat je me afgewezen hebt of dat ik mezelf aan je opdrong? Want ik was behoorlijk dronken, maar ik was snel weer nuchter toen je me kuste. Niet dat het ook maar iets uitmaakte,' antwoordde ik met een zoetsappig toontje dat ik niet meende.

Jenn, Nicole en Bob keken ons aan alsof we een tenniswedstrijd waren, hun hoofden gingen met onze opmerkingen van links naar rechts.

'Niets daarvan is waar. Ik probeerde een heer te zijn door jou te stoppen, ons te stoppen. Je wist hoe graag ik je wilde. Iedereen in deze kamer weet hoe graag ik je wil. Ze wijzen me er al maanden op. Denk je echt dat dat allemaal in één nacht zou verdwijnen?'

Ik haalde mijn schouders op omdat ik geen antwoord had en ik mezelf niet vertrouwde om iets te zeggen. De intensiteit in zijn ogen, die gekte, was bijna angstaanjagend. Hij zag eruit alsof hij op het punt stond de controle te verliezen en ik was niet van plan om het doelwit van die uitbarsting te zijn.

Voordat hij verder kon ruziën, kwam Miriam binnen en begon onze dienst. Zonder iets te melden stuurde ze ons aan het werk. Aidan en ik waren weer samen achter het röntgenapparaat geplaatst en voor een keer zag ik op tegen de dag.

Zodra we in de gang waren, greep Aidan mijn elleboog. 'Het spijt me dat ik je van streek heb gemaakt. Ik probeerde het tegenovergestelde te doen en heb duidelijk gefaald. Ik moet het wel vragen… Zou je er spijt van hebben gehad? Als ik was gebleven?'

'Absoluut. Jij bent een eikel. Je hebt duidelijk gemaakt dat je me niet wilt, dus het zou alleen maar een medelijdenneuk of zoiets zijn geweest. Ik heb je medelijden niet nodig. Ik word de hele tijd mee uitgevraagd en ik hoef niet het gevoel te krijgen van jou dat ik geen seks waard ben.'

Ik rukte mijn arm los toen ik uitgesproken was en liet hem daar staan. Hij had gelijk, ik zou er spijt van hebben gehad als ik met hem naar bed was geweest. Het maakte echter niet echt uit, want ik had er ook spijt van dat ik hem me naar huis had laten brengen, dat hij me had geholpen met poolen en dat ik hem had gekust. Wat Aidan Matthews betrof, stapelden de spijtgevoelens zich met de minuut op.

Ik kwam bij mijn post aan en Aidan was er een paar seconden later. Ik keek hem niet aan en liet hem niet zien hoezeer hij me had gekwetst. Ik wist zeker dat mijn woorden al een duidelijke aanwijzing waren, maar ik zou het niet laten merken. Ik moest me gewoon sterk houden voor de rest van onze dienst en dan kon ik 's avonds in zelfmedelijden zwelgen. Alleen, nou ja, op Brownie na.

Het klikken van hakken op de vinylvloer richting de veiligheidscontrole waarschuwde me voor mensen die onze kant op kwamen. Natuurlijk was de eerste Zoey. Haar chocoladebruine haar zweefde achter haar aan alsof ze een draagbare ventilator bij zich had. Haar vloeibare bruine ogen zochten Aidan en klampten zich aan hem vast, zonder weg te kijken. Haar borsten werden, zoals gewoonlijk, tentoongesteld in weer een strak wit overhemd met knoopjes en een zwarte kokerrok, haar standaardoutfit, die haar smalle taille benadrukte.

Ik wilde haar van haar twaalf centimeter hoge hakken slaan en met beide benen op de grond zetten, maar het deed er niet toe. Zij en Aidan waren perfect voor elkaar, bloedmooi en mijn tijd niet waard.

'Hoi Aidan,' koerde ze terwijl haar handtas door het röntgenapparaat ging. Ik keek naar de beelden op mijn scherm en verdween achter het display zodat die twee konden flirten.

'Hoi Zoey,' zei Aidan. Zijn stem was vriendelijk, vertrouwd. Alsof ze een geheim deelden. Waarschijnlijk iets wat ze alleen mooie mensen leren, als een geheime taal. Het moet wel een universitair vak zijn, anders had ik het op de middelbare school wel geleerd.

'Wat doe je dit weekend? Een vriendin van me geeft een feestje en ik wilde dat je met me meeging,' ze leunde over de band, haar borsten vielen praktisch uit haar shirt. Ik kon alleen maar raden wat voor feestje haar vriendin gaf, en het had hoogstwaarschijnlijk zo min mogelijk kleding en een gegarandeerde scharrel achteraf.

'Ik heb het druk, Zoey, sorry.'

Ze pruilde en probeerde het opnieuw. 'Weet je het zeker? Ik zou je graag aan mijn vrienden voorstellen. Ik heb ze verteld over die lekkerd met wie ik werk. Ze zullen denken dat ik je verzonnen heb.' Ze lachte om haar eigen grap, als het dat al was, en flitste weer met haar borsten.

Ik wilde overgeven.

'Ik heb plannen, Zoey. En ik weet niet waarom je je vrienden over me zou vertellen. Het is niet alsof we iets hebben. Ik heb iets met Claire.'

'Wat?' stamelde ik zonder na te denken. Waarom vertelde hij haar in godsnaam dat we iets hadden?

Zoey draaide zich naar me toe alsof ze niet had gemerkt dat ik daar stond. Haar ogen scanden me en een snauw krulde haar lippen tot een gemene glimlach. 'Waarom zou je iets met haar willen? Bovendien lijkt ze een beetje geschokt door het nieuws. Weet je zeker dat ze weet dat jullie iets hebben?'

De tranen prikten in mijn ogen en een brok vormde zich in mijn keel. Ik keek gewoon weg, niet bereid om met haar in discussie te gaan. Ik had geleerd dat het het beste was om gewoon op te gaan in de achtergrond. Op die manier zou ik de minste aandacht krijgen.

Bovendien zou ik zeker ontslagen worden als ik haar op haar werk in elkaar zou slaan.

Ik voelde Aidans ogen op me gericht, die me inspecteerden, ziend wat Zoey zag. Ik wist altijd al dat hij me uiteindelijk beu zou worden en terug zou gaan naar de vrouwen met wie hij ongetwijfeld altijd uitging, de vrouwen die eruitzagen als Zoey. Zijn mondhoek krulde omhoog toen hij weer naar Zoey keek en zei: 'We hadden een kleine liefdesruzie, maar dat komt wel goed. Wat betreft waarom ik haar leuk vind en jou niet, nou, ik denk dat het een goede zaak is dat ik van vrouwen hou die zich op hun gemak voelen in hun lichaam. Ik zou mezelf nooit met iemand als jij kunnen zien, Zoey. Ik wil een vrouw met wie ik een biefstuk kan delen en daarna een bak ijs, maar ik wil weten dat ze 's ochtends nog steeds in mijn bed ligt en niet in de sportschool om het eten dat we hebben gegeten eraf te sporten. Ik wil een vrouw die me haar helpt om het eraf te werken in bed, maar in plaats van het als lichaamsbeweging te zien, is het gewoon echt geile seks. Daarom ga ik dit weekend met Claire uit, als ze me nog een kans wil geven. Maar als ze dat niet doet, blijf ik het proberen tot ze het wel doet. Maar wat er ook gebeurt, ik zal niet met jou uitgaan.'

Zoey's piep van verontwaardiging was hilarisch. Een lachborrel ontsnapte aan mijn lippen toen ze haar Gucci-tas meenam. Ze keek niet achterom terwijl ze naar haar gate beende, waarmee ze duidelijk maakte dat ze het niet opnieuw bij Aidan zou proberen.

'Weet je wel dat je net je kans bij haar hebt verkeken? Ze was er klaar voor en je hebt haar kwaad gemaakt.'

De hoeken van zijn mond zakten en zijn wenkbrauwen fronsten. 'Heb je niet gehoord wat ik tegen haar zei? Ik hou niet van vrouwen zoals zij. Ik wil mijn tijd niet doorbrengen met iemand die klaagt over alles wat ze eet en haar leven, en het mijne, ellendig maakt. Ik wil een vrouw zoals jij die macaroni met kaas en een reep chocola voor de lunch meeneemt, of een broodje kalkoen, hoog opgestapeld met vlees en kaas met een paar plakjes sla en tomaat omdat ze lekker smaken, niet omdat je die gezonde rotzooi moet eten. Ik ben niet op zoek naar iemand om mee te pronken, ik ben op zoek naar een vrouw die van snoep houdt.'

Ik had geen idee hoe ik op hem moest reageren. Meende hij dit serieus? Het leek geen grap, maar een man zo knap als

Aidan kon onmogelijk iets met mij willen. Hij had me toch afgewezen? Tenzij hij de waarheid sprak en gewoon wilde wachten tot we er allebei klaar voor waren en niet met elkaar naar bed gingen omdat ik te dronken was om het te stoppen.

Kut, ik had het verpest. Hij was echt de fatsoenlijke vent die ik altijd al dacht dat hij was. En hij had net een zekere vangst kwaad gemaakt om het aan mij te bewijzen. Yep, hij vond me leuk.

Ik wist nog steeds niet waarom, maar daar kon ik me niet op concentreren. Het was te veel om over na te denken.

Passagiers begonnen door onze rij te komen en ik schoof Aidans overtuiging dat hij op zoek was naar iemand zoals ik opzij. Misschien kon ik na het werk proberen met hem te praten, maar dit was niet de tijd of de plaats, nu we het zo druk hadden.

HOOFDSTUK 9

TEGEN DE TIJD dat mijn werkdag erop zat, had ik mezelf ervan weerhouden om met Aidan te gaan praten. Ik was er niet klaar voor. Zijn verklaring bleef maar door mijn hoofd spoken. Ik moest mezelf meer dan eens afvragen of ik iets had laten passeren wat ik niet had gemoeten. Het was geen fijne dag met hem aan mijn zijde, terwijl ik me afvroeg of hij de waarheid sprak over de vrouw die hij wilde.

Ik pakte mijn spullen en liep naar de deur, in de hoop ervandoor te kunnen gaan zonder iemand onder ogen te hoeven komen. Ik wist dat Jenn of Nicole op meer details over Aidan zouden aandringen. Bob zou me met rust laten, maar Aidan zou me in het nauw drijven.

Jammer genoeg leunde degene die ik wanhopig probeerde te vermijden tegen mijn auto toen ik er aankwam. 'Hoe ben je hier zo snel gekomen?', vroeg ik, bijna tegen mezelf.

Aidan glimlachte en boog zijn hoofd, keek een seconde naar zijn schoenen en toen weer naar mij. Zijn chocolade-bruine ogen zogen me onmiddellijk naar binnen en ik wilde het hem vergeven dat hij bij me was weggelopen en hem uitnodigen voor een nieuwe poging. Hij was veel te knap voor mijn eigen bestwil.

'Ik dacht al dat je zou proberen weg te glippen zonder met me te praten. Je hebt de hele dag nauwelijks een woord tegen me gezegd en ik wilde met je praten, dus ben ik rechtstreeks van de controlepost hiernaartoe gekomen.'

'O,' zei ik suf. Ik wist niet wat ik moest zeggen. Waarom was hij daar? Dat was wat ik echt wilde weten.

'Mag ik je vanavond mee uit nemen? Voor een etentje. Een echte date. Ik wil de kans om nogmaals uit te leggen wat er door mijn hoofd ging en om je vergeving te smeken.'

'Eerlijk gezegd ben ik uitgeput. Ik moet naar huis, naar Brownie, en dan denk ik dat ik gewoon een rustige avond nodig heb.'

'Klinkt perfect,' grijnsde hij.

Op de een of andere manier dacht hij dat ik hem uitnodigde om mee te gaan. Het enige wat ik hoefde te doen, was mijn mond opentrekken en hem corrigeren. Ik was geschokt toen ik mezelf hoorde zeggen: 'Tot zo.'

Hij grijnsde en draaide zich om om weg te gaan. 'Ik neem het eten mee,' riep hij over zijn schouder terwijl hij wegliep. Ik kreeg het gevoel dat hij wist dat ik me zou bedenken als hij te lang zou blijven hangen. De waarheid was dat ik niet wist of ik nee zou kunnen zeggen tegen die man. En ik wist niet zeker of dat een goede of een slechte zaak was.

Terwijl ik naar huis reed, slingerde ik ergens tussen doodsbang en opgewonden. Ik rende de trap op naar mijn appartement en liet mijn tas en sleutels bij de voordeur vallen, terwijl ik me uitkleedde op weg naar de douche. Ik liet het hete water over mijn lichaam stromen en het vuil van de dag wegspoelen. Je zou niet denken dat ik zo vies zou worden van de hele dag binnen werken, maar ik had altijd het gevoel dat ik moest douchen. Al was het maar om de stank van zwetende passagiers uit mijn neus te wassen.

Ik sprong een stuk beter gehumeurd onder de douche vandaan en trok schone kleren aan. Omdat we gewoon thuisbleven, voelde ik niet de behoefte om me op te doffen. In een grijze katoenen korte broek en een marineblauw T-shirt van Erie University ruimde ik mijn appartement op, of tenminste de woonkamer. Ik pakte Brownies riem net toen er op de deur werd geklopt.

Aan de andere kant stond Aidan, grijnzend alsof hij een prijs had gewonnen toen ik de deur opendeed. 'Sorry, ik heb Brownie nog niet uitgelaten. Je kunt wel even binnen wachten terwijl ik hem uitlaat.'

Ik deed een stap opzij zodat Aidan naar binnen kon lopen. Hij liep rechtstreeks naar de keuken, die zichtbaar was vanaf de voordeur van mijn kleine appartement. 'Ik ga wel met je mee, als je dat goed vindt. Ik zet alleen even deze spullen neer.'

Ik wachtte bij de deur op hem en Brownie liep hem bijna omver toen Aidan met ons mee naar buiten liep. Aidan nam de riem aan terwijl ik de deur op slot deed en daarna liepen we de trap af naar het uitlaatveldje.

Toen ik binnen het hek stond, kon ik niet anders dan denken aan onze eerste kus, die op bijna precies dezelfde plek plaatsvond als waar ik nu weer stond, bijna twee weken later. Aidan keek me aan en grijnsde. 'Dit is een van mijn favoriete plekken ter wereld.'

'Waarom is dat?', vroeg ik, en ik deed alsof mijn neus bloedde, voor het geval hij niet aan hetzelfde dacht als ik.

'Omdat dit de plek is waar ik was toen ik eindelijk de kans kreeg om je te zoenen. Ik voel me nog steeds een eikel dat ik de rest van de avond niets meer tegen je heb gezegd. Ik… shit. Ik heb me nog nooit zo gevoeld na een kus.'

Ik lachte zachtjes, blij om te horen dat hij dezelfde gevoelens had als ik. Ik was klaar met de onuitgesproken spelletjes, die voelbaar tussen ons in hingen.

'Ik speel geen spelletjes, Claire. Ik hoop dat je dat weet. Het was lullig van me om je niet te bellen, of om die avond niets te zeggen, maar ik probeerde je niet voor de gek te houden. Ik had gewoon het gevoel dat we met die kus alles hadden gezegd wat er te zeggen viel. Niets anders leek ook maar in de buurt te komen om daarop te volgen. En zaterdag? Ik zou misbruik van je hebben gemaakt als we met elkaar naar bed waren gegaan toen je dronken was. Ik had niet met mezelf kunnen leven als ik het had laten doorgaan. Ik wilde je, dat wil ik altijd, maar niet op die manier. Ik wilde je echter niet kwetsen. Dat is nooit mijn bedoeling.'

Ik glimlachte terwijl ik keek hoe Brownie in de aarde groef. Ik vond het geweldig hoe goed Aidan zijn gedachten kon verwoorden. Vreemd genoeg waren het ook mijn gedachten. We waren allebei verbonden en onbeschrijfelijk met elkaar gelinkt.

'Ik voelde hetzelfde. Maar ik maakte me wel zorgen dat je van gedachten was veranderd over mij nadat je me had gezoend. Toen ik niets van je hoorde, vertelde ik mijn vriendinnen dat je niet echt in me geïnteresseerd was. En zaterdag weer toen je wegging.'

'O, God, lieverd, het spijt me zo. Dat was helemaal niet het geval. Ik had nachtdienst en kwam midden in de nacht thuis en sliep dan het grootste deel van de dag. Ik dacht steeds dat ik je moest bellen of appen voordat ik elke avond naar mijn werk ging, maar ik was bang dat je me opdringerig zou vinden. We hebben elkaars schema's nooit echt bijgehouden en ik wist niet of je zou willen weten wat er gaande was. Maar ik wil je niet kwetsen. We moeten vanaf nu eerlijk tegen elkaar zijn.'

Ik lachte om de stompzinnigheid van onze eerste paar weken als... ik wist verdomme niet eens wat we waren. 'Het is oké. We komen hier wel uit, we vinden wel uit wat we elkaar moeten vertellen. Ik denk dat we eerst en vooral vrienden zijn. Dat moeten we in gedachten houden, niet vergeten dat we om elkaar geven omdat we goede vrienden zijn, voordat we iets anders zijn.'

Aidan keek me aan en liet toen zijn blik naar Brownie dwalen. We keken allebei toe hoe hij aan de andere kant van het gazon bij het hek aan de grond snuffelde. Ik wist dat hij een plekje zocht om te poepen en was er niet blij mee dat ik dat in het bijzijn van Aidan moest meemaken. Het was' niet echt een geschikt onderwerp voor een eerste date.

'Wil je alleen maar vrienden met me zijn?' vroeg Aidan zachtjes.

Ik was zo geschokt door zijn vraag dat ik mijn hoofd sneller naar hem toedraaide dan goed voor me was. Het beeld zwom voor mijn ogen en ik werd een beetje duizelig. Ik sloot kort mijn ogen en reikte naar hem uit, waarbij ik zijn biceps vastgreep terwijl mijn evenwicht zich herstelde.

Aidans hand greep mijn elleboog vast en zijn andere hand sloeg om mijn middel, me tegen hem aan houdend. Eindelijk opende ik mijn ogen en keek recht in zijn bruine ogen. 'Gaat het?' vroeg hij, terwijl de bezorgdheid op zijn gezicht te lezen stond.

'Sorry, ik draaide mijn hoofd te snel. Meende je dat? Je vraag?'

Aidan liet me los en liep een paar passen bij me vandaan. Hij keek uit over de tuin en zag hoe Brownie hurkte en op het gazon poepte. Ik kromp ineen en schudde mijn hoofd.

'Ik wil' je niets opdringen, Claire. Als je alleen vrienden wilt zijn, trek ik' me terug. Ik wil meer dan vrienden met je zijn, maar door de manier waarop je praatte, leek het alsof je alleen maar vrienden wilt zijn.'

Ik schudde mijn hoofd, ook al keek hij' niet naar me. Brownie draafde weg van zijn hoopje op het gras en ik liep ernaartoe om het op te ruimen, knoopte het zakje dicht voordat ik het in de vuilnisbak gooide. Toen ik terugliep naar

Aidan, ging ik voor hem staan, zodat hij me wel moest aankijken.

'Ik'heb nooit in de liefde geloofd. Mijn ouders hebben een geweldig huwelijk, maar ik'heb liefde nooit als iets eerlijks, gelijkwaardigs en echts gezien, in ieder geval niet voor mezelf. Het enige wat ik wel geloof over liefde is dat vrienden zijn helpt om ervoor te zorgen dat in een relatie beide mensen geen dingen doen die ze niet zouden' moeten doen. Het idee om meer dan vrienden met je te zijn, staat me wel aan, maar ik'heb niet veel ervaring met relaties. De kans is groot dat je interesse snel zal afnemen.'

Aidan keek boos, woedend zelfs. Zijn ogen vlamden en zijn vuisten waren gebald langs zijn zij. 'Ik weet dat we' de toekomst nooit kunnen voorspellen, maar ik' verlang al naar je sinds we elkaar hebben ontmoet. Ik'heb geprobeerd je te leren kennen zodat we vrienden konden worden en hopelijk op een dag geliefden. Mijn interesse in jou is in die tijd alleen maar sterker geworden, niet zwakker. Ik zou je nooit pijn doen.'

'Wees alsjeblieft niet boos op me,' fluisterde ik. Mijn ogen waren gekluisterd aan zijn vuisten, die nog steeds gebald waren langs zijn zij. Ik wist dat ik kon schreeuwen om de aandacht van mijn buren te trekken als hij me zou slaan, en hopelijk zou Brownie hem aanvallen, maar ik hoopte ook dat het niet' zo ver zou komen.

Aidan keek me aan en volgde toen mijn blik naar zijn vuisten. Zijn schouders zakten toen hij zijn vuisten ontspande en naar me reikte. Ik deed instinctief een stap achteruit en hij stopte.

'Fuck, liefje, het' spijt me. Ik' was niet boos op jou. Ik zou je nooit slaan. Shit. Ik was boos op degene die ervoor heeft gezorgd dat je dacht dat je mannen niet kon' vertrouwen, mij niet kon' vertrouwen. En nu vertrouw je' me niet.'

Ik keek hem voorzichtig aan, wachtend of hij weer naar

me zou uitreiken. Brownie kwam naar ons toe en ging tussen ons in staan, jankerig door de spanning in de lucht. Hij liep naar Aidan en stootte tegen zijn hand, in een poging om Aidans' aandacht te trekken. Zijn blik liet de mijne los toen hij naar mijn hond keek. Mijn hond die Aidan probeerde te beschermen in plaats van mij.

Zeggen ze niet' dat honden goede instincten hebben?

Aidan ging gehurkt zitten en aaide Brownie, en knielde in het gras toen hij op zijn rug plofte en zijn buik liet zien. Aidan bleef zo een paar minuten zitten, Brownie aaiend en mij negerend. Waarom was' Brownie niet boos op hem, waarom probeerde hij mij niet te verdedigen? Als honden aanvoelen wanneer hun baasjes in de problemen zitten, waarom deed hij dan alsof Aidan degene was die troost nodig had?

De jongens stonden eindelijk op en Aidan gooide een stok door de tuin voor Brownie om achteraan te jagen. Hij keek vluchtig naar Aidan voordat hij wegrende om de stok te halen. Aidan hield zijn focus op mijn hond, en ik probeerde uit te vogelen wat er in godsnaam aan de hand was.

Brownie liet de stok keer op keer vallen voor Aidan en ik stond toe te kijken hoe ze speelden alsof ik niet' eens bestond. Brownie bleef bij elke worp korter hangen, hij voelde zich op zijn gemak om te spelen, alsof hij wist dat Aidan zich beter voelde.

Maar niemand leek het wat te kunnen schelen dat ik er geen zak van snapte.

'Het' spijt me dat ik je bang heb gemaakt,' zei Aidan eindelijk. Zijn stem klonk afstandelijk, alsof hij van de andere kant van een drukke kamer fluisterde in plaats van dichtbij genoeg te staan om hem aan te kunnen raken. 'Ik weet niet' wie je pijn heeft gedaan, maar ik weet dat iemand dat heeft gedaan.'

Ik draaide me naar hem toe, mijn ogen weer vlammend

van woede en wantrouwen. Hoe de hel wist hij dat? Wie had het hem verteld?

'Niemand heeft het me verteld'. Ik kan het in je ogen zien, de manier waarop je altijd op me reageerde als ik naar je uitreikte. Toen we elkaar ontmoetten, weigerde je met me alleen te zijn, maar de laatste tijd ben je niet' bang voor me geweest. Al een tijdje niet. Ik'heb je er nooit naar gevraagd omdat ik weet dat je' het me zult vertellen als je me genoeg vertrouwt om erover te praten. Maar ik kan er niet' mee leven dat je bang voor me bent. Ik moet weten dat je me net zo zult vertrouwen als je hond hier.'

Ik keek naar hen beiden, die allebei naar me opkeken met dezelfde bruine puppy-ogen. Bang zijn voor Aidan voelde vreemder voor me dan hem vertrouwen. Ja, ik'had eerder vertrouwd en me er op de ergste manier aan gebrand. Maar iets aan Aidan vertelde me dat hij' in niets op BJ leek. En dat hij dat ook nooit zou zijn.

'Ik kan niet' goed tegen geweld, zelfs niet tegen geweld dat' verdiend is. Het maakt me bang. Ik accepteer' geen dominantie of dat je denkt dat ik je iets verschuldigd ben, nooit. Alleen omdat je' hier bent voor het eten, betekent niet' dat we' met elkaar naar bed gaan. En jaloezie is niet oké in mijn wereld. Vertrouwen is alles en ik' maak nu de keuze om je te vertrouwen. Je zult' geen tweede kans krijgen.'

Aidan knikte en deed een stap naar me toe. 'Ik zal' geen tweede kans nodig hebben. Ik beloof je dat ik nooit meer iets zal doen om je vertrouwen in gevaar te brengen. Dank je wel.'

Hij deed nog een stap naar me toe en ik' deinsde niet terug. Hij reikte naar me uit, maar kwam niet dichtbij genoeg om me aan te raken. Hij liet me naar hem toekomen, hem halverwege tegemoetkomen. Ik strekte mijn hand uit en pakte de zijne en zag een glimlach op zijn lippen verschijnen, zo stralend dat de zon er jaloers op zou worden.

HOOFDSTUK 10

Eenmaal terug in mijn appartement liet ik mijn verdediging weer zakken. Aidan had genoeg Chinees eten meegenomen om zes mensen te voeden, maar het was fijn om wat variatie te hebben. Hij zei dat hij wist dat ik een paar dingen lekker vond en ze allemaal had gehaald. Daarna was ons momentje op het hondenveldje volgens mij compleet vergeten.

We nestelden ons op mijn afgetrapte oude bank. Ik had hem tijdens mijn studententijd gekocht en was er nooit aan toegekomen hem te vervangen. Hij was versleten maar ontzettend comfortabel. Iets waar ik vaak dankbaar voor was geweest als ik tijdens het tv-kijken in slaap viel.

Brownie zat aan onze voeten, keek ons aan en wachtte gespannen tot er iets op de grond zou vallen, waarbij hij vrolijk alles opschrokte wat hij te pakken kon krijgen. 'Doet hij dat altijd?' vroeg Aidan, die Brownie argwanend in de gaten hield.

Ik keek naar mijn grote hond, die bijna op ooghoogte zat terwijl ik op de bank zat, en glimlachte. 'Hij vindt dat hij recht heeft op net zoveel als ik. Ik geef hem wel een stukje kip of wat groenten, maar hij krijgt niet veel eten van tafel.'

'Ik ben verrast dat hij daar zo rustig zit. Ik had bijna verwacht dat je hem zou moeten opsluiten terwijl we aten, zodat hij niet al het eten van tafel zou graaien.'

Ik schudde mijn hoofd. 'Nee hoor. Hij pakt geen eten tenzij het op de grond ligt of hem wordt aangeboden. Ik kan een paar minuten weglopen en dan blijft hij gewoon zitten. Hij is behoorlijk braaf.'

Aidan trok zijn wenkbrauwen op en knikte naar ons, duidelijk onder de indruk van mijn getalenteerde hond. Natuurlijk vertelde ik hem niet hoeveel maaltijden ik was kwijtgeraakt voordat ik Brownie eindelijk had geleerd om niet van mijn eten te eten. Wat telde, was dat hij het had geleerd.

We zetten de nieuwste film uit de Avengers-serie op, klaar om op te gaan in de actie van het verdedigen van de wereld tegen de nieuwste dreiging. Ik werd al snel meege-sleept door het plot; ik heb altijd al een zwak gehad voor knappe mannen die de held spelen. Toen ik mijn eten op had, schoof ik mijn bord weg en leunde achterover tegen de bank. Recht in Aidans armen.

'O, sorry,' mompelde ik, omdat ik niet wilde dat hij dacht dat ik het met opzet deed.

'Geeft niet,' zei hij, bijna teleurgesteld klinkend. Hij haalde zijn arm van de rugleuning van de bank en liet zijn hand op de kussens tussen ons in rusten. Ik keek naar zijn hand en toen weer naar hem, me afvragend waar ik in hemelsnaam mee bezig was.

Ik wilde zijn hand vasthouden.

Wat was ik? Twaalf?

We waren volwassen en we hadden een relatie. Het voelde suf om zoiets onbenulligs te willen als zijn hand vast-houden, maar om de een of andere gekke reden wilde ik het.

Alsof tegen hem aan leunen op de bank te veel was, maar ik hem wel wilde aanraken.

Ik ging weer lekker op de bank zitten en liet mijn hand naast de zijne rusten, zonder hem aan te raken, maar wel dichtbij. Ik kon de warmte van hem op mijn huid voelen, waardoor ik meer wilde doen dan alleen zijn hand vasthouden. Toen voelde ik hoe zijn hand zich over de mijne sloot, zijn handpalm rustend op mijn handrug en onze vingers die in elkaar verstrengelden.

Ik keek opzij, maar Aidan was op de film gefocust alsof er niets was gebeurd. Alsof hij niet zojuist mijn hand had gepakt. Ik glimlachte in mezelf en richtte mijn aandacht weer op de film.

Of dat probeerde ik.

Het voelde alsof we met elke seconde die verstreek dichter naar elkaar toe dreven, totdat ik de warmte van zijn schouder tegen de mijne voelde, onze armen die elkaar helemaal tot aan onze verstrengelde handen raakten. Mijn lichaam lichtte op als vuurwerk, iets wat ik niet zou geloven als het me niet zelf was overkomen. Hij had me niet aangeraakt, niet gekust, niets, maar mijn maag was samengetrokken, mijn slipje was nat en ik ademde zwaar. Er was echt iets mis met me.

Aidan schoof iets dichterbij, bracht onze samengevouwen handen op zijn schoot en drukte onze benen tegen elkaar. De temperatuur in mijn lichaam schoot omhoog en ik begon me echt zorgen te maken dat ik ziek werd. Ik had het gevoel dat ik moest overgeven, maar wist niet zeker of dat kwam door alle vlinders die uit mijn maag probeerden te ontsnappen of door iets anders.

Ik draaide me naar Aidan, onzeker over wat ik ging zeggen, en zag dat hij naar me keek. 'God, je bent prachtig. Je huid heeft een blos, je ogen staan wijd open en je beeft bijna. Mag ik je kussen?'

Ik beet op mijn lip, vertrouwde mijn stem niet en knikte. Aidans ogen hielden de mijne gevangen terwijl het geluid van een explosie op de tv klonk. Hij leunde langzaam naar me toe en legde zijn druge hand op mijn wang.

Toen onze lippen elkaar raakten, was het een zachte, lieve kus. Een zacht streling van onze lippen, nauwelijks waarneembaar, behalve door de manier waarop mijn lichaam overspoeld werd door koelte en verlangen tegelijk. Ik voelde een hunkering zoals ik nog nooit had meegemaakt, van mijn lippen tot diep in mijn kern, waar alle hitte in mijn lichaam zich verzamelde. Een kort moment vroeg ik me af of ik ongesteld was geworden. Ik was immers nat en heet tussen mijn benen.

Ik wist dat het iets anders was, iets nieuws en spannends, toen Aidans mond zich over de mijne opende en zijn tong naar mijn lippen schoot. Hij proefde me van de ene mondhoek naar de andere, waardoor ik me een beetje dwaas voelde, omdat ik daar zat en niets deed.

'Je smaakt zo goed,' murmelde hij tegen mijn lippen. Zijn tong drong tussen mijn lippen, waardoor ze zich openden, en ik besefte dat ik op het punt stond een actieve deelnemer te worden in onze kus.

Mijn hand gleed naar hem toe, rustend op zijn borst, terwijl zijn tong snel door mijn mond veegde. Het gevoel van zijn hart dat onder mijn vingers bonkte en zijn tong die mijn mond verkende, stuwde mijn temperatuur alleen maar verder op. Mijn slipje werd vochtiger en het branderige gevoel werd intenser. Het was dat ene ding waarover ik had gehoord en het nooit had ervaren. Het ene ding waarvan ik dacht dat het nooit zou gebeuren.

Het was verlangen. Puur, waarachtig, dierlijk verlangen. Ik wilde Aidan zoals ik nog nooit een andere man had gewild. Ik wist dat het kloppen tussen mijn benen betekende dat als hij me aanraakte, ik een van die schreeuwende orgasmes zou krijgen waarover ik mijn vriendinnen had horen praten. Ik wist dat ik voor hem door het lint zou gaan.

Wat ik niet wist, was wat ik voor hem zou moeten doen als het gebeurde.

We bleven langer zoenen dan gepast leek, naast elkaar zittend op de bank. Aidan deed geen poging om verder te gaan, gewoon tevreden met zoenen. Ik voelde mijn hart een stukje verder openbreken bij die realisatie. Hij drong niet aan. Hij vroeg het voordat hij me kuste. Hij respecteerde me.

En voor het eerst wilde ik meer.

Ik draaide mijn lichaam naar hem toe, liet mijn hand over zijn schouder glijden en klemde die in zijn haar. Ik trok hem dichterbij, streelde zijn tong met de mijne, en verhoogde ons tempo en de intensiteit. Er ontsnapte een grom uit zijn borst, waardoor al mijn lichaamsdelen trilden. Ik had iets nodig. Ik hoopte alleen dat hij het me kon geven.

Aidan nam de controle over toen die door mijn vingers glipte. Hij rolde ons op de bank en pinde me vast onder zijn sterke lichaam. Korte tijd steeg er paniek in me op, maar ik vocht ertegen. Aidan duwde mijn benen uit elkaar en fluisterde, 'Laat me binnen, schatje. Spreid je benen voor me.'

Mijn knieën vielen opzij; de ene werd op zijn plaats gehouden door de bank en de andere dreigde van de bank af te vallen. Aidan positioneerde zichzelf tussen mijn benen en ik voelde zijn harde erectie tegen me aan, waarbij onze zachte katoenen korte broeken niets deden om die te verhullen. Ik was geen maagd, al meer dan tien jaar niet meer, maar ik was nog steeds vrij onervaren met mannen. Hem tegen mijn lichaam voelen stuurde een nieuwe golf van tintelingen over mijn huid.

Aidan hield zichzelf boven me en keek me recht in mijn gezicht. 'Ik had nooit gedacht dat ik hier zou zijn, genesteld tussen je benen. God, je voelt zo verdomd goed.'

Ik kon de pijn in zijn ogen zien, het verlangen dat hij

nauwelijks kon bedwingen. Ik wist dat hij meer wilde dan dit, maar ik was er nog niet klaar voor. Iets zei me dat alles anders zou zijn met Aidan en daar was ik nog niet op voorbereid. Ik kon me niet voorstellen dat ik met hem naar bed zou gaan en hem dan zou zien weglopen.

'Ik ga bewegen, liefje. Je hoeft het alleen maar te zeggen als het niet goed voelt.'

Ik knikte, niet zeker waarom het uitmaakte of hij bewoog. Totdat hij zijn heupen bewoog en er een kreun over mijn lippen glipte.

Holy fuck, hoe deed hij dat? Ik had geen idee wat hij aanraakte of deed, maar het was alsof hij een afstandsbediening voor mijn lichaam in zijn korte broek had verstopt. En hij drukte absoluut op de juiste knoppen.

Mijn ogen gleden dicht en Aidan bleef bewegen, aangemoedigd door mijn gekreun en gejammer. Hij leunde naar voren om mijn lippen te kussen en ik viel hem aan, klauwde op zijn rug en stak mijn tong zo diep in zijn mond dat ik me bijna afvroeg of ik hem zou wurgen. Hij beantwoordde mijn kus met evenveel enthousiasme en bleef met zijn heupen tegen me stoten, zijn tempo toenam met de urgentie van onze kus.

Hij maakte zich los uit onze kus en liet zijn lippen, tong en tanden over mijn kaaklijn naar mijn oor glijden. Zijn tong dook in het kuiltje achter mijn oor en mijn lichaam kromde zich tegen het zijne, kloppend en ik voelde me als een elastiekje dat te strak was opgespannen.

'O, fuck, Aidan,' kreunde ik, terwijl ik een genot voelde dat ik nog nooit had gekend, met een spanning en een verlangen waar ik gek van werd.

Zijn adem was heet op mijn oor toen hij fluisterde: 'Kom voor mij, baby. Ik moet je mijn naam horen schreeuwen. Laat het los. Nu, lieverd. Kom nu meteen.'

Mijn lichaam reageerde op hem op een niveau dat ik niet

eens kon beginnen te begrijpen. Ik wist niet eens zeker wat hij me opdroeg te doen, maar instinct en de natuur namen het over.

Ik klampte me stevig aan hem vast terwijl ik zijn naam luid brulde. Mijn heupen kwamen omhoog om de zijne te ontmoeten en stootten fervent tegen zijn lichaam. Hij bleef hard tegen me aan stoten, zijn erectie groef zich in mijn zachte vlees en zorgde ervoor dat ik de controle volledig verloor.

Het werd zwart voor mijn ogen toen de eerste golf me overspoelde. Ik voelde me als een surfer in Hawaï die door een van die grote golven onder water wordt getrokken. Ik verdronk in een zee van verlangen en genot die ik nog nooit had gekend. Ik wist niet wat boven of onder was en ook niet hoe ik de kust weer zou bereiken.

Voordat ik de antwoorden op mijn vragen kon vinden, sloeg er nog een golf over me heen, die me nog dieper de duisternis in stuurde. Ik was me er vaag van bewust dat Aidan nog steeds boven me was, zijn vingers groeven zich in mijn zij terwijl ik aan hem hing. Zijn pik lag gevangen tussen mijn benen, die ik op een gegeven moment om zijn heupen had geklemd.

De duisternis begon te vervagen en ik hoorde Aidans stem tegen me fluisteren. Mijn armen voelden pijnlijk en beurs aan en mijn lichaam voelde heerlijk zwak, alsof ik net een marathon had gelopen. Een trilling straalde vanuit mijn kern door de rest van mijn lichaam, subtiel maar duidelijk aanwezig. Ik had me nog nooit zo gevoeld in mijn leven, maar ik wilde dat gevoel nu al terug.

Eindelijk hoorde ik Aidans woorden toen hij fluisterde, zo dicht bij mijn oor dat ik de trilling van zijn lichaam kon voelen: 'Dat was het mooiste wat ik ooit heb gezien, lieverd. Je bent geweldig. Ik zou er de rest van mijn leven elke dag naar kunnen kijken. Dank je, Claire. Dank je dat je dat met me wilde delen.'

De vriendelijkheid en liefde die ik in zijn woorden voelde, schokten me. Ik had verwacht dat hij zou opstaan en zeggen dat het nu zijn beurt was, maar in plaats daarvan hield hij me nog steeds vast, zijn gewicht van me afhoudend, maar zijn lichaam dichtbij genoeg dat we elkaar over de hele lengte raakten. Zijn erectie klopte tegen me aan, maar zijn lichaam was stil.

'Dat heb ik nog nooit gedaan,' zei ik. Ik wilde de woorden niet zeggen, maar mijn mond had andere ideeën. Ik wilde onder de bank kruipen en sterven, maar het was al te laat.

'Klaargekomen met je kleren aan? Ik wilde je niet opjagen, maar ik kon mezelf niet bedwingen. Het spijt me als ik je pijn heb gedaan. Heb ik je pijn gedaan, schat?' Door de bezorgdheid in zijn stem schoten de tranen in mijn ogen.

Ik schudde mijn hoofd en zei: 'Nee, je hebt me geen pijn gedaan, maar dat is niet wat ik bedoelde. Ik bedoelde dat ik nog nooit *dat* heb gedaan. Überhaupt niet.'

Aidan trok zich terug om me aan te kijken, zijn ogen vlamden met iets wat ik niet kon peilen. 'Je bedoelt dat je nog nooit een orgasme hebt gehad?'

Ik knikte en beet op mijn lip.

Hij sprong zo snel op dat mijn hoofd ervan tolde. Hij liep naar de andere kant van de kamer en ik zag hoe zijn erectie langzaam kromp en zich weer onder zijn korte broek verborg. 'Jezus, ik ben zo'n klootzak. Het spijt me zo, Claire. Als ik dat had geweten, had ik dat nooit gedaan. Ben je... ben je maagd?'

Ik schudde mijn hoofd, maar liet mijn ogen naar de vloer zakken. Dit was precies waarom ik het hem niet wilde vertellen. Waarom kon mijn verdomde mond zich in hemelsnaam niet dichthouden?

'Dus je hebt nog nooit een minnaar gehad die voor je

zorgde? Die ervoor zorgde dat jij je goed voelde voordat hij aan zichzelf dacht?'

Ik haalde mijn schouders op. Ik was er niet klaar voor om toe te geven dat ik maar twee keer met mijn schoolvriendje had geslapen voordat ik besloot dat ik niet van seks hield. Ik was toen zeventien, nog maar net, en wist niet echt zeker of ik klaar was voor seks. BJ vond het geen probleem en praatte het me aan. Toen ik hem vertelde dat ik het niet lekker vond en wilde wachten voor we het weer deden, deed hij alsof hij dat oké vond.

Een paar weken later was hij van gedachten veranderd. We waren in de voorjaarsvakantie met zijn ouders. Zij waren die avond uit eten, waardoor we alleen in het hotel waren. We keken een film en aten pizza, en toen besloot hij dat hij weer seks wilde. Ik zei nee, maar die keer wilde hij niet luisteren. Hij was groter en sterker dan mijn magere cheerleaderlichaam en hield me zonder enige moeite in bedwang.

Ik schreeuwde en vocht de hele tijd, maar het kon hem niet schelen. Toen hij klaar was, probeerde hij te doen alsof er niets aan de hand was. Ik nam een douche om het gevoel van hem overal op mijn lichaam weg te wassen, maar niets wiste het uit. Toen we thuiskwamen van onze reis, vertelde ik Mandy wat er was gebeurd. Ze stond erop dat we de politie belden, maar ze zeiden dat er toen geen bewijs meer was. Hij is nooit aangeklaagd of gearresteerd of zelfs maar berispt.

Het duurde jaren voordat ik daarna ook maar aan seks kon denken. Ik had op de universiteit met een paar jongens gedatet, maar ik liet het nooit erg ver komen. Zodra ik het gevoel kreeg dat een jongen klaar was voor seks, maakte ik het met hem uit. Uiteindelijk stopte ik gewoon met daten om het hele onderwerp te vermijden.

Voldoende om te zeggen dat ik niet echt veel interesse had in seks.

'Ik heb niet veel ervaring. En nee, ik heb nooit iemand gehad die gaf om hoe ik me voelde.'

Aidan liep terug naar de plek waar ik nog op de bank zat. Hij liet zich naast me vallen en nam mijn handen in de zijne. 'In mijn wereld kom jij altijd op de eerste plaats. Letterlijk en figuurlijk. Jouw geluk betekent meer voor me dan wat dan ook. Ik weet dat er meer is dat je me niet vertelt, maar dat maakt nu niet uit. Wat ertoe doet, is dat jij je goed voelt. Het spijt me zo als ik je pijn heb gedaan. Als ik ook maar enig idee had gehad dat ik… fuck, ik kan niet geloven dat ik dat heb gedaan.'

'Ik vond het lekker,' flapte ik eruit. 'Heel lekker. Ik heb me nog nooit zo gevoeld en het was geweldig. Ik wilde dat het gebeurde en je hebt je niet aan me opgedrongen.'

Aidans schouders zakten toen de spanning van hem afviel. Hij kneep in mijn handen en bracht ze naar zijn lippen, waarbij hij kusjes op elk van mijn knokkels drukte. 'Ik wil nooit dat je het gevoel hebt dat je me iets niet kunt vertellen. Wat dan ook. Ik zal altijd stoppen als je ergens niet oké mee bent en ik beloof dat ik in de toekomst voorzichtiger met je zal zijn. Kun je het me vergeven dat ik me als zo'n geile klootzak heb gedragen?'

Ik wachtte tot hij opkeek om hem antwoord te geven. Zijn ogen stonden zo verdrietig en vol schaamte dat ik wel om hem kon huilen. 'Er is niets om sorry voor te zeggen. Ik zou nee hebben gezegd, maar ik weet vrij zeker dat ik ja zei, keer op keer.' Hij lachte met me mee. 'Alleen omdat het nieuw was, betekent niet dat het niet goed was. Ik heb geen idee wat je deed, maar ik wil het zeker nog een keer doen.'

Aidan trok me in zijn grote, sterke armen en hield me tegen zijn borst gedrukt. Ik luisterde weer naar zijn hartslag, sterk en zeker onder mijn wang. Ik voelde me veilig in Aidans armen. Hij zou me nooit pijn doen. Dat wist ik zonder enige twijfel.

'Het wordt nog veel beter dan dat, baby. En ik laat het je zien wanneer je maar wilt. Als je me weer binnenlaat, gebruik ik wel mijn vingers, want dat is een stuk zachter. God, baby, het spijt me echt zo verdomd erg.'

'Stop, Aidan. Hou er gewoon mee op. Ik wilde dat je het deed. Ik had je nodig. Hou op jezelf zo af te kraken. Alsjeblieft.'

Hij drukte een kus in mijn haar en mompelde: 'Oké. Op één voorwaarde.'

O, o. Daar kwam het. Zijn eis. Hij had me een orgasme bezorgd, het eerste van mijn leven, en nu moest ik de gunst teruggeven. Ik spande me aan in zijn armen en probeerde hem dat niet te laten voelen. Hij hield me stevig genoeg vast dat hij het wel voelde. 'Hé, nee. Zoiets niet. Ik wilde alleen maar vragen of we nog een film konden kijken en of ik je mocht vasthouden. Alleen maar je hand vasthouden. Ik wil je gewoon kunnen aanraken.'

Mijn angst verdween en ik ontspande me weer in zijn armen, wetende dat de klap uiteindelijk toch wel zou komen.

We nestelden ons op de bank en deze keer aarzelde ik niet om onder zijn arm te kruipen, mijn hoofd op zijn borst te leggen en met gesloten oogleden naar een film te kijken.

HOOFDSTUK 11

IK WERD DE volgende dag wakker met een onbestemd gevoel. Aidan was de avond ervoor weggegaan nadat de film was afgelopen, maar hij had nergens om gevraagd. Hij drong niet aan op seks of zelfs maar een blowjob. Hij kuste me weer, maar zijn handen dwaalden niet af en toen ik zijn erectie tegen mijn buik voelde opkomen, ging hij weg.

Ik snapte er geen reet van.

Nadat ik Brownie had uitgelaten en iets anders dan mijn pyjama had aangetrokken, ging ik naar Bijt me! in de hoop mezelf in zoetigheid te verliezen. Lexi zat aan de toonbank met Charlie te praten en ze glimlachten allebei toen ik binnenkwam.

'Je komt precies op tijd. Ik heb net een nieuw recept klaar en Lexi zou het voor me gaan proberen. Wil jij het ook proberen?' Charlie's brede glimlach vertelde me dat ze hier enthousiast over was. Ik kon een van haar creaties niet weerstaan. Zelfs de smaken die ik niet lekker vond, waren goed.

'Natuurlijk. Wat is het vandaag?'

Charlie klapte in haar handen, zette een andere cupcake op een bordje en schoof het toen voor mijn neus. 'I'k vertel je

wat erin zit nadat je het hebt geproefd. Ik wil voor de zeker-
heid je smaakpapillen niet beïnvloeden.'

Ik glimlachte, wetende dat ik dat antwoord had kunnen
verwachten. Charlie dacht dat als je wist welke smaak het
moest zijn, je van tevoren zou beslissen hoe het zou moeten
smaken. Als het niet 'goed' was, dan zou het niet lekker zijn,
zelfs als het dat wel echt was.

Lexi en ik tilden onze cupcakes op en proostten gieche-
lend met elkaar. Charlie keek ons met grote ogen aan,
gespannen wachtend op onze reactie.

Toen ik de cupcake naar mijn mond bracht, ademde ik in,
in een poging een paar van de geuren thuis te brengen. Het
enige wat ik rook was fruit, dus ik nam een hap.

De zachtheid van de cake was het eerste wat me opviel,
maar werd snel gevolgd door een kick, iets fruitigs en
warms, hoewel ik nooit geweten had dat iets warm kon
smaken. Het volgende wat me opviel, was de vloeibare kern.
Het smaakte naar wijn, maar fruitiger. Het glazuur was een
fruitige mix die ik niet kon thuisbrengen, hoe hard ik het
ook probeerde.

Het maakte niet echt uit wat het was, het was geweldig. Ik
leunde achterover en vroeg me af hoe ze in hemelsnaam op
deze ideeën kwam, en hoe ze het liet werken. Lexi en ik
wisselden een veelbetekenende, fruitige grijns uit en knikten
enthousiast naar Charlie.

Ze klapte in haar handen en sprong op en neer, haar
chocolade- en pindakaaskleurige krullen stuiterden rond
haar schouders. 'O, ik hoopte al dat hij lekker zou zijn. Enig
idee wat ik probeerde te maken?'

'Aardbeiengebakje?' raadde Lexi. Charlie schudde haar
hoofd en keek me aan.

'Ik proefde meer dan aardbei. Ik proefde vooral de wijns-
maak. Het was als een fruitige wijn.'

'Goed. Dat was de bedoeling. Het moet sangria voorstellen. Zouden jullie ervoor gaan?'

Ik nam nog een hap en knikte, glimlachend toen Lexi hetzelfde deed. 'Hij is echt lekker,' mompelde Lexi met een mond vol cupcake. 'Dit is een geweldig idee, vooral voor de zomer.'

Charlie knikte, duidelijk in de wolken dat we haar nieuwe cupcake geweldig vonden. 'Dat was ook de bedoeling. Iets lichts en fruitigs maar toch lekker voor de zomer. Alle alcohol is in de oven verdampt, maar je proeft het nog wel. De vulling is eigenlijk geen wijn, maar het smaakt wel zo door de hoeveelheid die in de cupcakes zat.'

Ik werkte het laatste restje van mijn cupcake naar binnen en Charlie zette flesjes water voor ons neer. 'Wanneer ga je ze verkopen? Dat was heerlijk. Ik denk dat ik een nieuwe favoriet heb.'

'O, wat leuk om te horen. Ik denk dat ik er elke dag een paar toevoeg en kijk hoe ze verkopen. Ik krijg ruimtegebrek en ik wil mezelf niet kapotwerken. Ik ben hier elke dag al te veel uren.'

Lexi was het met haar eens over de lange dagen en ik besefte dat ik niet veel wist van beide vrouwen. Voor het eerst in mijn leven was ik degene die ergens anders om advies vroeg in plaats van het te geven. Ik wist niet zeker of ik het leuk vond dat de rollen waren omgedraaid en ik het gevoel had dat ik advies van anderen nodig had. Normaal gesproken zou ik naar Mandy gaan als ik iets nodig had. Ze was er mijn hele leven al voor me geweest. Ik kon niet echt uitleggen waarom ik niet met haar wilde praten. Mandy was mijn beste vriendin. We deelden alles en ik had nooit iets voor haar verborgen gehouden.

Tot nu.

Ik had haar moeten bellen toen ik wakker werd, en haar als eerste om advies moeten vragen over wat er met Aidan was gebeurd en hoe ik verder moest. Maar ik kon het niet. Ik kon het gewoon niet.

'Wat is er met jou aan de hand vandaag?' vroeg Lexi. 'Je ziet eruit alsof er iets op je drukt.'

Een mondhoek trok omhoog terwijl ik me afvroeg hoe ze me zo makkelijk kon lezen. Ik had nog nooit iemand gehad die mijn stemmingen of emoties aanvoelde, laat staan de behoefte om te praten.

'Ik denk het wel. Ik weet alleen niet hoe ik het moet zeggen.'

Lexi wreef in haar handen en schoof haar stoel dichterbij. 'Dit wordt smullen. Ik gok dat het over die lekkere vent gaat die je meenam naar de grote opening. Is de seks slecht?'

De hitte steeg op van mijn nek naar mijn wangen. Ik had het gevoel dat ik in brand stond. Mijn water hielp, maar toen ik het laatste restje had doorgeslikt, had ik geen andere keus dan hen weer aan te kijken en de waarheid onder ogen te zien.

'We hebben nog geen seks gehad. Gisteravond waren we aan het zoenen en… God, ik weet niet eens wat er gebeurde.'

Lexi's ogen vernauwden zich terwijl ze dichter naar me toe leunde. Charlie liep weg om een andere klant te helpen die net was binnengekomen. 'Je bent geen maagd, toch?' Ik schudde mijn hoofd. 'Oké, maar heb je wel eens een orgasme gehad?'

Ik beet op mijn lip en liet mijn blik naar mijn schoot zakken. Ik wrong mijn handen in elkaar en probeerde te bedenken wat ik moest zeggen. Dat ik de avond ervoor mijn eerste had gehad en dat het me de stuipen op het lijf had gejaagd. Dat ik geen idee had dat iets zo goed kon voelen. Of zo angstaanjagend. Dat seks altijd iets was geweest waarvan ik dacht dat ik ervan moest genieten, maar waarvan ik me nooit had kunnen voorstellen dat ik dat kon. Dat ik dacht dat er iets mis met me was.

Ik zei niets van dat alles, maar op de een of andere manier hoorde Lexi het allemaal. Toen ik eindelijk de moed verzamelde om haar aan te kijken, glimlachte ze naar me, een beetje bedroefd, maar absoluut vastberaden.

'Oké, dus nu je weet hoe het is, en je het lekker vindt. Wat is er aan de hand?' vroeg ze, en ze kwam meteen ter zake. Dat waardeerde ik aan haar. Ze verspilde geen woorden aan medelijden of onnodige uitleg. Ze kwam to the point.

Geen wonder dat ze zo succesvol was.

'Ik… Het was… ik weet het niet. Het was de eerste keer dat ik… je weet wel. Ik weet niet eens wat hij deed. We waren gewoon aan het zoenen op de bank en het voelde alsof hij vuurwerk in me afstak. Het was geweldig, doodeng… ik weet het niet eens.'

'Dat is allemaal normaal. Ik denk dat we ons allemaal zo voelen, vooral als een man zo goed is. Ik moet het wel vragen, hoe gebeurde het als jullie alleen maar aan het zoenen waren?'

'We lagen neer. Hij lag boven op me en hij bewoog, alsof we seks hadden, maar we hadden al onze kleren nog aan.'

'Ah, oké. Je vindt hem leuk, toch?' Ik knikte en beet op mijn lip. 'Hij vindt jou overduidelijk ook leuk. Wat's er aan de hand? Er's iets waarover je twijfelt of je zorgen maakt en wat je wilt vragen. Vraag het me gewoon. Ik'll help je wel. Of… misschien kwam je om met Charlie te praten? Moet ik weggaan?'

'Nee,' zei ik iets te snel. 'Ik bedoel, ik vind Charlie aardig, maar ik denk dat ik hierheen kwam in de hoop dat jij hier zou zijn.'

Lexi knikte alsof wat ik'd gezegd volkomen logisch was, hoewel dat voor mij niet zo was. 'Dus, wat's er aan de hand?'

Ik haalde diep adem en probeerde mijn hoofd leeg te maken. Ze had gelijk. Ik wilde haar er alles over vragen. Ik wilde dat ze me zou vertellen wat er aan de hand was en hoe ik met Aidan moest omgaan. Ik wilde weten hoe ik op het werk met hem moest praten. Maar ik wist dat dat niet echt de reden was dat ik hier was.

'Ik've nooit eerder van seks genoten. Ik heb… een slechte ervaring gehad en heb seks altijd als allesbehalve leuk gezien, niet dat ik't veel heb gehad. Seks, bedoel ik, niet plezier. Hoe dan ook, ik zie dat het met Aidan leuk kan worden, maar ik weet niet't of ik ergens mee door moet gaan of dat ik er gewoon een punt achter moet zetten. In mijn ervaring, hoewel beperkt, zijn seks en liefde gevaarlijk verbonden met macht en degene die de meeste macht heeft, wint.'

Gelukkig pikte Lexi niets op van mijn gekte die eruit floepte. Ik dacht echt dat ze zou steigeren bij mijn vraag of zou doorvragen naar wat er zo erg was aan mijn vorige ervaring, maar ze nam het in zich op en ging verder. Ze tikte op haar kin, denkend over mijn vraag, en zag er daarbij veel te slim uit.

Ik bekeek haar schouderlange blonde haar, helderblauwe ogen en grote borsten en wist dat de meeste mannen haar als een levend geworden fantasie zouden zien. Ze was zwaar, net als ik, maar ze droeg het met zelfvertrouwen. Zelfs op dit vroege uur was ze helemaal verzorgd en zag ze eruit alsof ze klaar was om de wereld aan te kunnen.

Ze straalde zelfvertrouwen uit, iets waarvan ik'd altijd gehoopt had dat ik het op een dag zou ontwikkelen. Ik betrapte mezelf erop dat ik daar zat en wenste dat ik haar kon zijn. Of zoals zij kon zijn. Maar ik was allang blij dat ik haar vriendin mocht zijn.

'Ik denk dat als het's echt liefde is, macht er helemaal niet bij komt kijken. Liefde hoort niet te berekenen of de stand bij te houden. Liefde is gewoon liefde. Seks is echter heel anders. Seks kan berekenend zijn en over macht gaan. Soms maakt dat het leuk, maar alleen als je't er allebei mee eens bent. Afgaande op de blik op je gezicht, ben jij daar niet oké mee.'

Ik schudde mijn hoofd en rimpelde mijn neus. Berekenende seks was absoluut niet mijn ding. En wat betreft seks die's om macht draait… Dat heb ik al meegemaakt. Ik heb de emotionele littekens om het te bewijzen.

Ik was er vrij zeker van dat de paar keer dat ik'd seks had gehad om de een of andere foute reden was, maar niets daarvan kwam ook maar in de buurt van wat ik de avond ervoor had gevoeld. Niets voelde zoals het met Aidan voelde.

'Seks moet iets zijn waar jullie allebei van kunnen genieten, wat voor soort seks je ook hebt. Heb ik je over Mike verteld?'

Ik pijnigde mijn hersens om erachter te komen wie Mike in hemelsnaam kon zijn. Ik kon me't niet herinneren dat ze een man had genoemd, maar ik was die avond ook behoorlijk in beslag genomen door Aidan. Ik kon me mijn eigen naam nauwelijks herinneren, laat staan de naam van een vriend van iemand die ik'd net had ontmoet. Lexi ging verder toen ik mijn hoofd schudde.

'Mike is mijn vrijblijvende partner. We spreken af als een van ons ontlading nodig heeft, we gaan uit als een van ons eenzaam is, maar we'hebben geen echte relatie.'

'O, ja, je hebt hem wel genoemd, maar ik wist zijn naam niet mee.'

Lexi knikte. 'Wanneer Mike en ik samen zijn, zorgen we ervoor dat we'beiden gelukkig en voldaan zijn. Hij helpt me totdat ik'm helemaal uitgeput ben en ik zorg ervoor dat hij dat ook is. Seks voor ons draait om wederzijdse bevrediging. Mike's is knap, wat helpt, maar we'zijn allebei op zoek naar hetzelfde. We hebben er van tevoren over gepraat en weten waar we aan toe zijn, zodat er's geen verwarring of problemen zijn.'

Ik luisterde naar haar terwijl er honderd vragen door

mijn hoofd spookten. Mijn keel kneep samen toen ik me afvroeg of dat alles was wat Aidan van me wilde. Was ik gewoon een neukmaatje voor hem? Iemand om te gebruiken als hij tussen twee vriendinnen in zat?

Allerlei mensen hadden zulke afspraken, dat wist ik. Maar Lexi was de eerste persoon die ik'd had ontmoet die een seksbuddy had. Ik kon de aantrekkingskracht van seks zonder emotionele band wel zien, maar ik wist't niet hoe ze steeds weer naar dezelfde man terugging zonder gehecht te raken.

Aan de andere kant, mannen deden het de hele tijd.

'Aidan en ik hebben nergens over gepraat, het is gewoon een beetje gebeurd. Nu heb ik het gevoel dat ik bij hem in het krijt sta. Ik bedoel, hij heeft me een orgasme bezorgd, dus ik moet de gunst teruggeven, weet je wel?'

Lexi schudde fel haar hoofd. De blik in haar ogen was dodelijk en serieuzer dan ik'd haar tot nu toe had gezien. Ze was een kracht om rekening mee te houden en we hadden het alleen maar over seks. Ik kreeg flitsen te zien van de vrouw die ze op het werk zou zijn en voelde een beetje medelijden met de mensen die haar uitdaagden.

'Je staat niet bij hem in het krijt. Als hij dat zegt, maak dan dat je wegkomt. Zo ver en zo snel je kunt. Je houdt zulke dingen nooit bij. Als we dat wel deden, zou ik het komende jaar elke dag op mijn knieën zitten voor Mike en zou ik'd zo van de kaart zijn dat ik'd gek zou worden. Meestal heb ik er veel meer dan hij omdat vrouwen vaker kunnen klaarkomen. Mannen hebben een rustperiode nodig, maar wij kunnen meestal van de een naar de ander doorrollen. Heeft Aidan gezegd dat je bij hem in het krijt staat?'

Ik schudde mijn hoofd. 'Nee, dat heeft hij niet gezegd. Ik vroeg het hem en hij zei dat dat niet zo was. Hij voelde zich zelfs rot over wat er was gebeurd omdat ik toegaf dat het voor mij de eerste keer was.'

'Als het goed voelde, had hij niets om zich rot over te voelen, tenzij hij je pijn deed of je hem zei te stoppen en hij dat niet' deed.'

'Dat zou hij nooit doen. Ik zou't niet alleen met hem zijn als ik me zorgen maakte dat hij't niet zou stoppen als ik nee zei.'

Lexi bekeek me aandachtig, duidelijk proberend iets te doorgronden. Ik wist dat het't haar niet lang zou kosten om me te doorzien. Op de een of andere manier kon ze door de onzin die iemand haar voorschotelde heen kijken naar de waarheid eronder, zelfs als je dat't niet wilde.

'Het's spijt me, Claire. Dat meen ik echt.'

Tranen vulden mijn ogen en ik knikte. 'Dank je.'

'Ik wou dat je'd nooit had meegemaakt wat je've meegemaakt. Dat niemand dat hoefde mee te maken.'

Ik knikte opnieuw en veegde de tranen van mijn wimpers voordat ze vlekken maakten op mijn wangen. 'Ik wou ook dat niemand het hoefde mee te maken. Ik'loop daar de laatste tijd eigenlijk over na te denken. Ik heb het gevoel dat ik'm niet veel met mijn leven doe. Ik wil iets beginnen, een stichting of een programma of zoiets, om jongens en meisjes te helpen voorkomen dat hetzelfde iemand anders overkomt, of te helpen als het toch gebeurt.'

Lexi observeerde me nauwlettend en beoordeelde me terwijl ik sprak. Uiteindelijk knikte ze eenmaal, alsof ze iets had besloten. 'Dat vind ik een goed idee. Hopelijk helpt het'll jou ook om te helen. Misschien kan mijn bedrijf helpen met wat financiering. Ze'zijn altijd op zoek naar lokale non-profits om te steunen. Laat het me weten als je je ideeën wat meer op een rijtje hebt gezet. Dan'll breng ik je in contact met de juiste mensen.'

Ik kon't de grijns die zich over mijn gezicht verspreidde niet tegenhouden. 'Dat klinkt geweldig. Wauw, dit zou echt kunnen gebeuren,' zei ik, bijna tegen mezelf.

'Als je het graag genoeg wilt, kan alles gebeuren.'

'Het lijkt erop dat ik de laatste tijd een paar dingen krijg die ik echt wil. Dingen waarvan ik me nooit had voorgesteld dat ik'ze zou krijgen.'

Lexi keek me bedachtzaam aan. Uiteindelijk zei ze, 'Goed. Hij lijkt echt een goede vent te zijn. Je'hebt geluk.'

Ik glimlachte en knikte, me realiserend dat ze gelijk had. Ik had geluk. Niet alleen leek het erop dat ik iets zinvols met mijn leven zou kunnen gaan doen, maar op de een of andere manier leek het erop dat ik eindelijk een goede man had gevonden.

En ik wilde hem echt niet't laten gaan.

HOOFDSTUK 12

Een paar dagen later had ik het gevoel dat ik maar naar Bijt me! moest verhuizen. Ik ging weer door mijn favoriete deur voor een meidenavond met mijn beste vriendinnen, inclusief Lexi en Charlie, voor zover ze zich kon vrijmaken.

Ik haalde mijn sangria- en vanillecupcakes en een flesje water bij Charlie en liep toen naar het tafeltje in de hoek waar Addi al zat. Ze stopte haar telefoon in haar tas toen ik ging zitten.

'Jij bent in een goed humeur vanavond,' zei ze tegen mijn lachende gezicht.

Ik wist dat ik een van die mensen aan het worden was die ik vroeger haatte. Ik glimlachte zonder reden en liep zelfs neuriënd door mijn appartement. Aidan had de laatste twee dagen gewerkt, dus ik had hem niet gezien, maar we spraken en appten elkaar elke dag. Hij klonk net zo gefrustreerd als ik me voelde dat hij zoveel werkte, maar ik was niet van plan hem te zeggen dat hij dat niet moest doen. Het was best bewonderenswaardig dat hij spaarde om een huis te kopen.

Ik was nog lang niet volwassen genoeg voor zoiets.

'Ik ben in een goed humeur. Ik heb een paar fijne vrije

dagen gehad. Morgen ga ik weer aan het werk en dan zie ik Aidan, waar ik naar uitkijk.'

',Dus het gaat goed met hem?' Ik zette mijn suffe grijns op en Addi deed met me mee. 'Ik ben zo blij voor je, Claire. Ik geloof niet dat ik je ooit zo opgewonden heb gezien over een man.'

Ik lachte zachtjes. 'Ja, het is niets voor mij. Maar Aidan is gewoon anders. Ik heb zoveel vertrouwensproblemen met mannen, maar Aidan heeft mijn vertrouwen lang geleden als mijn vriend al verdiend. Het voelt normaal om een hechte band met hem te hebben en hoewel onze relatie verandert, voelt het op veel manieren nog steeds hetzelfde.'

',Wiens relatie verandert er?' vroeg Sam toen zij en Lexi bij ons kwamen zitten. Mandy was er bijna altijd als laatste, maar het was nog erger geworden sinds ze iets met Xander had. Ik vroeg me eerlijk af hoe die twee nog iets gedaan kregen, aangezien ze zo vaak in bed leken te liggen.

',Die van Claire en Aidan. Ze bewegen zich dieper in de meer-dan-vrienden-zone.'

',Ooh, wat spannend,' koerde Sam. 'Vertel.'

Ik keek naar Lexi en ze knikte toen ze de paniek in mijn ogen zag. Ik was er niet klaar voor om te veel details met hen te delen. Lexi wist wat er gebeurd was, maar ik zat niet te wachten op een diagnose van Addi, Sam en Mandy, als die ooit zou komen.

Net op dat moment kwam Mandy aangelopen met Charlie vlak achter haar. 'Waar hebben we het over?' viel Mandy met de deur in huis.

',Claire ging ons net vertellen hoe het met Aidan gaat,' zei Sam.

Mandy keek me aan. Ik kende die blik. Het betekende dat de laatste keer dat we elkaar spraken, Aidan op de zwarte lijst stond. Hij had me niet gebeld en ik had Mandy nooit gebeld om haar te vertellen dat er dingen tussen ons veranderd waren. Ze zette zich schrap voor weer een afzeiksessie, dat voelde ik.

Zonder haar de kans te geven hem af te kraken, begon ik: 'Het gaat goed. Hij heeft veel gewerkt, zoals je al zei Mandy, dus ik heb hem niet veel gezien, maar we spreken elkaar elke dag.'

'Zo zijn jij en Xander ook begonnen met jullie relatie, Mandy,' vertelde Sam iedereen, alsof we dat niet wisten. Na hun eerste ontmoeting had Mandy tegen Xander gezegd dat ze niet met hem uit wilde gaan omdat ze niet dacht dat een man die eruitzag zoals hij echt een vrouw leuk zou vinden die eruitzag zoals zij. Xander had haar uiteindelijk via de telefoon overtuigd om hem een kans te geven en ze hadden een week lang elke dag gebeld voordat ze weer op date gingen, waarna ze eigenlijk allebei al zo goed als verliefd waren.

'Het is allemaal nog nieuw. Aidan en ik kennen elkaar al jaren, maar al het andere is nieuw en anders,' vertelde ik hun.

'Anders?' vroeg Mandy en wierp me een vragende blik toe. Ik merkte dat ze wilde weten wat 'anders' precies betekende. Ze vroeg zich af of anders goed of slecht was, en of anders was wat ik wilde.

'Ik denk dat anders goed is,' viel Lexi bij. 'De man met wie ik slaap, Mike, wij vinden het leuk om af en toe de boel eens op te schudden. Anders houdt het leven interessant.'

Sam schoof haar stoel dichter naar Lexi toe, alsof ze zat te wachten op het voorleesuurtje in de bibliotheek. Sam kennende was dat precies wat ze deed. Ze wilde dat Lexi haar meer zou vertellen, tot in detail, over haar seksleven.

'Ik heb vorige week iemand ontmoet. We hebben niet echt iets, maar hij is goed in bed. Het is iets vrijblijvends en ik vind hem niet eens zo leuk, maar mijn God, wat weet die man de weg op het lichaam van een vrouw,' kreunde Sam.

Ik lachte met de rest mee en liet het gesprek overgaan op

Sams nieuwe seksleven. Lexi's blik kruiste de mijne en ik vormde met mijn lippen de woorden 'dank je wel'. Ze had me gered. Lexi vormde de woorden 'graag gedaan' terug en richtte haar aandacht toen weer op de groep.

'Xander is precies zo, echt waar. Hij kan me aankijken en me bijna laten schreeuwen,' schaterde Mandy.

Ik rolde met mijn ogen. Ik wist dat ze overdreef, maar ik kon het niet helpen dat ik wenste dat ik wist hoe ze zich voelde. Na slechts één orgasme voelde ik me een verslaafde, hunkerend naar meer. Verdomme, ik zou het heft in eigen hand hebben genomen als ik enig idee had wat Aidan had gedaan. Op de een of andere manier wist ik dat het zonder hem gewoon niet hetzelfde zou zijn.

Mijn gedachten dwaalden af naar de manier waarop Aidan me liet voelen, de ongelofelijke kracht en passie die door mijn lichaam stroomde onder de controle van het zijne. Mijn ogen dreigden dicht te vallen en mijn buik trok samen, de hitte verzamelde zich tussen mijn benen bij de gedachte aan hoe Aidan tegen me aan voelde.

Verdomme, misschien meende Mandy het wel. Als ik me al zo goed voelde door alleen maar te denken aan wat Aidan kon doen, kon Mandy misschien klaarkomen met slechts een blik van Xander.

'Dat doet Mike ook. Het is alsof hij kan zien wanneer ik een slechte dag heb gehad en gewoon die ontlading nodig heb. Hij zegt dan niets, geen enkel woord, maar in zijn ogen zit alle hitte die ik nodig heb om op gang te komen. Slechts één aanraking en ik val uit elkaar in zijn armen,' deelde Lexi mee.

'Ik vind het heerlijk als ze dat doen,' voegde Mandy toe. 'Het is alsof je een tweede brein hebt, maar dan in zijn hoofd. Ik vind het heerlijk als ze je gewoon kunnen geven wat je nodig hebt zonder erom te hoeven vragen. Natuurlijk zijn er ook dagen dat je er praktisch om moet smeken.'

'Ja, maar dat kan zo leuk zijn,' viel Addi bij. 'Mijn ex was zo. Hij bracht me tot het randje en trok zich dan terug, zodat ik er pas overheen mocht als ik er jankend en smekend om vroeg. Ik haatte het op dat moment, maar het was zoveel groter en krachtiger als het dan gebeurde. Het is fijn om een man te hebben die zijn tijd met je neemt.'

',O, ja,' zei Mandy. 'Lange, luie seks kan geweldig zijn. Zo beginnen wij onze weekenden. We weten dat we nergens hoeven te zijn, dus we nemen onze tijd. Xander maakt me dan wakker met kusjes overal en meestal is het eerste wat ik me herinner het gevoel van een deel van hem tussen mijn benen. Het is onze versie van ontbijt op bed.'

Iedereen lachte met Mandy mee. Omdat ik de enige was met een relatie die de potentie had stand te houden, wist ik dat mijn vriendinnen allemaal hetzelfde dachten als ik. *Dat wil ik ook.*

Het verlangen, de behoefte daaraan, overspoelde me als ijskoud water. Een relatie was nooit iets waarvan ik me had voorgesteld dat ik er deel van zou uitmaken. Het was niks voor mij. Op de een of andere manier wilde ik het na slechts twee dates met Aidan toch. En ik wilde het met hem.

Ik probeerde me voor te stellen dat mijn leven weer normaal werd. Hoewel onze eerste date nog geen drie weken geleden was, wist ik dat die me had veranderd. Zijn kus had me veranderd, mijn orgasme had me veranderd, Aidan had me veranderd. Hij had een andere vrouw van me gemaakt. Een vrouw die niet langer het gevoel had dat ze deed alsof ze volwassen was, maar op weg was om er een te worden. Een vrouw die haar toekomst met meer dan alleen een hond en vrienden voor zich zag. Een vrouw die in de liefde begon te geloven.

Zou het kunnen dat ik al verliefd aan het worden was op Aidan?

Terwijl ik worstelde met het antwoord op de vraag in

mijn hoofd, praatten mijn vriendinnen om me heen. Ik verwelkomde de afleiding. Ik kon daar niet zomaar zitten en over de liefde fantaseren. Daar was ik niet klaar voor. Ik wist nog steeds niet eens zeker of ik erin geloofde. Ik wilde het wel, maar kon ik het?

'Ik denk dat ik meer een vrouw van snel en heftig ben,' gaf Lexi toe. 'Aan de andere kant denk ik dat langzaam en teder beter bij een relatie past. Mike en ik spreken gewoon af als een van ons heet en bezweet wil worden. Als het voorbij is, kleden we ons aan en gaan we onze eigen weg.'

'Blijven jullie niet slapen of genieten jullie zelfs geen paar minuten na?' vroeg Addi. 'Ik denk niet dat ik dat zou kunnen. Seks is voor mij zoiets persoonlijks. Ik weet niet of ik mijn emoties op afstand zou kunnen houden.'

'Ik geef om Mike, begrijp me niet verkeerd. Maar we weten waar we allebei aan toe zijn. Het is gewoon een verstandhouding met iemand die ik vertrouw, niet iemand van wie ik hou,' vertelde Lexi haar.

'Hoewel ik Eddie niet echt mag, kan ik me niet voorstellen dat ik niet enigszins gehecht ben. Ik vind hem een aardige vent en ik heb graag seks met hem, maar we zijn niet op dat punt gekomen zonder te kunnen praten en van elkaars gezelschap te genieten. Ik denk dat het een soort combinatie is tussen wat Mandy heeft en wat jij hebt, Lexi. Maar het komt dichter in de buurt van wat jij hebt,' zei Sam tegen Lexi.

Ik kon het niet laten om al deze relaties op een rijtje te zetten en me af te vragen waar die van mij en Aidan ertussen paste. We waren zeker niet zoals Mandy en Xander, maar ik dacht niet dat we zo afstandelijk waren als Lexi en Mike. Ik maakte me echter wel zorgen dat we op Sam en Eddie leken.

Sam en Eddie waren samen voor iets fysieks, maar veel meer dan dat was er niet. Ik wilde geloven dat Aidan en ik meer dan dat hadden. Dat we een betere relatie hadden. Dat we…

Wacht. Wat dacht ik in hemelsnaam? Ik had mezelf net verteld dat ik niet klaar was voor een relatie en nu ben ik aan het beslissen of we dicht genoeg bij Mandy en Xander in de buurt kwamen om als een relatie te worden beschouwd. Ik werd gek.

'Wat als een van jullie meer wil dan alleen seks?' hoorde ik mezelf aan Lexi vragen.

Ze keek me met grote ogen aan. De vraag was uit mijn open mond gevallen en ik kon hem niet meer terugnemen. Ik wist dat Lexi dacht dat ik in mijn kaarten liet kijken, terwijl ik duidelijk had gemaakt dat ik niet wilde dat iemand wist wat er met Aidan aan de hand was, maar ik denk dat de rest het zou zien als onderdeel van het gesprek.

Dat hoopte ik tenminste.

'Ik denk niet dat dat gaat gebeuren met mij en Mike. We kennen elkaar al heel lang en we weten allebei hoe het ervoor staat. Ik mag hem erg graag, ik respecteer hem, en hij is geweldig in bed, but ik zie geen toekomst voor ons,' vertelde Lexi me.

'Waarom niet?' flapte ik eruit, ik kon mezelf niet bedwingen. Lexi was prachtig, grappig, slim, succesvol en eigenlijk gewoon geweldig. Als zij geen man kon vinden om haar toekomst mee te delen, vroeg ik me serieus af of ik dat wel kon.

Lexi haalde haar schouders op. 'Ik weet het niet. We vinden elkaar echt leuk, maar ik denk dat als het verder zou gaan dan waar het nu is, een van ons wel iets gezegd zou hebben, snap je? We slapen al maanden met elkaar. Ik wil niet verpesten wat we hebben, en ik denk niet dat het zou werken. We lijken te veel op elkaar, allebei erg gedreven, carrièregerichte mensen.'

Addi trok haar neus op. 'Ik denk dat ik iemand wil die

carrièregericht is, iemand met ambitie. Ik geloof graag dat ik dat heb, en ik zou het zeker willen in een vriend of echtgenoot. Ik bedoel, wat is de andere optie, een vent die op de bank hangt en naar SportsCenter kijkt? Ik wil een man die ertegenaan gaat en hard werkt.'

'Dat is niet echt wat ik bedoelde. Ja, ik wil iemand die een baan heeft. Waar ik het over heb, is een man wiens werk zijn hele leven is. Mike en ik zijn allebei zo goed als werkverslaafd. We staan altijd in contact met de fabriek en we werken doordeweeks krankzinnige uren. Ik dacht altijd dat als ik ooit iemand zou ontmoeten, het op het werk zou moeten zijn, maar nu vraag ik me af of het ooit zal gebeuren. Ik kan een man die werkt zoals ik niet aan en ik zie mezelf wel minderen als ik iemand ontmoet met wie ik mijn tijd wil doorbrengen. Mannen doen dat meestal niet.'

'Zou je het overwegen? Als hij zei dat hij geïnteresseerd was in meer? Zou je die sprong wagen en het een kans geven?'

Lexi was verstijfd. Ze keek alsof ik haar de moeilijkste vraag van haar leven stelde. Misschien deed ik dat ook wel. Op dat moment realiseerde ik me dat ik Lexi helemaal niet zo goed kende. We hadden gepraat, we hadden dingen gedeeld, we hadden gelachen. Maar het meeste daarvan was over mijn leven gegaan, niet het hare.

Ik wierp een snelle blik op Charlie en zag dezelfde verwarde blik op haar gezicht die ik wist dat ook op de mijne stond. Ik had iets blootgelegd wat ik niet had moeten doen, een vraag gesteld die Lexi niet wilde beantwoorden.

We zaten daar allemaal terwijl de tijd stilstond. Niemand wist wat te zeggen. Ik voelde me schuldig dat ik Lexi aan de tand had gevoeld over iets waar ze het niet over wilde hebben. Ik wist dat ik het deed omdat ik mezelf in haar positie plaatste. Ik probeerde me beter te voelen over de puinhoop die ik van mijn vriendschap met Aidan had gemaakt.

En ik probeerde uit te zoeken waar het met ons heen zou kunnen gaan.

Uiteindelijk sprong Addi in om Lexi te redden. 'Ik zeg: wat maakt het uit of je seksvrienden bent of iets meer dan dat. Zolang de seks goed is en hij je als een viool kan bespelen, hoeft de rest er niet toe te doen.'

Iedereen lachte nerveus. Lexi nam een hap van de cupcake die Charlie voor haar had neergezet en Sam pakte het gesprek weer op. Zij en Mandy begonnen sekstips uit te wisselen en langzaam deed iedereen mee.

Ik zat stilletjes en voelde me schuldig dat ik Lexi's relatie had uitgebuit. Zij had mij gered en ik gooide haar voor de bus. Wat was er mis met me?

Na een paar minuten wist ik haar blik te vangen. Ze had nog steeds een verwarde en verdrietige blik, maar ze glimlachte naar me toen ik 'sorry' lipte. Ook al was het niet helemaal goed, ze wist in ieder geval dat het onopzettelijk was.

Nu moest ik alleen nog uitzoeken wat er in hemelsnaam aan de hand was met Aidan.

HOOFDSTUK 13

DE VOLGENDE PAAR dagen verdiepte ik me in de mogelijkheden voor het programma dat ik wilde opstarten. Ik ontdekte veel hulpbronnen voor de nasleep, maar heel weinig organisaties voor verkrachtingspreventie. Natuurlijk was er online informatie te vinden, maar het was allemaal los zand in plaats van iets gerichts.

Naar mijn idee was het het beste om de daad te voorkomen voordat die plaatsvond. Iedereen kende de No Means No-campagne die een tijdje geleden liep, maar het was alweer een poos geleden dat verkrachting in de belangstelling stond. Behalve voor mij dan.

Ik was vastbesloten om daar verandering in te brengen.

Met Lexi's belofte om te helpen, ging ik aan de slag met een bedrijfsplan, waarin ik precies uitwerkte hoe het programma er naar mijn idee uit zou moeten zien. Als ik me zou richten op verkrachtingspreventie, moest ik het van zowel de mannen- als de vrouwenkant benaderen. Het was belangrijk dat een man begreep dat 'nee' een acceptabel antwoord was en dat hij dat moest respecteren.

Ik kon maar geen naam voor mijn programma bedenken,

maar ik wist dat ik tijd had om daarover na te denken. Het zou een tijdje duren om het op te zetten. Als ik geluk had, zou ik binnen een jaar iets klaar hebben om mee te beginnen, waarbij ik het programma hopelijk eerst naar de middelbare scholen zou brengen, en daarna misschien naar het hoger onderwijs.

Ik was aan het dagdromen over hoe ik anderen kon helpen om niet het leven te leiden dat ik had geleid, toen mijn telefoon piepte met een berichtje.

> Zin om uit eten te gaan? Ik ben vrij
> vanavond. Ik mis je.

Aidan, natuurlijk.

Hoe kon ik dat weigeren?

Ik was nog steeds over alles in de war, onzeker over waar ik verwachtte, of hoopte, dat onze relatie naartoe zou gaan. Ik was laatst van onze meidenavond weggegaan met een rotgevoel omdat ik Lexi voor het blok had gezet, maar ik had haar sindsdien niet meer gezien. Vreemd genoeg had ik meer met haar gedeeld dan met wie dan ook, maar ik had haar telefoonnummer niet.

Hoewel het met Lexi niet zo goed was afgelopen, merkte ik dat ik toch met haar wilde praten. Ik wilde dolgraag weten wat ze van mijn situatie vond en eigenlijk was ik ook nieuwsgierig naar die van haar. Ik vermoedde dat ze mijn vraag niet wilde beantwoorden omdat ze meer wilde dan vrijblijvende seks met Mike, maar misschien was het juist het tegenovergestelde. Misschien maakte het idee haar banger dan ze wilde toegeven.

Misschien projecteerde ik gewoon mijn eigen angsten op haar.

Ik zette alle gedachten aan Lexi en mijn programma opzij en ging voor mijn kledingkast staan. Ik duwde mijn angsten weg en besloot dat ik van mijn date ging genieten en me geen zorgen zou maken over wat er tussen Aidan en mij speelde. Natuurlijk bracht dat nieuwe angsten naar boven over wat ik aan moest trekken.

God, wat haatte ik het om die vrouw te zijn. Ik dacht dat ik haar op de middelbare school had achtergelaten.

Uiteindelijk koos ik voor een spijkershort die mijn slappe binnenkant van mijn dijen bedekte en een babyroze topje dat tot op mijn heupen hing en mijn buik verborg. Aidan wist al hoe ik eruitzag, maar ik wilde hem niet echt aan mijn gebreken herinneren. Ik begon hem al leuk genoeg te vinden om te weten dat ik een inzinking zou krijgen als hij me zou afwijzen om hoe ik eruitzag.

Aidan huurde een kamer van iemand, dus hij woonde in een leuke buurt, maar had privacy in het appartement boven de garage. Ik parkeerde aan de straat, omdat ik niet wist of Aidan de oprit gebruikte of dat die alleen voor de familie was. Van binnen klonk muziek toen ik bij zijn deur aankwam, maar hij zette die uit toen ik klopte.

'Hoi,' zei Aidan met een glimlach. Hij deed een stap naar achteren zodat ik naar binnen kon lopen en ik kreeg een eerste glimp van zijn appartement.

Het was in feite een studio, maar groter dan ik had verwacht. Aan de ene kant was een kleine keuken, met de woonkamer in het midden en de slaapkamer aan de andere kant. Mijn hartslag versnelde toen ik de rand van zijn kingsizebed zag, deels verborgen door een grote tv, opgemaakt met antracietkleurige lakens en een bijpassend dekbed.

O, god, ik zat in de problemen.

'Je hebt een leuke plek,' zei ik tegen hem, terwijl ik me op alles concentreerde behalve zijn bed.

'Dank je. Het is klein, maar het is goedkoop. Ik heb bijna genoeg geld om een huis te kopen. Of de aanbetaling in ieder geval. Ik hoop hier over een paar maanden weg te zijn.'

Aidan draaide zich om en liep terug naar de keuken, dus

ik volgde hem. Er hing een heerlijke geur, zoet met een vleugje kruidigheid. 'Ik heb gekookt. Het is maar een roerbakschotel met kip, maar ik heb ook cupcakes van Bijt me! gehaald. Ik hoop dat je het lekker vindt.'

Ik glimlachte om zijn verlegenheid en vroeg me af waarom hij zich zo vreemd gedroeg. Hij leek net zo in de war over onze nieuwe relatie als ik. Nadat we zo veel jaren vrienden waren geweest, voelde het nog ongemakkelijker om dat te veranderen. Ik dacht nog steeds aan hem als mijn vriend, Aidan, maar dat was vermengd met een verlangen naar hem dat ik jarenlang had onderdrukt. Opeens was het oké voor me om hem te willen, wat fijn was, maar hoe erg ik hem wilde joeg me de stuipen op het lijf.

Zeker als ik dacht aan meer cupcakes. De laatste keer dat we cupcakes deelden, had ik hem bijna midden in de winkel besprongen. Alleen wist ik niet wat ik zou doen.

'Roerbak klinkt geweldig. Het ruikt heerlijk. Ik kook niet zo graag voor mezelf, dus ik krijg zelden een fatsoenlijke, zelfgemaakte maaltijd. Xander is een heel goede kok, dus ik krijg lekker eten als ik daar ga eten.'

Jaloezie, of wat daarop leek, flitste door Aidans ogen. Hij keek naar het eten dat hij aan het roeren was en toen zijn ogen de mijne weer vonden, was het weg. 'Ik kook graag, maar het is altijd leuker om iemand speciaals te hebben om het mee te delen.'

Als dat een versiertruc was, was ik er met open ogen ingetrapt. Ik geloofde het zonder meer. Hij vond me speciaal. Volgens mij had geen enkele man ooit gezegd dat ik speciaal was. Nou ja, behalve mijn vader, maar die telde niet echt.

Wat voor jaloezie ik een paar minuten eerder ook in zijn ogen had gezien, was nu vervangen door warmte. Ik liep naar hem toe toen hij zijn armen opende en sloeg mijn armen om zijn middel om hem stevig vast te houden. Hij drukte een kus op mijn hoofd en ik voelde hoe hij de geur van mijn haar inademde. 'Je ruikt zo lekker. Ik heb het gemist om dicht bij je te zijn. Dat klinkt zo stom, maar het is waar.'

'Het klinkt geweldig. Ik voel precies hetzelfde.'

Hij leunde net ver genoeg achterover om me aan te kijken voordat hij naar voren boog om onze lippen op elkaar te seal. Het was een zachte kus, zoet en sexy in alle opzichten. Zijn lippen staken mijn lichaam in vuur en vlam en ik trok hem net iets dichter tegen me aan. Hij draaide zijn hoofd en zijn tong gleed langs mijn onderlip.

Ik pauzeerde en genoot van het gevoel van zijn tong. Ik zuchtte en zoog zijn tong naar binnen, die zich zachtjes met de mijne verstrengelde. Hij smaakte koel en zoet, als een glas loganberry. Zijn vingers grepen mijn haar vast en zijn tong gleed langs de binnenkant van mijn wang. Een van mijn handen gleed over zijn lichaam omhoog naar zijn borst. Ik hield van het gevoel van zijn spieren onder mijn vingers. Ze spanden zich aan bij mijn aanraking en ik beefde van de macht die ik over hem had.

Aidan trok zich terug, terwijl onze lippen elkaar nog steeds raakten, en fluisterde, 'We moeten eten. Ik weet zeker dat je honger hebt.'

In plaats van het te ontkennen, knorde mijn maag luid. 'Ik denk dat je gelijk hebt,' zei ik tegen zijn lippen. 'Het is alleen moeilijk om bij je weg te lopen.'

'Ik ga nergens heen, schat. Ik ben er voor je wanneer je me ook maar nodig hebt.'

Ik omhelsde hem opnieuw, wetende dat het de waarheid was. Wat er ook speelde tussen Aidan en mij, het was niet iets kleins en het was niet tijdelijk. Na al mijn gepieker wist ik zonder enige twijfel dat wat Aidan en ik hadden, was waar ik altijd op had gehoopt. Wat wij hadden was voorbestemd.

Aidan deed eindelijk een stap achteruit en pakte twee borden. Hij gaf me er een en ik begon het vol te scheppen terwijl hij naar drinken zocht. 'Ik weet dat je niet veel drinkt, maar ik heb frisdrank, water, loganberry-'

'Heb je loganberry?' onderbrak ik hem.

'Ja, ik ben er dol op. Wil je wat?'

Ik knikte blij en schepte mijn bord vol. De kruidige geur vulde mijn neus en het water liep me in de mond. Ik kon niet wachten om aan te vallen.

Aidan ging naast me op de bank zitten en zette de tv aan. 'Ik dacht dat we naar herhalingen van The Office konden kijken. Je hebt gezegd dat het een van je favoriete series is, maar ik heb het nog nooit gezien.'

'Je maakt een grapje, toch? Heb je The Office nog nooit gezien? Ja, dat moeten we kijken. Je zult je kapotlachen.'

Aidan klikte The Office aan en ik leunde achterover, mijn eten vergetend, om naar de openingsscènes te kijken van de serie waar ik al jaren van hield. Hoe Aidan het had kunnen missen was me een raadsel, maar ik had de afgelopen weken met eigen ogen gezien hoeveel hij werkte. En hoeveel aandacht hij aan mij had besteed.

Ik had mijn eten op toen de eerste aflevering eindigde. We ruimden de kleine keuken op en nestelden ons daarna op de bank voor nog meer *The Office*. Na ongeveer drie afleveringen zei Aidan: 'Ik leef met Jim mee. Een vrouw leuk vinden met wie je werkt, maar er niets aan kunnen doen... het grenst aan marteling.'

'Ja, nou ja, uiteindelijk komt het goed tussen Jim en Pam. En in wie ben jij dan geïnteresseerd op het werk?'

Hij keek me aan, zijn wenkbrauwen gefronst, en trok me over de bank zijn armen in. 'In jou, natuurlijk. Ik'm gewoon blij dat ik dit nu kan doen.'

Zijn lippen schampten de mijne, het was nauwelijks een kus. Hij trok zich net genoeg terug om in mijn lodderige ogen vol lust te kijken en ging toen voor een volgende kus.

Hij wachtte' dit keer niet. Er was geen opbouw of aarzeling. Hij ging er gewoon voor.

Zijn hand greep door mijn korte haar en hij trok eraan om mijn hoofd te draaien zoals het hem uitkwam. Zijn tong schoot als een hittezoekende raket door mijn mond, vond de mijne en ze raakten in elkaar verstrengeld. Zijn andere hand ging naar mijn heup terwijl hij me dichter naar zich toe trok, onze lichamen raakten elkaar bijna.

Onze tongen draaiden om elkaar heen, plagend en proevend. Mijn handen gingen om zijn nek en Aidan tilde me op zijn schoot, waar ik als een baby tegen hem aan gekruld zat. Hij bleef me kussen en leerde elk laatste stukje van mijn mond kennen. Hij pakte mijn onderlip tussen zijn tanden en dook toen meteen weer mijn mond in en kuste me opnieuw.

Toen we eindelijk uit elkaar gingen, ademden we allebei zwaar. Aidan's mond dwaalde over mijn wang naar mijn oor en vervolgens naar mijn sleutelbeen. Hij liet zijn tong over mijn keel glijden en overal op mijn huid kreeg ik kippenvel. Mijn hoofd viel naar achteren en hij zette de zalige marteling van mijn nek voort, iets waarvan ik nooit had geweten dat het zo gevoelig was.

'Ik weet niet wat je' met me doet, maar ik wil niet dat je stopt,' kreunde ik. Het voelde alsof mijn lichaam in vuur en vlam stond, een langzaam brandend gevoel dat door me heen ging. De hitte hoopte zich op tussen mijn benen en ik verlangde opnieuw naar zijn aanraking.

Aidan stond op met mij in zijn armen, iets wat ik nooit voor mogelijk had gehouden, en droeg me naar zijn bed. Toen ik doorhad waar hij naartoe ging, verstijfde ik. Angst omhulde mijn hele lichaam toen ik me realiseerde hoe alleen ik met hem was.

Aidan's pas stokte toen hij mijn angst voelde. Hij stopte en onderbrak de kusjes waarmee hij mijn huid nog steeds bedekte. 'Er gaat niets gebeuren wat jij niet wilt. Dat beloof ik. We' zijn in de eerste plaats vrienden, en dat blijven we altijd. Ik wil gewoon met je kunnen liggen. De kleren blijven aan.'

Hij keek me in de ogen, wachtend op mijn reactie voordat hij verder bewoog. Toen ik uiteindelijk op mijn lip beet en knikte, liep hij door, maar hij ging niet terug naar het kussen. Ik voelde het verlies van zijn lippen op mijn huid en vroeg me af of ik ooit' over mijn angsten heen zou komen. Of ik' ooit in staat zou zijn om op te gaan in het comfort van een man's armen.

Aidan legde me boven op zijn bed en klom toen over me heen om naast me te gaan liggen. Hij steunde op zijn elleboog en keek me aan, waardoor ik me blootgesteld voelde, ook al was ik volledig gekleed. 'Je' bent zo mooi, Claire. Ik voel me de gelukkigste man op aarde omdat ik mijn tijd met jou mag delen.'

Verdorie, wat was hij goed. Ik wenkte hem met mijn vinger in het 'kom hier' gebaar en hij bedekte mijn bovenlichaam met het zijne en bracht zijn lippen naar de mijne.

Zijn hand rustte op mijn buik en ik onderdrukte de neiging om mijn buik in te trekken. Ik wilde niet' dat hij van me walgde, maar ik wist ook dat het me geen goed zou doen om het te verbergen. Bovendien was het niet' zo dat hij niet' wist hoe ik eruitzag. Kleren konden maar zoveel verbergen.

Zijn erectie drukte in mijn heup en ik wist dat ik dichter bij hem moest komen. Niets was dichtbij genoeg, niet wanneer we elkaar niet' overal aanraakten. Ik draaide me op mijn zij, zodat ik naar hem toegekeerd lag. Zijn erectie drukte tegen mijn buik en zijn hand bewoog over mijn rug om me dichterbij te trekken.

Nog dichterbij was nog steeds niet' dichtbij genoeg.

Een verstikt geluid ontsnapte uit mijn keel; mijn frustratie liet zich gelden. Ik wilde hem. Ik kon' mezelf er niet van weerhouden hem te willen. Om me weer net zo te willen voelen als hij' me eerder had laten voelen.

'Wat is' er?' vroeg Aidan terwijl hij zich terugtrok. Lust vulde zijn ogen en pijn tekende zich af op zijn gezicht. 'Heb ik je pijn gedaan?'

Ik schudde lachend mijn hoofd. Hij maakte zich meer zorgen over het feit dat hij me pijn zou doen dan over iets anders. Ik voelde me gekoesterd in zijn armen, meer geliefd dan ik' ooit was geweest. De harde realiteit was dat ik dat ook was. Ik wist dat Aidan me niet' slecht kon behandelen en dat ik' nooit een andere man zou ontmoeten die me zo zou laten voelen als hij. Ik had het geluk iets ongrijpbaars te hebben gevonden. Iets waar zoveel anderen naar zochten, had mij eindelijk gevonden.

En ik was niet' van plan om het los te laten.

'Je hebt me geen pijn gedaan. Ik was gewoon gefrustreerd. Het spijt me. Ik… het voelde zo goed de vorige keer en ik… ik wilde het weer. Ik weet niet' eens wat je deed, maar ik vond het geweldig. Ik… kun je me vertellen wat je deed?'

Een lome glimlach verspreidde zich over zijn lippen, de glimlach van een man die er net achter was gekomen dat hij goed was in bed. Of op de bank. Wat dan ook, hij was er goed in.

'Stop met zo te grijnzen. Je weet dat het goed was.'

'Claire, schat, ik' grijns niet omdat het goed was. Ik' grijns omdat ik houd van het feit dat ik' de enige ben die je' ooit zo goed heeft laten voelen. Ik kan je niet' eens vertellen hoe het voelt om te weten dat geen enkele andere man ooit zal horen hoe je uit elkaar valt, ooit degene zal zijn die je opvangt als je van dat randje valt.'

Ik kuste hem opnieuw, al was het maar om niet te hoeven praten over wat hij' had gezegd. Ik kon het 'ooit' deel niet verwerken. Hij klonk alsof hij van plan was met me te trouwen. Mijn hart maakte er een sprongetje van en zwaaide, maar de rest van mij was doodsbang. Want ik wilde het, maar was bang dat ik' het nooit zou krijgen.

'Ik kan het je beter laten zien dan vertellen. In feite kun je een inwendig orgasme krijgen via je g-spot. Tijdens seks is dat' meestal wat er gebeurt, als je klaarkomt. Wat we echter eerder deden, je hebt een bundel zenuwen bovenaan die je een orgasme geeft als ze gestimuleerd wordt. Daar wreef ik eerder tegenaan. Het' is de makkelijkste manier voor de meeste vrouwen.'

'Hoe weet je dit allemaal?' vroeg ik, onzeker of ik het antwoord op de vraag wel wilde weten. We lagen nog steeds op zijn bed, tegenover elkaar. Zijn hoofd steunde op één hand en de andere hand stuiterde over mijn zij, als een auto over verkeersdrempels. Ik wilde niet' horen over zijn seksuele verleden. Ik was er niet' klaar voor om het mijne te delen en wist dat het niet' eerlijk zou zijn om naar het zijne te vragen zonder bereid te zijn het mijne te delen.

Ik wou dat ik' mijn mond had gehouden en hem geen vragen had gesteld. Ik had het Lexi moeten vragen, maar ik schaamde me te erg om het haar te vragen. Bij Aidan voelde het alsof ik alles kon zeggen, alles kon vragen.

En zijn antwoord bewees alleen maar mijn gelijk.

'Ik heb goed opgelet tijdens de biologieles op de middelbare school. Ik heb ook wat anatomie gevolgd op de universiteit. Ik heb gedatet en geslapen met andere vrouwen, dus ik' heb wel wat geleerd uit ervaring, maar ik heb vooral geleerd dat de boeken gelijk hadden. Ik' ben niet de seriële dater die jij denkt dat ik ben. Ik' ben met niemand meer naar bed geweest sinds ik jou heb ontmoet.'

Ik ging zo snel rechtop zitten dat ik bijna van zijn bed viel. Ik staarde hem met open mond aan, wanhopig proberend me iets te herinneren dat logisch was. 'We' kennen elkaar al drie jaar. Hoe is het mogelijk dat je' in die tijd met niemand naar bed bent geweest?'

'Jij wel?' vroeg Aidan kalm.

'Nee, maar ik' ben mij. Jij' bent van een heel ander kaliber.'

Hij ging rechtop zitten en keek me aan, mijn handen in de zijne nemend. 'Het enige kaliber dat ik wil zijn, is dat van jou. Je' bent mooier dan je zelf denkt. Bovendien is schoonheid maar één component van wat een persoon geweldig maakt. Ik houd van je gemakkelijke gevoel voor humor, je droge humor, je medeleven met anderen, je bereidheid om iedereen te helpen, je intelligentie, je geduld bij moeilijke passagiers, je-'

'Oké, ik snap het! Stop!'

'Ik probeer je niet' ongemakkelijk te laten voelen. Ik wil alleen dat je weet dat er voor mij veel meer is dan alleen maar denken dat je' prachtig bent. Je rondingen zijn weelderige, sexy rondingen. Mijn grootmoeder zou hebben gezegd dat je bekoorlijk was. Ze' heeft gelijk. Je' bent het complete pakketje. Wil je dat ik je alle dingen vertel die je mooi maken?'

'Nee! Alsjeblieft, niet doen. Ik' ben dit niet gewend. Ik geloof je, maar eerlijk gezegd is het' een beetje veel voor me. De meeste mannen kijken niet' verder dan mijn uiterlijk. Jij' bent heel wat om te verwerken.'

'Je hebt geen idee, schatje,' plaagde hij.

Ik rolde met mijn ogen, maar hield van de ongedwongen manier waarop we samen konden zijn. Hij maakte me aan het lachen, liet me veilig voelen. En hij windde me op op manieren die ik nooit voor mogelijk had gehouden.

Dus ik moest me wel afvragen of wat ik voelde alleen lust was, of dat er meer aan de hand was. En of ik de lust zou kunnen scheiden van wat er verder nog was.

HOOFDSTUK 14

AIDAN BOOG ZICH voorover om me weer te kussen. Zijn lippen raakten de mijne voor het kortste moment, waarna hij mijn onderlip kuste en daarna weer mijn bovenlip. Hij plaagde mijn lip tussen zijn tanden en trok me toen dicht tegen zich aan voor een hongerige kus.

Zijn lichaam deinde tegen het mijne, wat een explosie van vuurwerk door mijn bloedbaan stuurde. Hij klampte zich aan me vast, met één hand in mijn haar en de andere hield mijn heupen strak tegen de zijne. God, wat voelde hij goed. Ik wilde hem voor altijd kussen, maar ik was ongeduldig. Ik wilde meer. Ik had meer nodig.

Ik was bezeten. Een vrouw die ik niet herkende. Een vrouw die maar één keer eerder was verschenen. Ik had hem nodig om haar weer tevoorschijn te toveren.

Mijn lichaam boog zich in het zijne en wreef tegen zijn erectie. Hij kreunde in mijn mond terwijl zijn tong diep naar binnen drong en een ritme aangaf dat zijn heupen konden volgen. Hij zat niet op de juiste plek en drukte tegen mijn buik in plaats van waar ik hem wilde hebben. Mijn gefrustreerde gekreun veranderde hem in een uitzinnig dier.

Zijn hand gleed van mijn heup omhoog langs mijn zij. Zijn duim streek langs de onderkant van mijn borst en ik kreunde terwijl ik me tegen hem aan drukte. Hij duwde me zachtjes op mijn rug, terwijl onze lippen aan elkaar geplakt bleven. Toen zijn handpalm mijn borst omvatte en zijn duim over mijn tepel streek, voelde ik de hitte door mijn broekje stromen en wist ik dat ik meer nodig had. Ik heb zijn huid tegen de mijne nodig.

'Mag ik je aanraken, baby? Ik wil je huid onder mijn handen voelen.'

Ik knikte, even wanhopig om hem te voelen als hij was om mij aan te raken. Aidan trok mijn shirt uit en liet het over de rand van het bed vallen. Mijn oersterke beha temperde het vuur in zijn ogen niet en ik voelde me beter dat we zo ver waren gekomen. Hij schoof de bandjes van mijn schouders en bevrijdde mijn borsten uit de cups, terwijl hij naar me keek.

Onbewust trok ik mijn onderlip tussen mijn tanden. 'Wat denk je, schat? Praat met me,' fluisterde hij. Mijn ontblote borsten waren zo dichtbij dat ik zijn adem op mijn huid kon voelen.

'Ik wil dat je me aanraakt. Ik heb het nodig. Alsjeblieft.'

Zijn mond was op mijn borsten voordat ik kon uitpraten. Hij zoog een tepel tussen zijn lippen en rolde hem tegen zijn gehemelte. Genot schoot door mijn lichaam, en er ontploften lichtjes achter mijn gesloten ogen. Hij verplaatste zijn aandacht naar mijn andere tepel en reikte achter mijn rug om mijn beha los te maken. Die verdween samen met mijn shirt over de rand van het bed.

'Wat wil je nog meer, Claire? Ik wil dat je het me vertelt.'

Ik hapte naar adem. Zijn lippen bewogen tegen mijn blote huid en kietelden de onderkant van mijn borsten terwijl hij sprak. Ik smachtte naar hem tussen mijn benen, maar ik wist ook niet goed hoe ik hem moest vertellen wat ik wilde. Wat moest ik zeggen? En klonk ik als een slet als ik erom vroeg? Was halfnaakt bij een man liggen al die grens overschrijden? Zou hij echt stoppen als ik het hem vroeg?

'Raak me alsjeblieft aan. Zorg dat ik me weer goed voel.'

Terwijl hij mijn buik en borsten kuste, vroeg hij: 'Zoals de vorige keer, of mag ik deze keer mijn hand gebruiken? Of mijn mond? Je smaakt zo goed, liefje. Laat je me je met mijn mond proeven?'

Zijn mond? Daar? Oh shit, ik voelde me weer een tiener. Dit was iets wat ik jaren geleden had moeten meemaken, niet nu. Ik zou geen 27 jaar oud moeten zijn en dit allemaal voor het eerst meemaken.

Aidan voelde mijn aarzeling en zei: 'Wat dacht je ervan als ik met mijn handen begin en we van daaruit verdergaan? Is dat goed?'

Ik knikte en wachtte. Ik wist niet wat ik moest doen. Moest ik hem helpen mijn kleren uit te trekken? Moesten al mijn kleren uit? Ging hij zich uitkleden? Moest ik hem ook aanraken?

Aidans mond keerde terug naar mijn tepel en ik kreunde luid. Ik voelde zijn glimlach tegen mijn huid terwijl hij mijn tepel kuste, beet en zoog. Toen ik bijna van het bed vloog, voelde ik zijn vingers bij mijn middel, die mijn broekje losknoopten.

Hij liet mijn broekje aan en liet zijn grote hand erin glijden. Ik keek naar beneden en zag zijn hand in mijn slipje verdwijnen. Hij ging langzaam te werk, speelde met mijn krulletjes voordat hij verder mijn broekje in ging. Zijn vingers streken over me heen en mijn lichaam schokte tegen hem aan. Maar hij stopte niet, hij ging door.

'Ik ga mijn vinger in je laten glijden zodat ik je nat kan maken. Als je droog bent, kan het pijn doen. Ben je er klaar voor?'

Ik knikte en voelde zijn vinger langs de rand van me strijken. 'Fuck, je bent nat. Jezus, Claire. Je voelt zo goed.'

Zijn vinger gleed naar binnen en hij kreunde met me mee toen één vinger me vulde. Hij trok zijn vinger terug en ik kreunde zachtjes om het verlies. Aidan kuste mijn arm, toen mijn wang, voordat hij mijn oorlel tussen zijn tanden nam, precies op het moment dat hij zijn vinger terugschoof naar waar hij was begonnen.

'Holy shit!' schreeuwde ik. Hij had me nog maar nauwelijks aangeraakt en ik schreeuwde al en kwam van het bed. Zijn vingers cirkelden langzaam om me heen, waardoor ik elke beweging van zijn hand voelde. Ik keek weer naar beneden en glimlachte bij het zien van zijn grote arm die over mijn buik lag en tussen mijn benen verdween.

Met elke streek van Aidans vingers voelde ik hoe mijn lichaam zich steeds strakker spande, als een opgewonden veer. Ik voelde me als een elastiekje dat op knappen stond, mijn lichaam strakgespannen en klaar om los te laten. Mijn ademhaling versnelde met de beweging van zijn hand, die verwoed over mijn meest gevoelige plek streek.

'Ik ga weer een vinger in je laten glijden, baby. Is dat oké?' fluisterde hij terwijl hij met zijn tong over mijn oor streek.

'Nee, het voelt te goed. Je kunt niet stoppen,' hijgde ik.

'Ik ga niet stoppen. Dat beloof ik. Het zal nog beter voelen.'

Zijn dikke vinger drong in me terwijl zijn duim de plaats ervan innam en het elastiekje in mij knapte, waardoor ik over de rand van een klif vloog. Ik slaakte een gil toen mijn lichaam van het bed opvloog en hard tegen zijn hand schokte. Aidans andere arm was om mijn schouders geslagen en hield me tegen zich aan terwijl ik probeerde los te springen.

Zwart vulde mijn zicht terwijl Aidan me steeds verder van de werkelijkheid dreef. Terwijl de duisternis vervaagde, voelde ik zijn vingers me weer opbouwen, in een iets langzamer tempo dat klaarstond om snel en furieus te worden zodra mijn lichaam er klaar voor was.

'Uit, ik wil mijn kleren uit. Ik wil alleen jou voelen, niemand anders dan jij,' gromde ik, terwijl ik aan mijn broekje en slipje trok en Aidan me verder opwond.

Het lukte me om me naakt te krijgen, seconden voordat Aidans manipulatie me over een nog grotere klif joeg. Zonder mijn kleren om zijn vaardigheden te belemmeren, stootte hij zijn vinger dieper in me en cirkelde zijn duim sneller. Ik kon niet goed over mijn buik heen kijken, maar het zien van zijn hand die tegen mijn lichaam bewoog, wond me net zo op als zijn bewegingen zelf.

Ik kwam opnieuw klaar, schreeuwde zijn naam en zocht iets om in te bijten. Ik zette mijn tanden in zijn schouder toen het weer zwart werd voor mijn ogen. Vuurwerk explodeerde in de duisternis en wees me de weg terug naar de aarde.

'Je bent zo mooi, Claire. Heel erg bedankt, baby. Bedankt dat je dat met me hebt gedeeld. Dat je je hebt laten gaan. Ik wil het weer zien, je horen, je voelen. Heb je nog meer voor me?'

'Ja,' ademde ik, al sprintend naar de klif met Aidans vingers tussen mijn benen.

'Laat me je proeven, schat, alsjeblieft. Ik moet voelen hoe je klaarkomt, je proeven terwijl je je laat gaan.'

'Ja,' kreunde ik, klaar voor alles, zolang hij me maar weer van de klif gooide.

Aidan was in een seconde weg, hij sprong op van naast me om zich tussen mijn benen te nestelen. Hij had zijn korte broek en T-shirt nog aan en er was iets ongelooflijk engs en verbazingwekkend sexy aan het volledig bloot voor hem liggen terwijl hij volledig gekleed was.

Hij keek me aan, zijn hand raakte me nog steeds aan, met

zijn gezicht zo dicht bij mijn dijen dat ik hem kon voelen ademen. 'Je ruikt geweldig. Oh, Jezus, ik moet je proeven. Ben je er klaar voor, liefje?'

Ik mompelde iets wat Aidan als een 'ja' interpreteerde. Zijn duim verdween en werd onmiddellijk vervangen door zijn tong. Mijn heupen kwamen omhoog om hem te ontmoeten en maakten een sprongetje van het bed toen ze hun nieuwe beste vriend ontmoetten. Hij glimlachte tegen mijn huid, zijn tong evenaarde de druk en het tempo van de grote vinger die in en uit me gleed.

Aidans vrije hand rustte op mijn dij en duwde naar buiten, me aansporend om mijn benen wijder te spreiden. Mijn knieën vielen op zijn bed, mijn lichaam meer blootgesteld dan ooit tevoren. Toen hij een tweede vinger in me bracht, dacht ik dat ik meteen zou klaarkomen, maar hij wond me alleen maar strakker op met het langzame tempo dat hij aanhield.

Zachtjes kreunen en smeken waren de enige samenhangende dingen die ik kon zeggen, wanhopig verlangend dat Aidan me zou brengen waar alleen hij dat kon. Toen ik mijn vingers door zijn haar haalde en hem stevig tegen me aandrukte, verloor hij alle controle. Zijn vingers stootten heerlijk hard in mijn lichaam en zijn tong deed gekke dingen met me. Ik kreunde, kronkelde en schreeuwde mijn weg over die laatste rand, mijn benen verstijfden en strekten zich, zich om zijn oren klemmend terwijl ik klaarkwam.

De ene golf overspoelde me, toen de andere, en nog een. Mijn lichaam kon er geen genoeg van krijgen en verdronk in genot. Ik schreeuwde en kreunde en huilde, en smolt toen weg in zijn bed toen ik klaar was.

Aidan veegde zijn gezicht af aan zijn T-shirt terwijl hij over mijn lichaam omhoog kroop, zorgvuldig vermijdend me aan te raken. Elk zenuwuiteinde voelde alsof het onder stroom stond en ik wist dat één aanraking van hem me weer over de rand zou duwen. Ik trilde, als naschokken van een aardbeving, maar ik kon niet bewegen.

Aidan kuste me toen hij eindelijk bij me was. Ik proefde mezelf op zijn lippen, een zoute en muskusachtige smaak, en kon het niet helpen me af te vragen hoe hij smaakte.

'Dat was geweldig. Jij bent geweldig. Dank je, Claire, ontzettend bedankt,' fluisterde hij terwijl hij zich tegen me aanvleide. Hij sloeg zijn sterke armen om me heen en hield me dicht tegen zich aan, mijn zij tegen zijn voorkant.

Ik voelde zijn erectie hard in mijn heup drukken. Het voelde alsof hij klopte, zijn hartslag leek door te pulseren in zijn lid terwijl het wachtte op dezelfde verlossing waar ik als een junkie naar gesmacht had.

En ik wilde hem die verlossing geven. Ik wilde hem behagen op dezelfde manier waarop hij mij behaagd had. Ik wilde hem net zo graag een goed gevoel geven als dat ik me goed had willen voelen. Het was als een drug, een belachelijk verlangen om te weten dat ik hem een goed gevoel kon geven.

Ik liet mijn hand tussen ons in naar beneden glijden en omtekende de vorm van zijn erectie door zijn korte broek heen. Zijn hele lichaam spande zich aan en hij verstijfde toen ik hem aanraakte, iets wat me deed glimlachen. Ik wist hoe hij zich voelde.

Ik bleef de vorm omtrekken, cirkelde rond de eikel van zijn lid tot hij tegen me aan stootte. Ik liet mijn vinger langs de onderkant, over de bovenkant en langs de zijkanten gaan. Toen ik mijn hand om hem heen sloot, vroeg hij met een schorre stem, 'Wat doe je, lieverd?'

'Ik wil dat je je lekker voelt. Net zo lekker als jij me hebt laten voelen.'

'Jij - fuck - dat hoef je niet te doen, Claire. Jezus. Je hoeft helemaal niets te doen. Naar je kijken, je aanraken, je proeven. Dat is alles wat ik nodig heb, lieverd, dat beloof ik. Je hoeft het niet te doen,' perste hij eruit, vloekend telkens als ik in hem kneep.

Mannen waren makkelijk. Ik begreep mijn eigen lichaam misschien niet, maar ik wist hoe het lichaam van een man werkte. Ik moest hem alleen naakt krijgen. Ik liet zijn lid los en voelde hem weer ontspannen, om zich vervolgens weer aan te spannen toen mijn vingers onder zijn shirt gleden en ik het omhoog begon te trekken.

'Baby, stop. Wat doe je?' ademde hij uit.

'Ik wil je een goed gevoel geven. En ik wil zien hoe mooi je bent. Jij hebt me mogen aanraken en proeven. Ik wil hetzelfde doen. Tenzij je niet wilt dat ik je aanraak?' De gedachte dat Aidan niet opgewonden van me zou raken, overspoelde me als een vloedgolf, en niet van het goede soort. Ik trok me van hem terug en draaide me om van het bed te klimmen, al op zoek naar mijn kleren.

Zijn armen sloegen zich van achteren om me heen en hij trok me terug op zijn bed. Ik zat ineengedoken, van hem afgekeerd. Hij sloeg zijn benen om me heen en hield mijn rug tegen zijn borst gedrukt. 'Claire, luister naar me, baby. Je moet nu even goed luisteren. Oké?' Ik knikte, terwijl ik probeerde de tranen in mijn ogen niet te laten vallen. 'Ik wil je. God, ik wil je zo graag. Ik zou er alles voor over hebben als je me aan zou raken, maar ik wil niet dat je het doet omdat je denkt dat je het me verschuldigd bent. Je bent me niets verschuldigd. Nooit. Ik wilde je aanraken en je proeven. Bedankt dat ik dat mocht. Je hoeft niets voor mij te doen. Dat beloof ik je.'

'Ik wilde gewoon weten hoe je smaakte, hoe je voelde in mijn mond, je huid onder mijn vingers voelen. Als je me echter niet wilt, is het oké. Dan kan ik gaan.'

'Je gaat nergens heen, baby,' fluisterde hij in mijn oor. 'Ga alsjeblieft niet weg. Ik wil alleen nooit dat je het gevoel hebt dat je iets moet doen, zelfs als ik het vraag. Je kunt altijd nee tegen me zeggen en ik zal luisteren, zonder vragen te stellen. Ik zou het heerlijk vinden als je me aanraakt, maar alleen als je zeker weet dat je dat wilt.'

Ik knikte, niet in staat om langs de brok in mijn keel te praten. Zonder het te weten had hij me iets beloofd waar ik altijd bang voor was geweest. Hij schonk me zijn vertrouwen en liet me geloven dat het echt was. Hij overtuigde me ervan dat hij de man was waar ik altijd op had gehoopt. De man die zich nooit aan me zou opdringen. Die ons altijd op gelijke voet zou stellen. Die me altijd als een partner zou behandelen in plaats van als een stuk eigendom.

Daardoor wilde ik hem nog meer.

Hij liet zijn greep langzaam los, bijna alsof hij dacht dat ik ervandoor zou gaan zodra zijn armen me niet meer op mijn plaats hielden. Hij verschoof op het bed en liet toen zijn shirt voor mijn gezicht vallen. Ik glimlachte naar het shirt en draaide me toen om zodat ik hem kon zien.

Hij was nog mooier dan ik me had voorgesteld.

Zijn borstkas leek wel uit beton gegoten en zijn buikspieren waren gehouwen uit steen. Zijn lichtgebruinde huid spande glad over zijn gegroefde spieren en deed het water me in de mond lopen. Ik kon het niet laten om voorover te buigen en hem te proeven. Ik liet mijn tong rond een borstspier gaan, volgde de lijn eronder, toen omhoog naar het midden en onder de andere door. Aidans hand greep mijn haar vast en hij kreunde hoorbaar.

Ik sloot mijn lippen om een van zijn stijve tepels en hij viel achterover op het bed, me met zich meenemend. 'Je maakt me gek, baby.'

Ik kroop bovenop hem, liet mijn vochtigheid laag op zijn buik rusten terwijl ik zijn borst kuste. Zijn handen omvatten mijn billen en bewogen me heen en weer over hem, waardoor de spanning in mijn lichaam opbouwde voordat ik zelfs maar besefte wat hij deed. 'Kom weer voor me klaar, lieverd. Neem je genot van mijn lichaam.'

Ik kon niet stoppen met op hem te rijden, zijn handen stevig op mijn heupen, zijn vingers in mijn billen gravend. Mijn vochtigheid streek over zijn buik en voerde me hoger en hoger. Ik leunde voorover over hem, steunend op zijn schouders, waar al een blauwe plek ontstond waar ik hem had gebeten. 'O, Aidan, sorry dat ik je pijn heb gedaan.'

'Laat mijn schouder maar zitten. Kom voor me klaar, Claire.'

Mijn lichaam beantwoordde zijn smeekbede en mijn hoofd viel naar achteren terwijl ik door een volgend orgasme schreeuwde. Het kwam hard en snel. Terwijl ik bovenop hem zat en zijn buik natmaakte, keek ik in zijn ogen en zag de liefde die, naar ik wist, in mijn eigen ogen werd weerspiegeld. Hoe was dat in hemelsnaam gebeurd?

'Jezus, je bent geweldig. Dat was het meest sexy wat ik ooit heb gezien. Absoluut het meest fucking sexy.'

'Jij leidt me af,' plaagde ik hem. Hij lachte met me mee en trok me naar beneden om me te kussen. Zijn tong gleed tegen de mijne en ik schoof met mijn lichaam tegen zijn korte broek. Hij schokte tegen me aan en duwde toen zijn tong diep in mijn mond. Ik evenaarde zijn tempo en intensiteit, verlangend naar hem, maar niet langer bereid om te wachten. Ik moest hem proeven.

Ik maakte me los uit onze kus en gleed van hem af. Terwijl ik naar het voeteneinde van zijn bed bewoog, volgden zijn ogen me, kijkend en wachtend. Mijn vingers streelden zijn buik en zijn spieren trokken samen, gespannen en klaar voor mijn aanraking. Ik knoopte zijn korte broek los en trok langzaam de rits naar beneden, de enige geluiden in het appartement waren onze zware ademhaling.

Aidan tilde zijn heupen op om zijn korte broek en boxershort in één beweging naar beneden te schuiven en ik leunde achterover en bewonderde zijn erectie toen die tevoorschijn sprong.

Hij was enorm, makkelijk lang genoeg om mijn beide handen en meer te vullen. Hij was dik, dikker dan ik voor mogelijk had gehouden, en ik vroeg me af of ik mijn hand er helemaal omheen zou kunnen krijgen.

Dat deed er allemaal niet toe, want hij was prachtig. Zijn erectie stond kaarsrecht, een beetje naar zijn buik toe gebogen. Ik wilde hem aanraken, met mijn tong erlangs gaan. Hem in mijn mond nemen en erop zuigen.

En ik kon het allemaal doen.

Aidan keek me aandachtig aan terwijl ik naar hem staarde. Hij hapte naar adem toen ik me over hem heen boog en met mijn tong over zijn eikel streek. Een druppel vocht bleef aan mijn tong plakken. Het was zout en plakkerig, maar smaakte op de een of andere manier naar Aidan.

'Jezus, schat. Zo hou ik het niet lang vol.'

Ik knielde tussen zijn benen, sloot mijn lippen helemaal om hem heen en zoog hem zo diep als ik kon naar binnen. Toen ik hem achter in mijn keel voelde stoten, sloeg ik één hand om hem heen en gebruikte de andere voor mijn eigen ondersteuning. Hij stootte in mijn mond en prikkelde bijna mijn kokhalsreflex. 'Sorry baby. Je voelt zo goed. God… zo goed,' kreunde hij toen ik mijn mond en hand terug naar de rand van zijn lid liet glijden. Ik draaide mijn tong rond zijn eikel en hij gromde, zijn heupen kwamen weer van het bed.

Ik nam hem weer in mijn mond en haalde hem er in één snelle beweging weer uit, mijn hand en mond werkten samen om hem net zo'n goed gevoel te geven als ik had. Aidans vingers draaiden zich in mijn haar en trokken het uit mijn gezicht. Ik keek op en zag dat hij naar me keek. 'Je bent zo mooi. Ik vind het heerlijk om je aan mijn pik te zien zuigen. O, Jezus, Claire, ik kom bijna klaar. Je moet nu stoppen. Ik kom klaar.'

Ik neuriede mijn goedkeuring en gleed op en neer over zijn lid, draaide mijn tong en trok mijn tanden lichtjes langs zijn vlees tot hij in mijn mond klopte, klaar om te barsten.

Zijn vingers klemden zich strakker in mijn haar en hij hield me op mijn plaats, zijn heupen opstotend in me. Zijn erectie gleed dieper mijn keel in toen de warme vloeistof uit zijn eikel barstte. Mijn hand bleef over hem bewegen tot ik de laatste druppel uit hem voelde spuiten, mijn mond vullend. Ik gleed nog een laatste keer naar beneden, waardoor hij in me schokte, en liet hem toen langzaam uit mijn mond glijden.

Ik slikte zijn zoute vocht door en kuste toen zijn lekkende eikel, nog een druppel van zijn gezwollen kop vegend. Hij schokte opnieuw en trok me toen tegen zich aan. Hij kuste me hard, zijn tong diep in mijn mond duikend, verstrengeld met de mijne en vechtend om de controle.

Toen hij eindelijk onze kus verbrak, hijgden we allebei naar adem. 'Ik wil niet weten waar je dat hebt geleerd. Ik weet alleen dat het geweldig was.'

'Jij inspireerde me. Jij bent geweldig,' zei ik tegen hem terwijl hij mijn rug tegen zijn voorkant trok.

'Laten we nog even zo blijven liggen, dan kunnen we ons weer aankleden. Ik vind het gewoon heerlijk om jouw huid tegen de mijne te voelen.'

Ik knikte tegen hem aan en verstrengelde mijn vingers met de zijne.

'Misschien kun je blijven slapen,' fluisterde hij terwijl ik wegdreef. Er was geen plek waar ik liever was dan in zijn armen.

HOOFDSTUK 15

TEGEN DE TIJD dat ik de volgende ochtend wakker werd, was ik in een regelrechte paniekaanval beland. Ik was Aidans huis uit gehaast en had gezegd dat ik naar huis moest om voor Brownie te zorgen, maar de waarheid was dat ik het helemaal kwijt was. Ik had de hele nacht bij hem doorgebracht.

Het was geweldig. Hij hield me vast terwijl we sliepen. Ik voelde me veilig en sliep beter dan ooit. Met hem erbij maakte ik me geen zorgen dat er iemand zou komen om me te pakken of dat niemand mijn geschreeuw zou horen. Ik dacht er geen moment aan dat BJ voor me terug zou komen.

De dagen erna negeerde ik Aidans telefoontjes. Als hij een appje stuurde, gaf ik een kort antwoord, maar ging geen gesprek aan. Als hij belde, nam ik nooit op. Ik wist dat het niet eerlijk voor hem was, maar ik kon niet stoppen met flippen. Ik vroeg me af of hij een spelletje met me speelde, net als BJ had gedaan. Of ik opnieuw de idioot uithing. Of ik het zou overleven als hij iets deed wat me pijn zou doen.

Het ergste was dat ik weer aan het werk moest en hem zou zien. Nadat ik zijn telefoontjes dagenlang had genegeerd, wist ik dat hij me niet van mijn werk zou laten vertrekken zonder uitleg.

En ik wist dat er maar één uitleg zou volstaan.

Toen ik de personeelskamer binnenliep, leunde Aidan tegen het aanrecht. Eén voet over de andere gekruist, hield hij een koffiebeker vast en lachte om iets wat Bob zei. Voor alle anderen in de kamer zag hij er nonchalant uit.

Maar ik zag alle dingen die zij niet zagen.

Zijn rug was recht, niet gebogen alsof hij echt ontspannen was. Zijn knieën stonden op slot, zelfs die van zijn gekruiste been. Zijn knokkels waren wit van het vastklemmen van zijn koffiebeker. En zijn lach was de neplach die hij gebruikte als hij wilde dat iemand hem hoorde lachen, maar het hem eigenlijk niet kon schelen wat ze te zeggen hadden.

Hij was afgeleid. En te oordelen naar de blik die hij me gaf, was ik de reden daarvoor.

Natuurlijk wist ik dat al voordat ik hem überhaupt aankeek. Dat wist ik al op het moment dat ik dagen eerder uit zijn bed was gevlucht.

Ik stak de kamer over naar zijn kant, hij stond immers bij de koffie. Voor het eerst in meer dan een jaar moest ik mijn eigen beker klaarmaken. De teleurstelling en het verdriet die me overvielen, brachten me bijna tot tranen. Boven alles hadden Aidan en ik gezegd dat we altijd vrienden zouden blijven. Dat hij mijn koffie niet klaarmaakte, was de eerste indicatie van hoeveel dingen hij voor me had gedaan die niet waren omdat we vrienden waren.

Met mijn room en suiker in mijn beker, draaide ik me om om iets tegen hem te zeggen, maar zag hem net weglopen. Aidan ging aan een tafel zitten met Nicole en Jenn en negeerde me.

Pijn voegde zich bij het zelfmedelijden in mijn borst en ik wist dat ik mijn tranen niet zou kunnen bedwingen. "k Ben zo terug,' stamelde ik tegen niemand in het bijzonder en rende de kamer uit.

In het toilet sloot ik me op in een van de hokjes. Ik sloeg mijn handen voor mijn gezicht en liet me op de wc-bril vallen, terwijl ik de tranen liet stromen. Mijn hart brak om alle dingen die Aidan en ik nooit samen zouden doen, alle liefde die we nooit zouden delen, maar ik wist dat het beter was om nu te ontdekken dat we niet bij elkaar pasten dan over een jaar of twee.

Ik kon me niet herinneren wanneer ik voor het laatst om een man had gehuild. Toen BJ me verkrachtte, huilde ik wel, maar dat was niet echt om hem, dat was om mezelf. Geen enkele andere man had ooit mijn tranen verdiend, was ze waardig geweest.

Maar Aidan wel. Hij was anders. Ik wist het elke keer als ik in zijn ogen keek, elke keer als hij me aanraakte, bij elk lief woord dat hij tegen me sprak en in alle kleine dingen die hij voor me deed. De kleine dingen die ik als vanzelfsprekend had beschouwd. Als er een kans was dat hij me zou vergeven dat ik hem niet had gebeld, dan beloofde ik mezelf dat ik hem nooit meer als vanzelfsprekend zou beschouwen.

Na mijn peptalk veegde ik mijn ogen droog, gooide koud water in mijn gezicht (niet dat het hielp) en liep buiten het toilet recht tegen een muur op.

Een muur met armen en een borstkas waar ik de afgelopen weken intiem vertrouwd mee was geraakt.

'Sorry,' zei Aidan terwijl hij mijn armen vastgreep om te voorkomen dat ik viel. 'Ik kwam kijken of alles goed met je ging. Je rende er nogal snel vandoor.'

Ik schudde mijn hoofd en hield mijn ogen op de grond gericht. Ik kon niet zo dicht bij hem zijn en niet naar hem toe willen leunen voor een kus. Een kus die hij vast niet wilde.

'Ik kon het niet verdragen hoe je me behandelde alsof ik

niets voor je betekende. Alsof we niet… wat we ook zijn, waren.'

'Je hebt de afgelopen dagen vrij duidelijk gemaakt dat we collega's zijn en niets meer. Je liet een gat in de vorm van Claire achter in mijn deur toen je vanochtend wegrende en sindsdien heb ik geen contact meer met je kunnen krijgen.'

Hij liet me los en deed een stap achteruit. Aidan haalde een hand door zijn haar, zijn armspieren spanden zich aan en herinnerden me eraan hoe het voelde om in zijn bed in die armen gewikkeld te zijn. Het was tijd voor de waarheid. 'Ik ben op de middelbare school verkracht. Door het enige vriendje dat ik ooit heb gehad. Ik vind het moeilijk om intiem te zijn met mannen. Jij bent de enige man met wie ik ooit de nacht heb doorgebracht.'

Hij verstijfde toen ik begon te praten. Zijn hand wreef over zijn kin; het geluid van de stoppels tegen zijn vingers was in de stille gang luid genoeg voor mij om te weten wanneer hij stopte met bewegen. Zijn chocoladebruine ogen hielden de mijne even vast voordat zijn armen zich om me heen sloten.

Aidan trok me dicht tegen zich aan. Zijn lichaam sloot zich om het mijne en beschermde me tegen alles buiten hem. Zijn hart bonsde in zijn borst, een snelle hartslag waarvan ik wist dat die door woede kwam. Ik voelde de spanning in zijn spieren, de kracht die hij nodig had om zichzelf ervan te weerhouden iets stoms te doen.

Kracht die hij van mij kreeg.

'Ik ben zo'n klootzak,' murmelde hij in mijn haar. 'God, schat, het spijt me zo. Het spijt me zo verschrikkelijk. Dat je dat hebt meegemaakt, dat ik een eikel was, dat je opgescheept zit met een idioot als ik.'

'Jij bent het beste in mijn leven. Jij en mijn vriendinnen. Ik raakte gewoon een beetje in paniek. Oké, heel erg.'

'Daar had je alle reden toe,' wierp Aidan tegen.

'Nee, dat had ik niet. Jij hebt me nooit een reden gegeven om te denken dat je zoals hij zou zijn. Je bent niet zoals hij. Maar weer dicht bij iemand komen is zwaar voor me geweest. Ik had mezelf voorgenomen nooit meer mijn schild te laten zakken, nooit meer iemand dichtbij genoeg te laten komen om me pijn te doen.'

'Ik zou je nooit pijn doen. Ik zou nooit iets doen wat je niet wilt dat ik doe. Dat beloof ik je.'

Ik knikte, niet in staat te spreken met de brok die zich in mijn keel vormde. Hij had me dat keer op keer verteld toen ik in zijn appartement was en ik wist dat het de waarheid was, maar zo dicht bij hem zijn bracht meer herinneringen naar boven die ik had weggestopt. Ik wist niet of ik sterk genoeg was om in de liefde te geloven en mijn demonen opnieuw onder ogen te zien.

Het geluid van klikkende hakken op de tegelvloer van de luchthaven haalde ons beiden uit de roes waarin we verkeerden. Zoey kwam de hoek om en zag ons daar staan praten. Ze rolde met haar ogen naar ons en liep langs ons heen het toilet in.

'We moeten aan het werk,' zei ik. Ik wist dat we nog niet klaar waren, maar we konden de dag niet vrij nemen zonder dat het verdacht zou lijken.

'Mag ik vanavond langskomen? Dan neem ik pizza mee en kunnen we praten. Ik moet weten wie ik moet vermoorden en ik moet zeker weten dat je op me wacht tot ik uit de gevangenis kom.'

'Zou je hem nog steeds in elkaar slaan als ik nee zei?' plaagde ik.

'Zonder aarzelen,' antwoordde Aidan meteen. Zijn ogen waren bezitterig en gepassioneerd. Hij was bloedserieus omdat hij om me gaf. Het maakte hem niet uit wat ik voelde, hij gaf genoeg om ons allebei.

Gelukkig voor hem voelde ik hetzelfde.

'Pizza klinkt geweldig. Ik heb wijn. We zullen er veel van nodig hebben. En... waarom neem je geen schone kleren mee voor je werk morgen? Je kunt bij me blijven. Als je wilt.'

Aidan trok me in zijn armen voordat ik nog iets kon zeggen. 'God, ja. Misschien pak ik wel voor de hele week in.'

Ik lachte om zijn grap, maar wist dat ik het niet erg zou vinden als hij precies dat zou doen. Aidan kuste de bovenkant van mijn hoofd en liet me toen los zodat we samen naar de terminal konden lopen. We hadden afgesproken om niemand op het werk te vertellen wat er aan de hand was, dus hielden we ons gesprek en onze lichaamstaal luchtig. Toen we daar aankwamen, vroeg Jenn of het goed met me ging en ik vertelde haar dat ik gewoon heel nodig moest plassen. Ze lachte en we wisten allemaal de dag door te komen.

Tegen de tijd dat de dag voorbij was, was ik uitgeput. De dag ervoor waren er twee vluchten geannuleerd, dus we hadden extra passagiers die probeerden op de standby-lijst te komen. Een van de luchtvaartmaatschappijen had een extra vlucht ingezet om hun passagiers weg te krijgen, maar dat maakte het voor ons lastig. Omdat we een kleine luchthaven zijn, zijn we gewend aan korte rijen en maar een paar vluchten. Het toevoegen van slechts één extra vlucht was al genoeg om de hele dag in de war te sturen.

We mompelden allemaal gedag tegen elkaar terwijl we naar onze auto's liepen. Aidan vroeg me te wachten met het uitlaten van Brownie tot hij er was en beloofde snel te zijn.

Thuis trok ik mijn uniform uit en deed ik een korte broek en een T-shirt aan. Brownie liep achter me aan, sprong tegen mijn voeten op en gooide me bijna omver. Hij was er klaar voor om naar buiten te gaan, maar ik wilde wachten.

Uiteindelijk gaf ik het op, bang dat Brownie op de vloer zou plassen, en deed hem zijn riem om. We liepen naar beneden, met Brownie voorop. Onderaan de trap rukte hij zich los en rende over de stoep naar de plek waar Aidan uit zijn auto stapte.

Aidan pakte Brownie vast en kroelde hem overal, totdat Brownie zich voldaan op de grond liet vallen. Aidan stond op met de riem van Brownie in zijn hand en strekte zijn andere hand naar me uit. Ik viel tegen hem aan en vond troost in zijn armen om me heen.

'Sorry dat ik er niet eerder was. Ik had moeten bedenken dat hij gek zou worden na een hele dag binnen zitten.'

Ik drukte me tegen hem aan. 'Dat deed hij ook, maar het is oké. Ik dacht al dat je ons wel zou opzoeken als je er was. Je ruikt lekker.'

Aidan kuste me zachtjes, zonder tong, alleen lippen. En man. 'Jij smaakt lekker. Laten we hem gaan uitlaten, dan haal ik mijn spullen.'

We liepen hand in hand naar het hondenveldje en lieten Brownie van zijn riem. Hij rende en speelde, plaste en poepte, en joeg achter een stok aan die Aidan had gevonden. Hij was een blije hond met zoveel aandacht.

Op de terugweg naar mijn appartement pakte Aidan een tas en de pizza uit zijn auto. Hij zette de pizza op het aanrecht en gooide een bot naar Brownie, die onmiddellijk verdween om van zijn traktatie te genieten.

'Je weet dat we moeten praten, hè?' vroeg hij me toen we eenmaal op de bank zaten. 'Ik denk niet dat ik ooit nog van je zijde wijk als ik niet weet dat die klootzak die je heeft aange-raakt voor een hele lange tijd achter de tralies zit.'

'Ik weet het. Laten we van onze pizza genieten, dan vertel ik je alles. Dat beloof ik.'

'Niet meer weglopen, Claire. Niet voor mij.'

Ik knikte en dwong mezelf mijn pizza op te eten. Hij had gelijk. Ik kon de waarheid niet voor hem verbergen, en ik kon mezelf niet voor hem verbergen. Ik moest hem alles vertellen wat er was gebeurd, de hele waarheid, hoe erg ik er ook tegenop zag om erover te praten. Sinds de middelbare school had ik het hele verhaal aan niemand meer verteld. Niet sinds ik gestopt was met de gesprekken met mijn therapeut.

Maar ik zou hem niet nog meer van mijn leven laten stelen.

Toen we onze pizza op hadden, trok Aidan me in zijn armen. Hij hield me op zijn schoot en liet zijn hoofd op het mijne rusten. Hij drong niet aan, hij zei niets. Hij wachtte gewoon tot ik klaar was om te praten. Tot ik klaar was om hem het hele verhaal te vertellen.

'BJ was de eerste jongen met wie ik ooit een serieuze relatie had. Ik was voor hem weleens op een date geweest, maar hij was de eerste jongen met wie ik een paar maanden verkering had. Op de middelbare school was ik mager, een cheerleader en heel populair. BJ zat in het footballteam.'

Ik haalde diep adem, wetende dat dat het makkelijke deel was. 'Nadat we een paar maanden verkering hadden, begonnen we over seks te praten. We waren allebei nog maagd, maar al onze vrienden deden het. Ik wist niet zeker of ik er klaar voor was, maar ik liet me door BJ overhalen. Ik was dat domme meisje dat dacht dat ik seks met hem moest hebben om hem gelukkig te houden, alsof het mijn taak was om ervoor te zorgen dat hij gelukkig was.'

Aidan omhelsde me steviger en nestelde zich in mijn haar. Ik voelde de spanning in zijn lichaam, van de aange-spannen spieren in zijn armen en borst tot de trillende spieren in zijn dijen.

'We hadden een paar keer seks, maar ik vond het niet fijn. Hij was niet zoals jij. Het kon hem nooit schelen of ik ervan genoot, dus het deed altijd pijn. Na de tweede keer vertelde ik hem dat ik geen seks meer wilde hebben. Hij zei dat het oké was en ik dacht dat het goed zat tussen ons.'

Ik haalde weer diep adem. Aidans lichaam werd nog gespannener en ik merkte dat hij wist wat er nu zou komen.

'Een paar weken later gingen we met zijn ouders op voorjaarsvakantie. Zijn ouders waren goede vrienden van mijn ouders en ze wisten dat we verkering hadden, dus ze vonden het allemaal goed, wetende dat zijn ouders niets zouden laten gebeuren. Op een avond gingen zij uit eten en lieten ze BJ en mij alleen in het hotel achter. We keken een film en waren aan het zoenen. Hij zei dat hij weer seks wilde. Ik zei dat ik het niet wilde, maar hij bleef me opjutten. Ik zei nee en hij zei dat ik geen nee tegen hem kon zeggen. Dat ik zijn vriendin was en dat ik hem zou neuken, of ik het nu leuk vond of niet. Ik probeerde weg te gaan, maar hij was groter dan ik. Hij drukte me op het bed. Ik schopte en vocht tegen hem, maar hij draaide me op mijn buik zodat ik hem niet kon raken. Hij hield me vast en verkrachtte me. Ik huilde de hele tijd dat het gebeurde en toen hij me losliet, verstopte ik me in de badkamer totdat zijn ouders terugkwamen. De rest van de reis bracht ik door met zijn moeder, maar ik vertelde niemand wat er was gebeurd totdat we thuiskwamen en ik het aan Mandy vertelde. Zij overtuigde me om met mijn moeder te praten en toen zijn we naar de politie gegaan.'

Aidans spieren ontspanden zich een heel klein beetje bij het noemen van de politie.

'BJ is nooit naar de gevangenis gegaan. Er was geen bewijs en het was gewoon zijn woord tegen het mijne. Bovendien gebeurde het buiten de stad, dus de lokale politie was niet bevoegd of zoiets.'

Aidan spande zich weer om me heen, zijn armen sloten zich om me heen.

'Ik ben in therapie geweest en heb geprobeerd het achter me te laten, maar ik ben nooit meer intiem geweest met een andere man. Ik heb niemand dichtbij laten komen. Hij was de eerste man die ik ooit vertrouwde en hij heeft me op de ergst mogelijke manier verraden. Ik weet dat jij niet zoals hij bent, maar ik ben nog steeds bang. Sindsdien heb ik vanwege hem niet meer in een vliegtuig gezeten. Het was mijn eerste en enige reis waarbij we met het vliegtuig gingen. Mijn therapeut zei dat ik vliegtuigen met hem associeer en bang ben om te vliegen vanwege wat er is gebeurd. Ik weet niet wat het is, maar bij de gedachte om in een vliegtuig te stappen, knijpt mijn keel dicht en raak ik in paniek.'

Aidan veegde de tranen weg waarvan ik niet wist dat ze waren gevallen. Hij nam mijn gezicht in zijn handen en drukte een lichte kus op mijn lippen. 'Dank je dat je me dit hebt verteld. Het spijt me dat je dit hebt moeten meemaken en dat ik je het allemaal opnieuw heb laten beleven. Ik ben niet zoals hij en dat zal ik ook nooit zijn. Het idee om mezelf ooit aan iemand op te dringen, maakt me misselijk, en de gedachte dat jij dat hebt meegemaakt, geeft me de neiging om ergens heel hard tegenaan te slaan. Ik moet het weten, woont hij hier in de buurt?'

Ik haalde mijn schouders op. 'Ik weet het niet helemaal zeker. Ik heb een contactverbod tegen hem, maar ik houd niet bij waar hij is. Hij komt niet in mijn buurt.'

'Dat zal ik niet laten gebeuren. Nooit. Hij zal je niet nog eens pijn doen, en als hij er zelfs maar aan denkt, vermoord ik hem.'

'Ik weet het. En het spijt me dat ik het moeilijk vind om je toe te laten. Ik maak me gewoon zorgen. Het is moeilijk om zo dicht bij je te zijn en-'

'Claire, je hoeft je nooit te verontschuldigen voor hoe je je voelt. Het zit goed tussen ons. Dat beloof ik. Het zal even duren voordat ik het weer aandurf je alleen te laten, maar ik zal proberen over mijn angst heen te komen dat iemand je ooit weer pijn zal doen.'

Ik lachte en schudde mijn hoofd. 'Daar hoef je je geen zorgen meer over te maken. Dikke meiden worden niet verkracht. Ik was een magere kleine cheerleader toen het gebeurde. Niemand wil dikke meiden, dat is deels waarom ik ben aangekomen. Als ik niet aantrekkelijk ben, hoef ik me geen zorgen te maken.'

'Zeg dat nooit over jezelf. Claire, je bent prachtig. Ik wil niet dat je je zorgen hoeft te maken, maar de waarheid is dat iedereen die er zelfs maar aan denkt om iemand te verkrachten een zieke klootzak is. Zulke mensen verdienen het niet om dezelfde lucht als jij in te ademen. Maar alsjeblieft, schat, zeg me niet dat je niet aantrekkelijk bent, want je bent de mooiste vrouw die ik ooit heb gekend.'

Ik kroop iets dichter tegen hem aan en sloeg mijn armen om hem heen. Ik kon niets zeggen zonder het risico te lopen in huilen uit te barsten, dus pakte ik gewoon de afstandsbediening en zette de wedstrijd van de Yankees aan, wetende dat dat zijn favoriete team was. Langzaam ontspande Aidan en ik ook.

Na de wedstrijd lieten we Brownie voor de laatste keer uit en gingen daarna terug naar mijn appartement. Er hing een bedrukte sfeer toen we weer binnen waren, alsof het moment gekanteld was en we ermee moesten omgaan.

Ik draaide me om naar Aidan en zag dezelfde ongemakkelijke uitdrukking op zijn gezicht. We hadden afgesproken dat hij bij mij zou blijven slapen en na alles wat ik hem over BJ had verteld, wilde ik hem bij me hebben. Ik kon me niet voorstellen hem te zien weglopen en alleen te zijn met zo veel herinneringen die nog door mijn hoofd spookten.

'Laten we gaan slapen,' zei Aidan. Zijn stem klonk zwaar van de slaap, of misschien van verlangen. Het deed er niet toe. Hij was moe. Ik kon het zien aan zijn houding, aan de manier waarop zijn ogen zwaar werden terwijl hij me aankeek.

Ik knikte en liep voor hem uit naar mijn slaapkamer. Het drong tot me door dat Aidan mijn kamer nog nooit had gezien. Ik deed het licht aan en vroeg me af of hij zich zou storen aan Brownies grote mand in de hoek, mijn roze-blauw gestreepte sprei, of de kleren die overal lagen. Inclusief de beha die ik eerder had uitgetrokken. Ik ging snel door de kamer en probeerde mijn kleren op te rapen, maar Aidan pakte mijn hand.

'Niet voor mij opruimen. Ik ben hier voor jou, en dit ben jij. Je hoeft niet te verbergen wie je bent.'

Opgelucht gooide ik de kleren in de lucht en ze regenden op ons neer, waarbij de cup van mijn beha op Aidans hoofd bleef haken. Ik schaamde me dood, maar hij trok hem eraf en bekeek hem voordat hij een wenkbrauw naar me optrok.

'Ik zie hem absoluut liever op de grond,' zei hij verleidelijk.

Mijn hele lichaam kreeg kippenvel toen Aidan me in zijn armen trok. Mijn armen gleden om zijn nek en ik strekte me naar hem uit toen zijn lippen op de mijne neerdaalden. Mijn tepels werden stijf en wreven tegen zijn borst en mijn slipje werd vochtig door het schampen van zijn erectie tegen mijn buik.

Onze kus begon lief en zacht, een tedere kus die nergens toe hoefde te leiden. Maar toen Aidans handen zich over mijn rug spreidden, zijn vingers reikend van de tailleband van mijn short tot de basis van mijn nek, wist ik dat ik hem niet langer kon weerstaan.

Ik leunde tegen hem aan en wreef mezelf tegen zijn erectie. Hij kreunde in mijn mond en zijn handen grepen me steviger vast, waarbij een hand lager zakte om mijn bil te omvatten. Ik trok hem dichter naar me toe en kreunde tegen hem aan, mijn lippen spreidden zich voor zijn tong.

Zijn tong drong mijn mond binnen terwijl zijn heupen tegen me stootten. Hij voelde zo goed. Ik wilde niet dat hij stopte. Ik wilde dat hij me liefhad, dat hij met me zou vrijen. Ik had hem nodig.

Ik hield hem met één hand stevig vast en liet de andere van zijn nek glijden om over zijn borst en buik te strijken. Zijn spieren trokken samen onder mijn aanraking en trilden door zijn shirt heen. Zijn hartslag versnelde en zijn handen gleden op en neer over mijn rug, om uiteindelijk hun weg naar mijn borsten te vinden.

Bij de rand van zijn shirt trok ik het omhoog en haalde mijn nagels over zijn blote huid. Hij schokte tegen me aan, zijn erectie drukte in mijn ronde buik. Zijn shirt kwam met mijn handen mee omhoog, waardoor steeds meer van zijn stevige lichaam en zachte huid zichtbaar werd. Hij verbrak onze kus en rukte zijn shirt los, gooide het achter zich neer en drukte zijn mond weer op de mijne.

Zijn kussen werden uitzinnig, gretig en ongeduldig. Zijn mond verplaatste zich van mijn lippen naar mijn oor, waardoor ik in zijn haar kreunde terwijl mijn vingers zich erin vastklampten. Mijn andere hand vond zijn borst en omcirkelde zijn borstspieren voordat ze over zijn stijve tepels danste. Ik kneep zachtjes in een ervan en zijn tanden zakten in mijn oorlel terwijl zijn heupen tegen de mijne beukten.

'Fuck, schatje. Je voelt zo goed,' gromde hij in mijn oor. Zijn tong volgde de omtrek van de afdruk van zijn tanden op mijn vlees en hij bleef bewegen; zijn tong liet een koelend spoor achter op mijn huid terwijl hij langs mijn nek naar beneden ging. Ik speelde opnieuw met zijn tepel, omdat ik een reactie van hem wilde, en werd dit keer beloond met een Aidan die verwoed probeerde mijn shirt uit te trekken.

Eindelijk bevrijdde hij me ervan en liet zijn hoofd zakken om een van mijn blote tepels in zijn mond te nemen. Mijn hoofd viel naar achteren toen een kreun van mijn lippen glipte. Aidan hield me overeind, zijn handen stevig om mijn middel geklemd, terwijl ik achterover leunde en mijn borsten aan hem prijsgaf.

De marteling van zijn mond op mij was ondraaglijk. Hij zoog, likte en kuste mijn tepels tot ze kloppend meededen met het gebonk tussen mijn benen. Ik smachtte, verlangde er hevig naar dat hij me zou aanraken, dat ik de ontlading zou voelen waar mijn lichaam om smeekte.

Aidan draaide me om en leidde me achteruit naar mijn bed. Toen mijn knieën de rand van mijn matras raakten, trok ik hem bovenop me. Met onze benen over de rand hangend en onze lichamen strak tegen elkaar gedrukt, schoten we in de lach. Aidan rolde van me af, zijn diepe, bulderende lach trilde door mijn lichaam en zorgde ervoor dat ik hem nog meer wilde.

'Ik liet me meeslepen. Het spijt me, schat.'

Ik steunde op mijn elleboog en keek op hem neer. 'Absoluut niet. Het was perfect. Het is nog steeds perfect,' fluisterde ik terwijl ik over hem heen boog en mijn tanden om zijn tepel sloot. Zijn handen balden zich in mijn haar en zijn kreun deed mijn hele lichaam trillen.

Ik draaide zijn andere tepel tussen mijn vingers en genoot ervan dat ik zo'n krachtige en sexy man kon laten beven. Hij kreunde en zijn heupen schokten omhoog en ik vroeg me af of hij in zijn short zou klaarkomen. Voordat ik hem kon aanraken, draaide hij ons om en drukte me onder zijn grote lichaam en extra grote pik neer.

Zijn pik drukte tegen mijn been terwijl Aidan mijn tepels dezelfde behandeling gaf die ik de zijne had gegeven. Ik welde mijn rug van het bed, bonkend van verlangen. Aidan reikte tussen ons in en liet zijn hand in mijn short glijden, onder mijn slipje door naar mijn natte kruis. Hij streek er één keer overheen, waardoor ik het uitschreeuwde en tegen zijn hand op welde. Gefrustreerd trok ik mijn short en slipje uit. Aidans vingers gleden in me terwijl zijn tanden in mijn tepel beten. Het genot en de pijn vermengden zich tot een explosieve reactie. Mijn heupen schoten van het bed en mijn handen reikten naar iets om vast te grijpen, om me aan vast te klampen, terwijl een orgasme door mijn lichaam vonkte.

Onder zijn behendige aanrakingen loste de wereld om me

heen op en bleef er niets anders over dan Aidans vingers op me, in me, zijn mond op me, zijn lichaam boven het mijne hangend. 'Ik heb je nodig, Aidan. Ik heb jou helemaal nodig. Wil je met me vrijen?'

Aidan verstijfde volledig. Met zijn vingers nog in me, mijn tepel in zijn mond, en zijn erectie hard tegen mijn been, stopte hij met bewegen, stopte hij met ademen.

'Dat hoeft niet, Claire. Als je er niet klaar voor bent, hoeven we nooit iets te doen.'

Mijn hersenen hoorden zijn woorden en gaven er hun eigen draai aan: 'Ik wil eigenlijk niet met je naar bed, ik ben hier alleen maar om een paar keer klaar te komen. En vrijen gaat niet gebeuren. Ik wil je misschien wel neuken, maar dat is alles.'

Onmiddellijk trok ik me terug. Ik schoof verder op mijn bed, zijn vingers gleden uit me toen ik van hem wegbewoog, zijn lichaam verloor het contact met het mijne. 'Dit was een vergissing. Ik denk dat je beter kunt gaan.'

'Claire, doe dat alsjeblieft niet. Niets met ons is een vergissing. Ik wil je, god, zo graag. Maar ik wil niet dat je deze beslissing neemt terwijl we aan het vozen zijn en er uiteindelijk spijt van krijgt. Ik wil weten dat dit is wat je echt wilt. Dat je er echt klaar voor bent.'

'Je wilt me gewoon niet. Het is oké, ik begrijp het. Maar ik denk dat je beter kunt gaan.'

Hij kroop naar me toe, zijn armen spanden zich en puilden op naarmate hij dichterbij kwam. 'Schatje, ik ben vandaag al zo hard dat ik spijkers zou kunnen inslaan. Er is niets dat ik liever wil dan jou. Maar ik zou het mezelf nooit vergeven als ik misbruik van je zou maken. Dat heb ik je al eerder gezegd. Ik heb niet eens condooms meegenomen, omdat we het niet over seks hadden gehad. Als je het meent en er klaar voor bent, kunnen we wachten tot de volgende keer dat we samen zijn. Zodat we het veilig kunnen doen.

Het zal me kapotmaken om je niet te hebben, geloof me, maar ik zal niet riskeren dat je gekwetst wordt.'

'Ik denk hier al een tijdje over na. Dit is wat ik wil, maar ik wil niet wachten. Ik wil je nu. Ik gebruik de pil, al een tijdje. Ik ben clean, ik ben getest. En als jij...'

'Ja, schatje, ik ben getest. Ik zou jou nooit in gevaar brengen, ik ben ook clean. Maar weet je het zeker? Is dit echt wat je wilt?'

Ik beet op mijn lip en knikte. Aidan had niet meer aanmoediging nodig; hij boog voorover en kuste me opnieuw. Hij trok het laken los dat ik om mijn lichaam had geslagen en verbrak onze kus. Hij keek naar me neer en fluisterde: 'Je bent prachtig, Claire. Ik wil je altijd. Elke seconde van elke verdomde dag wil ik je. Ik kan er niet tegen als je daaraan twijfelt.'

Ik keek naar hem op en zag oprechtheid en pure lust in zijn ogen. Ik wist dat hij me net zo graag wilde als ik hem en dat niets ons zou tegenhouden. 'Kus me maar,' zei ik tegen hem. Hij glimlachte en deed dat maar al te graag.

Zijn tong gleed door mijn mond en begon onze nacht opnieuw met een zachte kus. Hij zat op zijn knieën voor me, zijn grote handen om mijn wangen. Ik had het gevoel dat ik zo voor altijd kon blijven zitten en hem kussen, terwijl ik elk deel van zijn tong, de kuiltjes in zijn mond en de groeven van zijn tanden leerde kennen. Ik wilde elke centimeter van zijn lichaam kennen en er waren een heleboel centimeters waar ik in het bijzonder naar uitkeek om die beter te leren kennen.

Bij die gedachte stond mijn innerlijke verleidster, van wie ik tot dat moment niet eens wist dat ze bestond, op en nam de controle over. Mijn hand ging naar Aidans borst en duwde hem naar achteren, totdat hij achterover op zijn hielen zat en naar me keek. Een slaperige, sexy blik lag in zijn ogen en hij zat er verward bij.

Ik kroop op mijn knieën en knielde recht voor hem,

zodat mijn borsten op zijn ooghoogte kwamen. Hij keek naar me op en ik trok mijn wenkbrauwen voor hem op, waarna ik naar mijn volle borsten keek. Zijn mond volgde mijn ogen en ik keek toe hoe hij zijn lippen over mijn tepel sloot. Hij kuste hem zachtjes, rolde mijn tepel tussen zijn lippen voordat hij hem zijn mond in trok. Gevangen tussen zijn gehemelte en zijn tong werd mijn tepel stijf en trok de rest van mijn lichaam dichter naar hem toe.

Aidans handen omsloten het zware gewicht van mijn borsten en duwden ze samen. Zijn mond bewoog met de ene mee, totdat beide tepels bij elkaar waren. Hij nam de tweede in zijn mond en beet er scherp in, terwijl genot rechtstreeks tussen mijn benen schoot. Ik kreunde en reikte naar hem, mijn handen vonden zijn borst. Ik draaide aan zijn tepels terwijl hij aan de mijne knabbelde en na slechts een paar minuten waren we beiden hijgend en wanhopig.

Aidan duwde me zachtjes terug op het bed en stond op om zijn korte broek en boxershort uit te trekken. Met zijn prachtige lichaam naakt voor me vroeg ik me af of ik een enorme inschattingsfout had gemaakt. Hij zou onmogelijk passen.

Toen Aidan terugkwam op bed, verwachtte ik dat hij voor het hoofdgerecht zou gaan, maar in plaats daarvan begon hij bij mijn tenen. Hij kuste elke teen, en liet zijn tanden vervolgens over de welving van elke voet glijden, wat me op de een of andere manier met een ruk van het bed deed komen. Hij bleef me kussen, ging over mijn hiel, knabbelde aan de pees die langs de achterkant van mijn enkel liep en liet zijn tong onder mijn enkel glijden op een verrassend gevoelig plekje.

'Je ziet er zo mooi uit van hier beneden. Ik vind het heerlijk je te zien, nat en op me wachtend. Ik kan niet wachten om je te proeven.'

'Waar heb je het over? Ik dacht dat we hadden afgesproken dat we zouden vrijen?' vroeg ik.

Hij kuste mijn kuiten en masseerde ze allebei zachtjes met zijn handen terwijl zijn mond over mijn huid dwaalde. 'Dat doen we ook, maar ik heb hier zo lang op gewacht dat ik er mijn tijd voor ga nemen. Ik wil er zeker van zijn dat je je elk klein detail hiervan herinnert. Ik wil weten hoe elke centimeter van je huid smaakt, waar elk gevoelig plekje op je zit en hoe elk deel van je voelt. Ik ga je vanavond aanbidden, Claire, want dat is wat je verdient en dat is wat ik al die tijd al heb willen doen.'

'Waarom?' flapte ik eruit.

'Omdat je geweldig bent. En omdat ik niet wil dat een andere man in je gedachten komt als ik in je bed lig. Ik ben niet zoals hij en dat zal ik ook nooit zijn, en ik kan dit niet doen als ik denk dat er een kans is dat je ons zou kunnen vergelijken. En omdat ik wil dat je altijd aan mij denkt als je aan geweldige seks denkt. Ik ga je voor andere mannen verpesten. Je zult niet in staat zijn om aan de letters S, E of X te denken zonder te denken aan wat ik nu met je aan het doen ben.'

Hij benadrukte zijn laatste zin met een ferme stoot van zijn vingers in me. Die werd snel gevolgd door zijn tong die van mijn kern naar mijn klit gleed. Ik kreunde diep. Mijn benen vielen open en mijn lichaam smolt weg in het bed. Ik wist dat hij me vanaf daar alleen maar verder zou opwinden, maar mijn God wat voelde hij goed.

Zijn vrije hand reikte naar de mijne, verstrengelde onze vingers en liet onze handen op mijn buik rusten. Al mijn gedachten, al mijn zorgen, spoelden weg terwijl Aidan met me speelde. Zijn mond en zijn hand werkten samen en mijn heupen bewogen op zijn ritme terwijl hij me hoger en hoger de stratosfeer in tilde.

Net toen ik dacht dat hij me niet hoger kon stuwen, krulde hij zijn vingers in me en drukte harder. Ik schreeuwde het uit toen mijn lichaam van de rand van de klif sprong. Ik tolde, in een vrije val het niets in, terwijl mijn heupen tegen zijn gezicht en tegen zijn hand stootten en het ene orgasme na het andere me opeiste.

De duisternis werd vervangen door Aidan, die boven me hing en met zijn hand mijn wang streelde. Ik voelde zijn erectie tussen mijn benen, die mijn overgevoelige huid beroerde. Mijn heupen bogen naar hem op, hij kreunde en sloot zijn ogen. Toen hij ze weer opende, vroeg hij: 'Gaat het met je?'

'God, ja,' ademde ik. 'Je bent geweldig.'

'Weet je zeker dat je hier klaar voor bent?'

'Ja, ik weet het zeker.'

Aidan boog voorover en kuste me zachtjes. Hij drukte zich op tot zijn knieën en positioneerde zich bij mijn ingang. Terwijl hij weer over me heen leunde, gleed hij maar een klein stukje naar binnen; genoeg om te weten dat hij er was, maar niet genoeg. Lang niet genoeg.

Zijn ogen keken strak in de mijne en ik verschoof mijn heupen, in een poging hem dieper in me te krijgen. Hij antwoordde met zijn eigen heupbeweging en gleed een stukje verder naar binnen. Mijn huid rekte op om zijn extra grote formaat op te vangen. Nog een beweging en hij gleed een stukje verder naar binnen, en nog verder, en nog verder.

Ik wist dat hij het langzaam deed om voorzichtig met me te zijn, maar de traagheid maakte me gek. Ik bewoog mijn heupen opnieuw, wanhopig om hem helemaal in me te voelen, en hij brak, en stootte hard in me.

Onze lichamen sloten op elkaar aan en ik hapte naar adem, me afvragend of ik in zijn pik kon stikken. Hij voelde nog groter dan hij eruitzag, maar hij paste als een hand-schoen. Het was het meest geweldige wat ik ooit in mijn leven had meegemaakt. Ik keek naar beneden en kon nog net zien waar onze lichamen samenkwamen, zijn donkere haar verstrengeld met mijn lichtere haar. Zijn stevige lichaam boven mijn zachte lichaam. Zijn lichtgebruinde huid naast mijn bleke huid.

Het was het mooiste wat ik ooit had gezien.

'Jezus, wat voel je goed. Doe ik je pijn?'

'Ik denk dat ik weer ga klaarkomen,' barstte uit mijn lippen.

Aidan keek verbaasd op me neer. 'Echt?' Ik knikte. 'Ik' ga bewegen, als je er klaar voor bent.'

'God ja, alsjeblieft.'

Aidan gleed naar buiten totdat alleen zijn eikel nog in me was en gleed toen weer naar binnen, zo langzaam dat ik dacht dat ik moest huilen. Hij deed het keer op keer, totdat ik jankte van verlangen, smachtend naar het genot dat net buiten mijn bereik was.

'Alsjeblieft Aidan, ik heb je hulp nodig. Laat me alsjeblieft klaarkomen,' jengelde ik.

Zijn zorgvuldig beheerste controle knapte en hij steunde op zijn handen, nog steeds over me heen leunend, terwijl hij hard in me stootte. Zijn extra grote pik raakte me perfect en mijn lichaam spande zich aan bij elke stoot die hij in me gaf.

Het bed schudde bij elke klap van zijn lichaam tegen het mijne. Aidans armen trilden van de kracht die het kostte om zich boven me te houden. Zijn spieren golfden en het zweet druppelde langs zijn nek en tussen zijn borstspieren. Ik sloeg mijn benen om zijn heupen en hij raakte mijn nieuwe favoriete plekje nog harder. Ik woelde onder hem, mijn lichaam krulde zich strak op als een slang die op het punt staat toe te slaan.

'Kom op, schatje, ik heb je nu nodig. Kom nu, liefje. Nu meteen,' stootte Aidan uit, de woorden klonken verstikt uit zijn keel. Maar ik hoefde alleen maar op te kijken in zijn ogen, de duisternis van zijn verlangen, de spanning die hij inhield en de liefde te zien, en ik verbrijzelde om hem heen.

Een gil verliet mijn lippen, mijn lichaam voelde alsof het

in tweeën werd gespleten. Ik klampte me vast aan Aidan en hoorde mijn naam uit zijn keel worden gerukt, kort nadat ik de zijne had geschreeuwd. Ik rook zijn zweet, zijn hitte, onze seks, op ons. Mijn tong schoot naar buiten om een zweetdruppel op te vangen die langs zijn nek liep en hij stortte boven op me in.

Ik hield hem stevig vast, getroost door zijn gewicht boven op me. Mijn benen waren nog steeds om hem heen en ik voelde zijn hart synchroon met het mijne bonzen.

'Shit, schat, het spijt me, gaat het met je?' vroeg hij, terwijl hij zich van me afduwde. Ik hield hem zo stevig vast dat ik met hem meekwam toen hij probeerde overeind te komen.

'Ga niet weg,' fluisterde ik tegen zijn nek.

Hij nestelde zich weer boven op me en vlijde zich in mijn nek. 'Nooit.'

IN DE LOOP van de nacht hadden Aidan en ik van plek gewisseld, want tegen de ochtend lag ik grotendeels boven op hem. De eerste keer dat we de nacht samen doorbrachten, hadden we allebei onze kleren nog aan, maar die nacht waren we ons bed niet uitgekomen om ons aan te kleden, dus werden we naakt wakker.

En wakker worden naast een naakte Aidan was absoluut iets waar ik van genoot.

Het was nog donker buiten toen mijn wekker afging. Ik sloeg erop en rolde me weer om in zijn armen. Hij trok me helemaal boven op hem en ik ging rechtop zitten, schrijlings over zijn heupen. Aidans ochtenderectie drukte tegen me aan en ik draaide met mijn heupen op hem, wat hem een kreun ontlokte.

'Je bent slecht,' grapte hij.

'Slecht zou betekenen dat ik er niets aan ga doen. Ik ben er vrij zeker van dat je van mij een grote fan van seks hebt gemaakt.'

'O, ja?' plaagde hij, terwijl hij mijn heupen optilde om zichzelf tussen mijn dijen te plaatsen. Hij steunde op één hand, terwijl hij me langzaam op zijn schacht liet zakken. 'Je bent al nat. Heb je over me gedroomd?'

'Ik zei het toch, je hebt een fan van seks van me gemaakt. Ik denk niet dat ik ooit nog terugga naar het celibataire leventje dat ik leidde.'

Aidan hield mijn heupen vast en liet me op en neer glijden op zijn dikke pik. Het voelde goed om hem in me te hebben, iets waarvan ik nooit had gedacht dat ik het zou willen. 'Leg je handen op mijn borst, dan heb jij de controle,' zei hij tegen me. 'Gebruik me om jezelf te laten genieten.'

'Ik wil dat jij ook geniet.'

'Ik zit in je. Dan is het gegarandeerd dat ik geniet. Hier, leg je handen hier. Hoe voelt dat?'

Ik kon hem niet antwoorden vanwege mijn snelle ademhaling. Eén beweging en ik stond al op het punt om af te gaan als een vuurpijl. Ik verhief me boven hem, tilde mijn heupen van de zijne en liet me toen weer op hem zakken. Het was als een erotisch ritje op een pony.

Ik reed op Aidan en mijn innerlijke verleidster genoot van de controle, maar ik wist dat ik het niet lang zou volhouden. Met elke stoot nam mijn kracht af en ging elke greintje energie naar het orgasme dat zich opbouwde in het vuur diep vanbinnen.

Aidan voelde me afdwalen en nam de controle over. Zijn vingers groeven zich in mijn heupen terwijl hij me optilde en weer op hem neer liet komen. Hij stootte zijn heupen tegen de mijne terwijl ik zakte en ontmoette me in een passionele kus van onze meest intieme delen. Mijn lichaam spande zich aan, mijn ademhaling versnelde, ik verloor de controle en mijn hoofd viel naar achteren.

'Dat is het, schatje. Laat me je voelen. Laat me je horen. Kom op, Claire. Vertel het me. Vertel me er alles over, schatje. Laat je gaan.'

Ik leunde weer over Aidan heen, mijn nagels sneden in

zijn huid, mijn heupen tilden zich hoger op en onze verbinding werd harder. Onze lichamen schokten keer op keer tegen elkaar, zijn vingers drongen er bij mijn heupen op aan om steeds sneller te gaan. Tot de dam brak en ik schreeuwde, ik kreunde, ik steunde terwijl ik klaarkwam. Aidan tilde me op en liet me zakken, mijn spieren deden het niet meer, terwijl hij nog een laatste keer in me beukte. Terwijl mijn naam over zijn lippen vloeide, vloeide hij in mij.

Ik zakte in elkaar, nog steeds boven op hem, maar ik wilde niet dat hij uit me gleed. Aidan peuterde zijn vingers los van mijn heupen en verstrengelde ze in mijn haar, me naar zich toe trekkend. 'Jij hebt een fan van jou van me gemaakt. Je bent on-fucking-gelofelijk.'

'Jij bent inspirerend. En we komen te laat op ons werk. Laten we tijd besparen en samen douchen,' stelde ik voor.

Aidan kreunde. 'Jij wordt absoluut mijn dood.'

Na onze douche en ronde drie, deelden we een kom ontbijtgranen en wat toast voordat we restjes pizza in een tas stopten en een paar flesjes water, twee appels en een handvol koekjes pakten. We lieten Brownie snel uit en renden toen de deur uit.

Aidan sleepte me mee naar zijn auto. 'Wat doe je?' vroeg ik.

'Ik zorg ervoor dat ik hier vanavond terug mag komen. En ik ga niet langer verbergen wat ik voor je voel. Ik kan geen hele dag zonder je te kussen en het kan me niet schelen wie het weet.'

Ik liet hem me in zijn armen trekken voor een kus en ging toen in zijn auto zitten met onze gezamenlijke lunch op mijn schoot.

Aidan hield mijn hand vast tijdens de rit en toen we uitstapten, pakte hij hem weer. 'Niemand zal boos zijn dat we samen zijn. Ik denk dat ze het allemaal al een tijdje vermoeden, dat het uiteindelijk zou gebeuren.'

'Waarom zouden ze verwachten dat we een stel worden?'

Aidan kneep in mijn hand. 'Omdat zij, in tegenstelling tot jou, wel hebben gemerkt dat ik al jaren naar je smacht.'

'Echt niet,' protesteerde ik.

Hij stopte en trok me tegen zich aan, onze ineengestrengelde handen laag op mijn rug. Hij boog heel dicht naar me toe, zijn lippen slechts een ademtocht van de mijne. Zijn hand omvatte mijn wang en hij fluisterde: 'Echt wel. Jij wilde me gewoon nooit als meer dan een vriend zien. Zij hebben ons allemaal bij Malley's gezien en weten wat ik voor je voel. Ze zullen blij zijn, geloof me.'

Voordat ik kon tegenspreken, overbrugde hij de afstand tussen ons en drukte zijn lippen op de mijne. Zijn duim streelde mijn wang en zijn tong aaide de mijne, waardoor ik het warm kreeg in de al warme ochtend. Ik klampte me aan hem vast, omdat ik dichterbij wilde zijn. Mijn lichaam boog zich tegen het zijne en hij gromde laag en diep vanuit zijn borst. De ene hand klemde zich strakker om de mijne en de andere verstrengelde zich in mijn haar en kantelde mijn hoofd zodat het hem beter uitkwam.

Koplampen flitsten over ons en we lieten elkaar los. Ik zag Jenn grijnzen terwijl ze langs ons reed en ik schudde mijn hoofd. 'Ik denk dat het nu wel duidelijk is,' zei ik tegen Aidan.

'Jep. Erger nog, als we nu niet naar binnen gaan, weet iedereen dat ik je mee terug naar bed heb gesleept. Verdomme, misschien doe ik dat sowieso wel,' plaagde hij, terwijl hij zich omdraaide om terug te lopen naar zijn auto en mij achter zich aan trok.

Ik lachte en trok aan zijn hand. Hij draaide zich met een enorme grijns op zijn gezicht om. 'Oké, maar je kunt me maar beter snel naar mijn werk brengen, anders neem ik jou mee terug naar bed en houd ik je daar tot ik mijn buik van je vol heb. Wat volgens mij nooit gaat gebeuren. We sterven in je bed aan te veel seks. Maar wat een manier om te gaan...'

Ik lachte weer en trok hem naar het vliegveld. 'We gaan niet dood. En we gaan naar ons werk. Jij probeert een huis te kopen en ik hou veel te veel van eten om met werken te stoppen. Maar je mag vanavond weer bij Brownie en mij blijven als je wilt. Misschien kunnen we gisteravond herhalen. En vanochtend.'

Aidan draaide zich weer om en trok me naar de auto. Ik gooide mijn hoofd achterover en lachte hem uit tot ik Jenns stem achter ons hoorde. 'Kun je geen genoeg van haar krijgen nu je haar hebt, hè Aidan?'

'Nee. Zeg tegen iedereen dat we ziek zijn en de rest van de dag in bed blijven,' zei Aidan.

Jenn lachte en ik rolde met mijn ogen naar hem. 'Als ik niet had gezien hoe jullie een paar seconden geleden in elkaar verstrengeld waren, had ik het misschien geloofd. Eigenlijk geloof ik wel dat jullie de hele dag in bed zouden blijven, maar van dat ziek zijn ben ik niet zo zeker.'

Jenn haalde ons eindelijk in, Aidan draaide zich om en we liepen met z'n allen de luchthaven in. 'Ik ben gewoon blij dat je haar eindelijk hebt. Je was behoorlijk zielig aan het worden.'

'Ja, dat was ik. Maar ze is het wachten waard. Ik zou zo weer drie jaar wachten als het moest, maar dat wil ik echt niet,' zei Aidan met een paniekerige stem terwijl hij zich naar me omdraaide.

Jenn en ik wisselden een blik uit en schoten toen in de lach. Hij was net zo erg als elke andere man, maar hij was van mij. En we wisten allebei dat hij geen drie jaar zou wachten.

Binnen waren Bob en Nicole net zo blij dat Aidan en ik een stel waren. Het was vreemd dat ons kleine groepje op sommige vlakken zo hecht was en op andere niet, maar het was fijn. We waren net een kleine familie en ik vond het geweldig om met hen te delen hoe gelukkig ik was. Ook al had ik nog maar aan het oppervlak van het geluk gekrabd.

Onze dag verliep vrij soepel. Aidan en ik waren discreet met onze affectie in het bijzijn van passagiers, maar hij kuste me tijdens de lunch en hield mijn hand stevig vast toen we aan het eind van de dag naar huis gingen.

Huis. Ha! Alsof hij bij me woonde. Ik was het echt aan het verliezen.

Mandy belde zodra we terug waren in mijn appartement. Aidan liet Brownie uit terwijl ik met haar praatte. 'Ben je niet net thuis?' vroeg Mandy zodra Aidan weg was.

'Ja, net een minuut. Waarom?'

'Woont Aidan nu bij je?'

'Nee, natuurlijk niet. Hij is gisteravond blijven slapen en blijft vannacht ook, maar we wonen niet samen.'

Mandy verslikte zich in iets en hoestte luid in mijn oor. Toen ze weer adem kon halen, zei ze: 'Is het niet zo dat al je dagen en nachten samen doorbrengen zo'n beetje de definitie van samenwonen is?'

'Woon jij dan samen met Xander?' kaatste ik terug.

Ze zuchtte luid en zei: 'Ik geef me gewonnen. Wat doen jullie vanavond?'

'Geen plannen. We moeten morgen werken, maar we zouden vanavond gewoon wat rondhangen.'

'Uitstekend. Kom langs. Allebei. Aidan wilde het huis van Xander toch al zien en dit is een perfecte kans voor ons om hem beter te leren kennen. Weet je wel, zonder iedereen. Bovendien heeft Xander meer vrienden nodig. Sinds hij al die klootzakken van vrienden heeft gedumpt, heeft hij alleen Drew om mee op te trekken. Hij heeft meer lul in zijn leven nodig.'

Ik hoorde Xander schreeuwen: 'Ik heb geen lul in mijn leven nodig.' Ik lachte en Mandy koerde naar hem dat hij in een vrouw zou veranderen als hij geen mannen had om mee om te gaan. 'Ik zal je laten zien hoeveel man ik ben,' gromde Xander, luider dan voorheen, dus ik wist dat hij dichtbij was, en toen kwam hij aan de telefoon.

'Mandy moet eraan herinnerd worden dat ik meer dan genoeg lul voor haar heb. We zien jullie over een uur. Doe rustig aan,' zei Xander, en toen werd de verbinding verbroken.

Ik was nog aan het lachen toen Aidan en Brownie weer binnenkwamen. Aidan gaf Brownie zijn bot en ik vertelde hem over mijn telefoontje met Mandy en Xander. 'Ze klinken gezellig. En zijn huis klonk geweldig. Ik vind het prima als jij dat ook vindt. Maar we hebben een uur, toch?' vroeg hij terwijl hij me naar de slaapkamer trok.

Anderhalf uur later reden we de oprit van Xander op, met een brede glimlach op ons gezicht. Xander en Mandy deden de deur open met dezelfde glimlach. De mannen schudden elkaar de hand en Mandy knipoogde naar me. 'Je hebt een geweldig huis. En dit is een fijne buurt,' zei Aidan.

'Dank je. Ik ben er gek op. De buurt is lekker rustig, iets wat ik nodig had. Ik ben de feestsfeer ontgroeid, snap je. Ik hou ervan om mijn eigen ruimte te hebben.' Mandy gaf hem een tik op zijn schouder. 'Ik bedoel, ik vind het fijn om mijn ruimte met deze te delen,' plaagde Xander. Hij sloeg zijn arm om haar heen en gaf haar een smakzoen op haar lippen, die ze met een glimlach accepteerde.

'Waarom leid ik jou niet rond terwijl de vrouwen praten. Afgaande op de blik op Mandy's gezicht, heeft ze iets te zeggen als we weg zijn.'

Aidan stemde toe en volgde Xander naar de slaapkamers terwijl Mandy en ik de keuken in liepen.

'Holy shit, je straalt helemaal. Ik heb je nog nooit zo gezien,' fluisterde Mandy met een blik naar de gang waar de mannen verdwenen.

'Ja, hij is absoluut anders. Maar op een goede manier.

Aidan is de man van wie ik nooit had gedacht dat ik hem zou vinden. Hij is eigenlijk perfect.'

Mandy pakte vier wijnglazen en haalde een fles wijn uit de koelkast, waarbij ze zich door Xanders keuken bewoog met een vertrouwdheid die alleen mogelijk was voor iemand die er veel tijd had doorgebracht. Mandy had me verteld dat zij en Xander het erover hadden gehad dat ze bij hem zou intrekken, maar dat het nog niet officieel was. Ook al had ze haar kat al bij Xander laten wonen. Ik kon het niet helpen me af te vragen wanneer ze voor het laatst thuis was geweest.

'Ik ben gewoon blij dat je gelukkig bent. Hij past goed bij je.'

Ik knikte en nam een glas wijn van Mandy aan. 'Dat is hij. Ik heb zelfs met hem over BJ gesproken. Ik heb hem gisteravond alles verteld.'

'Wow,' zei Mandy, geschokt. Ik sprak nooit over BJ. Zelfs Sam en Addi wisten alleen de basis van wat er was gebeurd, niet alle details. Mandy wist alles, omdat ze er voor me was geweest. Ze wist hoe belangrijk het was dat ik er met Aidan over had gesproken. 'Wat zei hij?'

'Hij wilde hem vermoorden, natuurlijk. Hij zei ook dat hij zoiets nooit zou doen en dat hij het vreselijk vindt dat ik dat heb moeten meemaken. En toen bewees hij me hoe verschillend ze zijn.'

'Wat bedoel je?' vroeg ze slinks, wetend wat ik impliceerde, maar ze wilde dat ik het met zoveel woorden zei.

'We hebben gisteravond met elkaar geslapen. En vanochtend weer. En voordat we hierheen kwamen.'

'Holy shit!' riep Mandy uit. 'Jij kleine deugniet. Ik ben zo trots op je. Betekent dit dat je nu echt van seks geniet?'

Ik knikte en grijnsde van oor tot oor. 'Ik begrijp eindelijk waar jullie het altijd over hadden. Aidan is geweldig. Hij begrijpt me, weet je, en hij weet hoe hij me moet aanraken om me levend te laten voelen. Seks met hem is gewoon... Wauw. Het is gewoon wauw.'

Mandy sprong op en neer in een klein cirkeltje en omhelsde me toen stevig, terwijl we allebei lachten als schoolmeisjes. 'Ik ben zo blij voor je! Nu moeten we Aidan alleen nog zover krijgen dat hij een huis in deze buurt koopt en dan kunnen we allemaal buren zijn.'

'Ik denk dat ik hem al bijna heb overgehaald, schat. Hij vindt dit geweldig en vindt het fijn dat de buurt mooie achtertuinen en goede wandelpaden heeft. Hij zei dat dat goed zou zijn voor Brownie,' zei Xander met een veelbetekenende knipoog.

Ik staarde Aidan met open mond aan, niet zeker wat ik moest zeggen. Betekende dat dat hij huizen overwoog met mij in gedachten, dat ik een factor zou zijn in zijn beslissing? Wat zei dat over onze relatie? Of over hoe hij over mij dacht?

En waarom was ik zo opgewonden dat hij van plan leek mij een vast onderdeel van zijn wereld te maken?

HOOFDSTUK 18

WE ZATEN ALLEMAAL aan Xanders eettafel voor het diner. Hij grilde kip met barbecuesaus en groenten en we dronken wijn en praatten. Mandy probeerde Aidan beter te leren kennen en Aidan en Xander konden het zo goed met elkaar vinden alsof ze beste vrienden waren. We stelden elkaar om de beurt willekeurige vragen.

'Als je alles kon doen en geld geen rol speelde, alsof je de loterij zou winnen of zo, wat zou je dan doen?' vroeg Aidan.

'O, kom op, dat is zo'n saaie vraag,' klaagde Xander. 'Iedereen wil dat altijd weten, maar de waarheid is dat we allemaal gewoon op onze reet zouden zitten en tv zouden kijken of zoiets.'

'Nou, ik denk dat we jouw antwoord weten. Dat zou ik niet doen. Ik zou kinderbegeleider worden. Ik zou op een school werken en kinderen helpen die geen fijne thuissituatie hebben of die misbruikt zijn. Ik zou ze willen helpen te weten dat ze er niet alleen voor staan en dat ze de waarheid niet hoeven te verbergen. Ik zou ze helpen dapper genoeg te zijn om de persoon die hun pijn heeft gedaan te confronteren.'

Aidans hand verstrakte om de mijne toen Mandy sprak. Ik wist dat ze zo zou antwoorden. Ze heeft me altijd verteld dat ze wenste dat ze andere meiden kon helpen die net als ik hadden geleden, en dat ze wenste dat ze er meer voor me was geweest. Ze was de beste vriendin die ik me ooit had kunnen wensen en ik weet dat ik zonder haar niet sterk genoeg zou zijn geweest om Aidan een kans te geven.

'Daar zou je geweldig in zijn,' zei ik tegen haar. 'Je hebt aanleg om mensen te helpen.'

'Ik denk dat je daarom zo goed bent in de klantenservice, schat,' zei Xander. 'Maar ja, ik zie je wel kinderen helpen. Je hebt een goed hart. Ik ben een geluksvogel, dat is zeker.'

Xander trok haar naar zich toe voor een lieve kus en Aidan drukte mijn hand tegen zijn lippen en liet onze ineengestrengelde handen op mijn dij rusten. 'Ik denk dat ik zou reizen. Ik zou de wereld gaan zien, alle plaatsen die ik altijd al wilde zien, maar waar ik te bang voor was,' gaf ik toe. 'Nadat ik mijn programma voor verkrachtingspreventie heb opgezet.'

'Welk programma?' vroeg Xander.

Ik keek naar Mandy en toen naar Aidan, een beetje gegeneerd omdat ik hun beiden nog niets over mijn idee had verteld. 'Ik heb onderzocht hoe ik een programma voor verkrachtingspreventie kan opzetten. Er zijn veel dingen om achteraf te helpen, maar ik wil de daad stoppen voordat het begint. Met jongens praten over het respecteren van meiden en met meiden praten over voor zichzelf opkomen en slim zijn. Ik ben het aan het onderzoeken. Het bedrijf van Lexi gaat me wat financiering geven. Ik ben nu een bedrijfsplan aan het opstellen en bedenk alle dingen die ik wil samenstellen. Ik kijk naar zelfverdediging, zelfvertrouwen en algemene slimme dingen die meiden kunnen doen. Ik wil ook dat de jongens begrijpen wat nee betekent.'

'Jullie twee zouden moeten samenwerken,' plaagde

Xander. 'Jullie zouden een kracht zijn om rekening mee te houden.'

Mandy knipoogde naar me en ik grijnsde. Xander wist duidelijk niets van mijn verleden, maar het was fijn om te weten dat hij ons steunde.

Aidan nestelde zich tegen mijn hals en kuste me onder mijn oor. 'Ik vind het een geweldig idee. Preventie is veel beter dan… erna. Ik zou alles doen om die pijn weg te nemen bij iemand om wie ik geef.'

Mijn hele lichaam werd warm, op een lieve en heerlijke manier. Het voelde goed om hem te horen zeggen dat hij om me gaf, hoewel ik dat al voelde in elke kus, elke aanraking.

'Ik heb het gevoel dat ik hier iets mis,' peinsde Xander, terwijl hij tussen ons drieën heen en weer keek.

Angst greep me, maar Mandy lachte alleen maar. 'Je voelt je gewoon buitengesloten omdat Aidan Claire kust en wij hier maar wat zitten.'

We lachten toen Xander naar voren leunde om zijn lippen op die van Mandy te pressen. Ze sloeg haar armen om zijn nek en liet hun kus voortduren. Aidan draaide zich weer naar mij toe, negeerde hen en vroeg: 'Waar zou je als eerste naartoe gaan?'

Zijn duim wreef over mijn dij, wat me van alles afleidde. Het duurde een minuut voordat ik doorhad waar hij het over had. Toen herinnerde ik het me weer, reizen.

'De Grand Canyon. Daar wilde ik altijd al naartoe. Mijn ouders zijn er op hun huwelijksreis geweest en zeiden altijd hoe mooi het was. Ze willen terug als mijn vader met pensioen gaat. Het klinkt gewoon als een heel coole plek om te bezoeken.'

Ik was opgegroeid met het doorbladeren van de oude fotoalbums van mijn ouders. Tussen hun trouwalbum en alle foto's die ze op hun huwelijksreis hadden gemaakt door, bladerde ik urenlang terug door de eerste paar weken van hun huwelijk. Mijn moeder werd op die reis zwanger van mijn zus, iets wat ik ongelooflijk romantisch vond, en een beetje goor. Ik bedoel, wie wil er nou nadenken over zijn ouders die seks hebben.

Mijn moeder vertelde Rebecca en mij alles over hun huwelijksreis, over het kamperen in Grand Canyon National Park en het verblijf in het nabijgelegen Flagstaff. Als ze teruggaan, zijn ze niet van plan te kamperen, maar ze willen wel de Grand Canyon weer zien. Ik heb altijd gedacht dat het leuk zou zijn om dat gebied te zien, om de plek te zien waar mijn ouders zo gelukkig waren en voor het eerst leven schiepen.

'Als ik zou reizen, zou ik naar Hawaï gaan. Het lijkt me een leuke plek om te feesten. Ik kan me voorstellen dat het moeilijk is om in Hawaï te zijn en het gevoel te hebben dat er iets mis is met je leven,' zei Xander, die zich eindelijk losmaakte van Mandy en weer deelnam aan het gesprek.

'Daar ben ik met mijn familie geweest toen ik op de middelbare school zat. Mijn vader kreeg om de een of andere reden een grote bonus en mijn moeder had er altijd al heen gewild. Het was best gaaf. Natuurlijk is het niet zo geweldig om als middelbare scholier met je ouders op vakantie te zijn, maar ik vond wel wat mensen om mee om te gaan,' vertelde Aidan ons.

'Je bedoelt dat je een meisje hebt ontmoet en in de problemen bent gekomen,' interpreteerde Xander.

Aidan bloosde en keek naar me. 'Zo erg was het niet,' krabbelde hij terug. Zijn ogen zochten de mijne, om uit te vinden of hij me van streek had gemaakt. Ik glimlachte naar hem en schudde mijn hoofd. Ja, ik was een beetje jaloers, dat geef ik toe, maar het was lang geleden en ik kon hem niets kwalijk nemen wat hij op de middelbare school had gedaan.

'Ik zou er echter zo weer naartoe gaan. We waren op Oahu bij Waikiki Beach en het surfen was gaaf, het strand was geweldig en de mensen waren leuk. We gingen op een avond naar een luau en dat was fantastisch. Ze weten daar zeker hoe ze een feestje moeten bouwen.'

'We zouden allemaal een keer moeten gaan. Op vakantie,' zei Mandy opgewekt. Ze glimlachte, maar ik voelde paniek langs mijn nek omhoogkruipen. Nee, wacht, dat was gewoon Aidans hand. Toch begon ik in paniek te raken. In een vliegtuig stappen paste nog steeds niet in mijn wereld. Ja, ik weet het, ik werkte op een vliegveld. Het was ironisch en het was klote.

Mandy keek eindelijk naar mijn gezicht en realiseerde zich dat ze iets had gezegd wat ze niet had moeten zeggen. Ze veranderde snel van onderwerp en vroeg aan Aidan: 'Wat vond je van het huis? Heeft Xander dat niet geweldig gedaan?'

Hij greep de verandering snel aan en het hoofd van Xander stuiterde heen en weer alsof hij een poppetje op een dashboard was. Hij was ongetwijfeld in de war, maar dat vond ik op dit moment wel prima. Ik was er vrij zeker van dat Mandy hem de afgezwakte versie van mijn verleden zou geven nadat we weg waren. Ik hoopte alleen dat het niet zou betekenen dat hij me daarna met fluwelen handschoenen zou behandelen.

'Het huis is geweldig. En ik ben dol op de buurt. Er stonden een paar huizen te koop waar we langsreden. Ik heb bijna genoeg voor een aanbetaling en ik hoop dat ik snel iets kan krijgen.'

'Wat voor huis zoek je?' vroeg Xander, terwijl hij overschakelde op de bouwmodus. Als elektricien kon hij een huis met zijn ogen dicht opnieuw bedraden en had hij een ploeg jongens bij het bedrijf waar hij werkte die altijd bereid waren te helpen met alles wat Xander niet zelf kon doen. Mandy zei dat hij stond te popelen om zijn tanden weer ergens in te zetten en dat hij Aidan waarschijnlijk elke kans zou helpen die hij kreeg als Aidan een huis in de buurt kocht.

'Absoluut een omheinde tuin, zodat Brownie naar buiten kan om te rennen zonder dat we ons er zorgen over hoeven te maken. Ik denk dat drie of vier slaapkamers goed zou zijn, een mooie keuken en eethoek, en een ruime woonkamer. Mijn bank is nu vrij klein en ik zou graag iets willen hebben waar ik me op kan uitstrekken. Die van Claire is perfect.'

Ik zat hem met open mond aan te staren, opnieuw geschokt dat hij Brownie en mij in zijn huisplannen betrok. En vier slaapkamers? Betekende dat dat hij zoveel kinderen wilde?

Het werd plotseling heet daar. Ik sprong op uit de stoel en snelde naar de badkamer. Ik hoorde ze me allemaal roepen, maar het kon me niet schelen.

Ik deed de deur achter me op slot en staarde naar mijn spiegelbeeld. Aidan was zijn toekomst aan het voorbereiden en ik maakte er deel van uit. Hij had me nog niet eens verteld dat hij van me hield en hij had het al over samenwonen, of zo klonk het tenminste. Een deel van me voelde zich een hypocriet, omdat ik me ook een toekomst met hem voorstelde en de woorden ook niet had gezegd, maar ik voelde ze wel. Daar was ik zeker van.

Ik gooide koud water in mijn gezicht, in een poging mijn hoofd helder te krijgen. Zou Aidan verliefd op me kunnen zijn? Was het mogelijk? Ik wist dat hij anders was dan BJ ooit was geweest en ik wist dat het samenzijn met hem nieuw en spannend was, en beter dan ik me ooit had kunnen voorstellen dat het met een man kon zijn. We hadden een paar keer de nacht samen doorgebracht en waren van plan daarmee door te gaan. Was het echt zo'n grote stap om te gaan samenwonen?

Nee. Het was niet alleen maar samenwonen. Het was samen een huis kopen. Of liever, Aidan die een huis kocht en ik die bij hem zou wonen. Ik zou zijn huisgenoot zijn, maar met extraatjes. Zou hij van me verwachten dat ik de helft van zijn hypotheek zou betalen? Wat als het niet zou werken? Wat als ik het huis vreselijk vond?

Plotseling werd het me allemaal te veel. Ik begon me te voelen als de dramakoningin die ik vroeger was. Het eerste wat ik moest weten, was of Aidan verliefd op me was, of hij hetzelfde voor mij voelde als ik voor hem. Al het andere kwam daarna wel.

Toen ik eindelijk uit de badkamer kwam, was de keuken opgeruimd en stonden ze alle drie bij de voordeur te praten. 'Aidan zei dat jullie morgen vroeg op moeten voor je werk en dat jullie weg moesten. Ik wed dat Brownie zich afvraagt waar jullie blijven,' zei Mandy. Ze staarde me aan alsof ze mijn gedachten probeerde te lezen, alsof ze, als ze maar goed genoeg keek, kon uitvinden wat er aan de hand was.

'Ja, hij heeft gelijk. Bedankt voor het eten, jongens. We hebben een geweldige avond gehad. Hopelijk kunnen we het snel nog eens doen.'

Mandy drukte me stevig tegen zich aan terwijl de mannen elkaar de hand schudden. Aidan beloofde Xander te bellen als hij naar huizen ging kijken en Mandy fluisterde dat ik haar moest bellen wanneer ik kon om uit te leggen wat er aan de hand was. Ik knikte en draaide me toen om om Xander te knuffelen, terwijl Mandy Aidan knuffelde.

De rit terug naar mijn appartement was stil. Aidan voelde dat ik niet helemaal in orde was, maar hij wilde ofwel wachten tot we binnen waren om te praten, of hij ging er gewoon vandoor.

Ik liet ons binnen en hij zei: 'Ga je omkleden of douchen of wat je maar wilt. Ik laat Brownie wel uit. Ontspan jij maar.'

Ik knikte, omdat ik de energie niet had om te beweren dat het mijn hond was en ik voor hem moest zorgen. Ach, het maakte niet uit. Ik was moe en het was fijn om iemand te hebben die hielp.

De deur sloot zachtjes achter hen en ik liep naar mijn slaapkamer. Ik trok mijn kleren uit en ging douchen, in de hoop dat de stoom mijn hoofd zou leegmaken.

Na veel langer dan had gemoeten zette ik de douche uit en kleedde me aan. Aidan zat op de bank met Brownie opgerold aan zijn voeten. Hij keek naar de Yankees-wedstrijd, maar hij zette de tv uit toen ik de kamer binnenkwam. Aidans ogen volgden me terwijl ik de kamer doorkruiste en uiteindelijk naast hem ging zitten.

'Het spijt me,' zei hij zonder omhaal. 'Ik denk dat ik jullie niet in mijn plannen moet betrekken, maar ik kan het niet helpen dat ik jullie daar zie. Het is niet juist van me om het ter sprake te brengen waar je vrienden bij zijn. Het heeft je duidelijk van streek gemaakt en dat was niet mijn bedoeling.'

Ik haalde diep adem en probeerde een goede manier te vinden om hem uit te leggen wat ik dacht, hoe ik me voelde, zonder dat het klonk alsof ik hem smeekte om te zeggen dat hij van me hield. Ik wilde dat die drie kleine woordjes eruit kwamen als hij er klaar voor was, niet als ik hem dwong om ze te zeggen.

'Ik ben niet van streek omdat je rekening houdt met Brownie en mij. Om eerlijk te zijn ben ik daar eigenlijk behoorlijk door geraakt. Ik heb ook al over de toekomst nagedacht als iets gezamenlijks. Ik denk dat mijn zorg is dat we nog maar net een relatie hebben en we hebben niet gezegd... Ik bedoel, we hebben hier nog niet over gesproken. Het voelt gewoon alsof je plannen maakt zonder mij. Plannen waar ik het misschien mee eens ben, maar we praten nergens over wat me zou helpen om makkelijker tot dat punt te komen.'

Aidan bestudeerde me een paar minuten, zijn gezicht onleesbaar. Terwijl hij kalm en stabiel was, was ik een hoopje zenuwen. We zaten naast elkaar, maar raakten elkaar niet aan. Onze handen lagen allebei op de bank tussen ons in, maar geen van ons beiden maakte aanstalten om elkaars hand vast te pakken. Mijn hart zonk langzaam naar mijn schoenen toen ik me afvroeg of dit het einde was. Of het voorbij was omdat ik me zorgen maakte dat hij een toekomst plande waarvan hij me niet had verteld dat hij die wilde.

Toen leunde hij naar voren en kuste me. Hard. Zijn lippen drukten op de mijne, zijn tong zocht toegang tot mijn mond. Eén hand verstrengelde zich in mijn haar en de andere trok me onder hem. Hij leunde met zijn lichaam over het mijne en nestelde zich tussen mijn benen, terwijl ik probeerde te begrijpen wat er in hemelsnaam gebeurde.

Mijn lichaam reageerde onmiddellijk op hem. Een zachte kreun ontsnapte aan mijn lippen toen zijn hand over mijn borst gleed. Hij stootte zijn heupen tegen de mijne en raakte me op de perfecte plek, net als die eerste avond op mijn bank.

Aidan trok zich plotseling terug en keek op me neer. 'Het was precies hier, op deze bank, waar ik wist dat je voor altijd in mijn leven zou zijn. Het was precies hier dat ik voor het eerst je lichaam tegen het mijne voelde en wist dat geen ander lichaam ooit goed zou voelen, ooit goed zou zijn. Het was precies hier dat ik besloot dat ik alles zou doen om je voor altijd de mijne te maken. En het is precies hier dat ik je voor het eerst ga vertellen dat ik van je hou. Ik hou van je met alles wat ik ben en dat doe ik al heel lang. Ik weet het al een tijdje, maar ik wist dat je door het lint zou gaan als ik het je zou vertellen. Ik zei eerder tegen Xander dat ik het je vanavond ging vertellen, maar ik raakte zo opgewonden over het huis dat ik niet nadacht. Het spijt me dat ik je niet heb verteld dat ik van je hou voordat ik Xander en Mandy vertelde dat ik een huis ga kopen waar jij ook van houdt.'

Tranen ontsnapten aan mijn ogen en gleden naar de bank onder me. Nooit eerder had een man die woorden tegen me gezegd, behalve mijn vader en zwager. Ik wist dat ik nooit zou vergeten hoe ik hem dat hoorde zeggen.

'Hoe wist je dat ik daarom van streek was?'

'Omdat ik van je hou. Ik ken je beter dan je je realiseert, misschien zelfs beter dan je jezelf soms kent. Ik zag de paniekerige blik op je gezicht toen Xander iets zei nadat hij me een rondleiding had gegeven en toen ik erover begon, flipte je zo erg dat je ervandoor ging. Ik wist dat het niet was omdat je het idee niet leuk vond, maar omdat je je zorgen maakte dat het te veel te snel was. En dat je me vertelde dat we bepaalde dingen niet hadden gezegd, nou, dat bevestigde het voor me.'

'Ik wil niet dat je het zegt omdat je het gevoel hebt dat het moet-'

'Ik zou nooit iets tegen je zeggen wat niet de waarheid is. Ik hou van je, Claire Murphy. Met elke slag van mijn hart. En ik wil een huis kopen waar jij van houdt, omdat ik wil dat je het met me deelt.'

'Dank je. Ik weet niet eens wat ik moet zeggen. Ik... ik ben een beetje overweldigd. En ik wil het huis ook met je delen, maar ik heb niet het spaargeld dat jij hebt. Ik zou me er niet prettig bij voelen om op jouw zak te teren.'

'Daar komen we later allemaal wel uit, lieverd. Op dit moment wil ik je gewoon meenemen naar bed en de liefde bedrijven met de vrouw van wie ik hou. Is dat oké?'

Ik knikte. 'Ja, en Aidan?'

'Hmm?'

'Ik hou van je.'

Zijn grijns vertelde me dat hij er niet op had durven hopen, maar net zo blij was als ik toen ik die woorden hoorde. 'Dank je,' fluisterde hij terwijl hij in mijn oor neuselde. Toen gingen we naar de slaapkamer en lieten we elkaar precies zien hoeveel die drie kleine woordjes echt betekenden.

HOOFDSTUK 19

AIDAN EN IK hebben de volgende maand als gekken gewerkt en huizen bezichtigd. O, en we vreeën bij elke kans die we kregen. Hij zegde de huur van zijn appartement op en trok bij Brownie en mij in terwijl we naar huizen zochten. Mijn ouders en vrienden vonden ons gek, maar voor ons was het logisch om zo veel mogelijk geld te sparen als we maar konden om een huis te kopen.

Ik was al snel net zo enthousiast als Aidan; ik vond het idee van een huis voor ons geweldig. Brownie zou een tuin fantastisch vinden en als we ooit kinderen zouden krijgen, zou het voor hen ook fijn zijn. Natuurlijk voerden we veel serieuze gesprekken, maar onze relatie was nog steeds leuk en ongedwongen. Ik kon me moeilijk voorstellen dat dingen met Aidan niet makkelijk zouden zijn.

Zijn makelaar belde op een donderdag toen we aan het werk waren en vroeg of we die middag konden afspreken om een huis te bezichtigen. Het was net op de markt gekomen en ze was er vrij zeker van dat het was wat we zochten. Aidan stemde toe en we gingen langs het appartement om Brownie uit te laten voordat we naar de wijk van Xander's reden om het nieuwste huis te bekijken.

We'd hadden al drie huizen in de buurt van Xander en Mandy bekeken, een paar dicht bij mijn ouders, een stel aan de rand van de stad en zelfs een paar rijtjeshuizen. Aidan en ik waren het erover eens dat een rijtjeshuis ons weliswaar meer ruimte zou geven dan mijn appartement, maar dat het niet was wat we echt wilden. We hadden een thuis nodig met ruimte voor Brownie om te rennen, een plek waar we in konden groeien.

We letten nog steeds goed op hoeveel we uitgaven. Toen Aidan zijn makelaar vertelde dat we het huis samen zouden kopen, probeerde ze het budget op te rekken, omdat het met twee inkomens niet zo'n probleem zou zijn, maar we hielden voet bij stuk over wat we te besteden hadden. Ze vond het niet leuk, maar ze hield zich aan Aidan's oorspronkelijke budget.

Toen we de wijk in reden, werd ik weer overvallen door het overweldigende gevoel van thuiskomen. Het was alsof iets me vertelde dat we in die buurt hoorden te zijn, alsof het goed voor ons was. Ik hield het voor me, omdat ik niet wilde dat Aidan dacht dat ik niet ergens anders zou willen wonen. Het was per slot van rekening nog steeds vooral zijn huis. Hij legde het grootste deel van het geld in en zijn inkomen zou de meeste rekeningen betalen, omdat hij meer overuren maakte dan ik.

Maar het was fijn om er allemaal bij betrokken te worden.

We reden de oprit op van het huis waar Ann ons over had verteld en mijn mond viel open. Het was een oude bakstenen bungalow met een veranda die over de hele breedte van de voorkant van het huis liep. Aan de rechterkant zat een garage voor twee auto's en het perceel was bedekt met enorme eikenbomen.

Het leek zo uit een sprookje te komen.

Aidan en ik stapten uit de auto en liepen hand in hand en met dezelfde glimlach op onze gezichten naar de voordeur. Ann deed de deur van binnenuit open, haar glimlach net als de onze. 'Ik denk dat jullie dit geweldig gaan vinden. Het is een beetje een opknapper, maar het valt mee. Kom binnenkijken.'

We stapten naar binnen op brede eikenhouten vloerdelen die zo ver reikten als ik kon zien. We stonden in een hal met rechts een kast en links de eetkamer. Ik kon de woonkamer recht voor ons zien en grote ramen die uitkeken op de omheinde achtertuin.

'Laten we door de eetkamer gaan,' stelde Ann voor. We volgden haar de grijsgekleurde eetkamer in. Grote ramen lieten veel natuurlijk licht binnen en de kamer was groot genoeg voor minstens tien personen, afgaande op de tafel die de huidige eigenaren er hadden staan.

Daarna kwam de keuken, en ik zag waar het opknapwerk nodig was. Hoe mooi de eenvoudige eetkamer ook was, de keuken schoot tekort. De kastjes waren verouderd en beschadigd. Van sommige ontbraken de deurtjes en andere zaten volgens Ann vast. Mijn hart zonk me in de schoenen toen ik me de omvang van het werk realiseerde. Ik had genoeg HGTV gekeken om te weten dat keukenrenovaties duur waren, en in mijn hoofd begon het allemaal op te tellen.

De woonkamer was net zo mooi als de eetkamer met dezelfde eikenvloer, staalblauwe muren en genoeg ruimte voor de grote bank waar Aidan op hoopte. Vanuit de woonkamer leidde een gang naar de vier slaapkamers. De eerste twee waren in goede staat, maar de laatste twee hadden wat werk nodig. Beide waren bedekt met oud tapijt maar Ann verzekerde ons dat de houten vloeren eronder lagen. De twee badkamers waren in redelijke staat maar konden zeker een opknapbeurt gebruiken.

Nadat de keuken was gedaan.

'Ik denk dat het misschien een te groot project is,' zei ik, omdat ik wilde dat Aidan wist dat het niet zo makkelijk was als hij'd zich had voorgesteld.

'Maar het is geweldig, afgezien van de keuken, slaapkamers en badkamers. De locatie is geweldig en het huis is in grote lijnen precies wat we wilden.'

'Dat weet ik, lieverd, maar ik maak me zorgen om zo veel op ons te nemen. Je werkt al als een gek en dit huis zal een heleboel werk zijn. Ik weet dat Xander zou helpen, maar er zullen dingen zijn waarvoor je iemand zou moeten inhuren,' zei ik.

'Misschien kan ik daarbij helpen. Dit huis is 50.000 dollar onder jullie budget geprijsd. De eigenaren realiseren zich dat er veel werk aan is en ze hebben er gewoon de puf niet voor om het te doen. Het's een ouder stel dat dit huis heeft gebouwd, hun kinderen hier heeft grootgebracht en nu klaar is om ergens heen te gaan waar minder te doen is.'

'50.000 dollar? Echt?' vroeg ik, wetende dat we voor dat geld iemand konden inhuren om bijna alles te doen.

'Ja. En als je vriend met sommige dingen kan helpen, redden jullie het prima om voor dat geld de rest uit te besteden. Ik'd aanraden om zelf het tapijt eruit te trekken en de sloop zelf aan te pakken, maar huur iemand in voor wat je vriend niet kan doen. Het's een geweldig huis. In de buurt die jullie wilden. En het heeft bijna alles waar jullie om vroegen. Het enige wat het niet had, is een schuurtje in de achtertuin.'

'Ik vind het geweldig. Ik vind het perfect. Claire, wat denk jij? We kunnen nu een bod doen. De volledige vraagprijs. En dan zijn we er nog steeds vroeg bij. Is dit het?'

Ik keek rond in de woonkamer en naar buiten, de achtertuin in. Ik zag Aidan al voor me, hoe hij een bal gooide voor Brownie, steaks grilde voor onze vrienden, achter onze kinderen aan rende. Ik hoorde het geschreeuw van onze familie terwijl we spelletjes speelden in de woonkamer en het gelach als we naar een film keken. Er was geen twijfel over mogelijk dat we'd eindelijk het perfecte huis hadden gevonden.

Ik draaide me met een glimlach om naar Aidan en knikte. Hij juichte en tilde me in zijn armen op, me in het rond draaiend. Hij kuste me stevig, zijn lippen op de mijne terwijl hij me dicht tegen zich aan trok. Hij trok zich terug en zei, 'We'll nemen het,' zonder zijn ogen van de mijne af te wenden.

En zomaar hadden we ons thuis gevonden.

Een paar uur later, terug in mijn appartement nadat we meer papierwerk hadden getekend dan ik me ooit had kunnen voorstellen bij het doen van een bod op een huis, opende Aidan een fles wijn om het te vieren. We zouden pas over een dag of twee iets van de verkopers horen, maar we waren er vrij zeker van dat alles goed zou komen, dus vierden we het alvast.

Na het eten trok Aidan me op de bank en zei dat hij ergens met me over wilde praten. Hij was nerveus, friemelde aan zijn handen en zijn been trilde. Ik werd er zenuwachtig van. Ik dacht niet dat hij het met me zou uitmaken op dezelfde dag dat we een geweldig huis vonden om samen te kopen, maar ik had geen idee wat er aan de hand was en dat maakte me nerveus.

'Gooi het er gewoon uit, Aidan. Je maakt me gek.'

'Ik heb een verrassing. Ik'd heb geprobeerd een goede manier te vinden om het je te vertellen, maar ik heb… Ik weet niet hoe ik het je moet vertellen, maar ik'm er enthousiast over. Ik hoop alleen dat jij dat ook bent.'

'Waarover enthousiast, Aidan?' vroeg ik. Mijn hart ging sneller slaan en ik werd enthousiast. Het klonk alsof hij me iets goeds te vertellen had, iets waar ik blij van zou worden.

Iets wat goed zou zijn. Natuurlijk was ik in de war dat hij zenuwachtig was om me iets goeds te vertellen, maar misschien wist hij gewoon niet zeker of ik van verrassingen hield.

'We gaan naar de Grand Canyon. Ik heb een reis geboekt. We vertrekken over een paar dagen en blijven er een week. Ik heb hotelreserveringen en een helikoptervlucht over de Grand Canyon gepland en-'

'Wacht, wat heb je gedaan?'

'Schat, ik weet hoe je over vliegen denkt, maar je klonk zo enthousiast over de Grand Canyon toen we bij Xander en Mandy waren en ik dacht gewoon dat het leuk zou zijn. Ik ben de dag nadat we vorige maand bij hen hadden gegeten, begonnen met plannen.'

Mijn hart bonsde in mijn oren en mijn hartslag schoot omhoog. Ik kon niet geloven dat hij dacht dat het een goed idee was om zoveel geld uit te geven, maar het was zoveel meer dan dat. Hij kende mijn verleden. Hij wist hoe ik over vliegen dacht. Hij wist hoe doodsbang ik was.

En toch boekte hij een vlucht zonder het me te vertellen.

'Hoe kon je dit doen? Hoe kon je hier niet met me over praten? Ik kan niet in een vliegtuig stappen. Dat heb ik je verteld. Ik wil hem niet onder ogen komen. Dit doen. Ik kan niet geloven dat je er nooit aan hebt gedacht wat ik zou willen.'

Verdoofd strompelde ik mijn appartement uit, rende de trap af en snelde de parkeerplaats over. Aidan riep me na, maar ik liep door. Ik moest bij hem weg zijn.

Toen ik de deur van Bijt me! openduwde, zag ik Charlie en Lexi aan het eind van de toonbank praten. Ze wierpen één blik op mijn gezicht en omringden me, me meetrekkend naar een tafeltje.

'Wat is er gebeurd?' vroeg Lexi. Charlie dook achter de

toonbank en bracht me toen twee cupcakes en een flesje water. Ik glimlachte haar dankbaar toe en haalde diep adem.

Dit waren twee vrouwen om wie ik gaf. Vrouwen die ik als vriendinnen beschouwde. Vrouwen die niets wisten van mijn verleden of waarom ik zo overstuur zou zijn omdat Aidan vliegtickets voor mijn droomvakantie had gekocht.

Ach, verdomme, ik was naar hen toe gegaan, dus ik kon maar beter praten, dacht ik.

'Toen ik op de middelbare school zat, ging ik op voorjaarsvakantie met mijn vriendje en zijn familie. Terwijl we daar waren, heeft hij me verkracht toen zijn ouders op een avond uit eten waren.'

'O, mijn God, Claire,' riep Charlie uit. 'Het spijt me zo.'

'Wow, wat vreselijk. De eerste man die je vertrouwde,' voegde Lexi er zachtjes aan toe.

Lexi sloeg de spijker op zijn kop. Ze begreep hoe ik me voelde zonder dat ik het hoefde uit te leggen. Ik hoopte dat ze nooit hetzelfde had meegemaakt, maar kon het niet helpen me af te vragen of dat wel zo was, gezien hoe snel ze precies oppikte hoe ik me had gevoeld.

'Ja, het was vreselijk. Maar sindsdien kan ik niet meer in een vliegtuig stappen. Mijn ex is natuurlijk uit mijn leven, maar ik heb deze gestoorde angst dat hij in een vliegtuig zal zitten als ik ga. Dat hij me op de een of andere manier zal vinden, ook al heb ik een straatverbod. Ik weet dat het gek is, maar... hoe dan ook, sindsdien heb ik dus niet meer in een vliegtuig gezeten. Aidan weet dit allemaal en hij begrijpt waarom, maar hij heeft vliegtickets voor ons gekocht naar de Grand Canyon.'

Lexi en Charlie wisselden een blik. Het was een van die blikken die me vertelden dat ze dachten dat ik knettergek was. Ze leken een stilzwijgend gesprek te voeren, zo een waarbij beste vriendinnen blikken uitwisselen in plaats van woorden en elkaar op de een of andere manier begrepen. Mandy en ik hadden veel van die gesprekken, vooral toen we samenwoonden tijdens onze studie.

'Oké, ik moet het vragen. Komt dit door het geld of door je vliegangst?' vroeg Charlie uiteindelijk.

'Nou, ik ben niet zo blij met het geld, omdat we een huis aan het kopen zijn, maar het grootste probleem voor mij is het vliegen. Hij weet hoe bang ik ben om in een vliegtuig te stappen. Ik weet gewoon niet waarom hij me dit zou aandoen.'

'Ik denk dat dat het eerste is waar je achter moet komen. Waarom zou hij deze reis boeken? Heeft hij erover gesproken om daarheen te gaan?'

Ik schudde mijn hoofd en nam een hap van mijn cupcake. Ik kauwde en probeerde te kalmeren. 'Ik heb hem verteld dat als ik de loterij zou winnen, ik zou gaan reizen en de eerste plek waar ik heen zou gaan de Grand Canyon is.'

Ze wisselden weer een blik en ik begon me af te vragen of ik gek werd. Reageerde ik overdreven? Was ik belachelijk? Maakte het me uit wat ze dachten?

Het was hoe ik me voelde. Ik was degene die vliegangst had en als de man die van me hield, zou Aidan dat moeten respecteren. In plaats daarvan voelde het alsof hij mijn gevoelens negeerde.

Om iets geweldigs voor me te doen.

Oh, fuck.

'Ik wil hier niet als een bitch klinken, Claire, maar ik zou het geweldig vinden als een man dat voor me zou doen. Het moet wel het liefste zijn wat er is. Ik snap waarom je van streek bent en waarom je bang bent, maar als je Aidan hebt verteld dat je daarheen wilde en hij heeft het mogelijk gemaakt, hoe kun je dan boos op hem zijn?' Charlie verdedigde Aidan.

Ik zuchtte diep. Misschien begreep ze het niet.

'Ik ben boos omdat ik wou dat hij met me had gepraat. Misschien is het egoïstisch, maar ik heb het gevoel dat hij me dwingt iets onder ogen te zien waar ik niet klaar voor ben.'

'Of misschien denkt hij gewoon dat je sterk genoeg zult zijn om het onder ogen te zien als hij bij je is. Hij houdt van je en hij probeert je gelukkig te maken door het enige te doen wat je nooit voor jezelf zou doen. Ja, hij pusht, maar hij pusht je om iets te doen waarvan hij weet dat je het geweldig zou vinden,' zei Lexi. 'Bovendien werk je aan een programma dat meiden zal helpen die hetzelfde hebben meegemaakt als jij, preventie en nazorg. Hij denkt waarschijnlijk dat als je daartoe bereid bent, je er ook klaar voor bent om je andere angsten onder ogen te zien. Om je demonen voorgoed te verjagen.'

NADENKEND AT IK mijn eerste cupcake op. Deze vrouwen waren echte vriendinnen, omdat ze me niet zomaar vertelden wat ze dachten dat ik wilde horen, ze vertelden me de waarheid.

'Waarom ben ik hierheen gekomen?' vroeg ik, terwijl ik me aan hen wilde ergeren.

'Omdat je wist dat we je de waarheid zouden vertellen en je het advies zouden geven dat je niet wilde horen. O, en het is de enige plek op loopafstand die ook nog eens de beste cupcakes van de stad levert,' grapte Lexi.

Ik lachte en begon aan mijn tweede cupcake. 'Het is maar goed dat ik van jullie hou. En dat jullie me voorzien van goed advies en cupcakes.'

Ze glimlachten en hielden me gezelschap terwijl ik mijn cupcake op at. Lexi vertelde me over een project waar ze aan had gewerkt en Charlie liet ons weten hoe het met de winkel ging. Gelukkig had ze tot nu toe geluk en deed de winkel het goed. Ik denk dat het niet meer op loopafstand hebben van Bijt me! het moeilijkste deel van de verhuizing zou worden.

Charlie sloot de winkel toen ik mijn cupcake op had en Lexi zette me thuis af zodat ik niet alleen in het donker hoefde te lopen.

Ik liep de trap op, onzeker over wat ik aan de andere kant van de deur zou aantreffen.

HOOFDSTUK 20

Ik opende de deur van mijn appartement en liep recht tegen een muur op. Een muur met armen. Alweer.

Aidan.

'Het spijt me zo, baby. Het spijt me zo. Ik had dat niet moeten doen. We kunnen de reis annuleren. Ik wilde je alleen maar gelukkig maken. Ik wilde iets geweldigs voor je doen. Maar we kunnen iets anders doen. Iets waar je niet van overstuur raakt. Het spijt me zo.'

Voorzichtig maakte ik me los uit zijn verstikkende greep en keek naar hem op. 'Het spijt mij ook. Je deed zo lief en ik ging volledig door het lint. Ik ben naar Bijt me! gegaan.'

'Dat weet ik. Ik belde en Charlie vertelde me dat je daar met hen was. En je bent niet gek. Ik was een ongevoelige eikel. Ik dacht gewoon dat misschien...'

'Je had gelijk,' onderbrak ik hem. 'Wat je ook dacht, het klopte. Ik zal nooit klaar zijn om in een vliegtuig te stappen. Het is iets wat me altijd bang zal maken, en dat je me pusht om het gewoon te doen, laat me zien hoeveel je van me houdt.'

Aidan haalde diep adem en trok me terug in zijn armen.

Ik sloeg de mijne om zijn middel en hield hem gewoon vast, luisterend naar de gestage slag van zijn hart. Het hart dat voor mij klopte, net zoals het mijne voor hem klopte. Ik wist dat hij me veilig zou houden, me zou afleiden in het vliegtuig en zou voorkomen dat er iets zou gebeuren.

Terwijl ik in de omhelzing van zijn armen stond, wist ik dat niets dat van ons zou kunnen afpakken. Dat hij er voor me zou zijn en dat ik hetzelfde voor hem zou doen, hem dwingend zijn angsten onder ogen te zien als hem dat beter zou maken.

Toen ik me van hem terugtrok, keek ik in zijn zachte bruine ogen en zei: 'Vertel me over de reis. Ik wil weten wat je gepland hebt.'

Hij leidde me naar de bank en vertelde gedetailleerd over onze reis. Hij had gepland dat we er een hele week zouden zijn, met maar voor een paar dagen plannen. Hij wilde de kans krijgen om het gebied rond de Grand Canyon te verkennen en misschien zelfs uitstapjes te maken naar andere nabijgelegen steden terwijl we daar waren.

Terwijl Aidan me alle dingen vertelde die hij voor ons, voor mij, had georganiseerd, voelde ik me steeds enthousiaster worden. Mijn angst verdween, maar mijn vreugde dat hij zoiets geweldigs deed, stak de kop op en begon te juichen. Het duurde niet lang voordat ik merkte dat ik ongeduldig zat te wachten tot de volgende drie dagen voorbij waren zodat we op reis konden gaan.

AL SNEL WAREN we ingepakt en op weg naar het vliegveld. We liepen hand in hand naar binnen en gingen door de beveiliging op Buffalo Niagara Falls International Airport. Aidan zei dat het makkelijker was om van daaruit te vliegen in plaats van vanuit Winterville, maar ik wist dat ik me een beetje beter had gevoeld als we via Winterville waren gegaan, om onze vrienden te zien en te weten dat zij ons veilig zouden houden.

Na al die jaren dat ik bij de beveiliging had gewerkt, was het pas de tweede keer dat ik door de controlepost naar de andere kant ging. We verzamelden onze spullen en liepen de lange gang door naar onze gate.

Het vliegveld was veel groter dan Winterville, en ook een beetje gekker. Het beste deel was dat we Zoey niet hoefden te zien. Dat was een pluspunt. Bij onze gate vonden Aidan en ik een zitplaats en wachtten. De angst die dagen eerder was weggesmolten, besloop me en hield me stevig in zijn greep. Elke lange man met donkerblond haar was BJ die op me wachtte. Mijn ogen doorzochten de omgeving, bang om zijn helderblauwe ogen terug te vinden die naar me keken.

Ik sprong op uit mijn stoel, wanhopig om er een paar minuten tussenuit te gaan. 'Gaat het?' vroeg Aidan.

'Ja,' mompelde ik. 'Ik ga even naar het toilet voordat we instappen.'

Het klonk logisch. Tenminste, dat nam ik aan, want Aidan ging weer door zijn telefoon bladeren terwijl ik wegliep. Het toilet had ongeveer tien hokjes, maar er was geen rij. Ik deed de deur van mijn hokje op slot en ging zitten, in een poging mijn ademhaling te kalmeren.

Het bloed suisde door mijn oren en mijn hart bonkte. Ik vroeg me af of ik een hartaanval kreeg. Ik dwong mezelf diep adem te halen en liet mijn hoofd in mijn handen rusten. In paniek raken op een vliegveld wordt over het algemeen niet op prijs gesteld. Dat had ik door de jaren heen wel geleerd. De kans was vrij groot dat ik *uit* het vliegveld zou worden geëscorteerd als ik niet verdomme rustig zou worden.

Uiteindelijk liep ik het hokje uit en keek in de spiegel. Ik kon de paniek nog steeds in mijn ogen zien, maar gooide koud water in mijn gezicht in een poging de gekte te verbergen. Toen ik de wc weer uit liep, focuste ik op Aidan en liet mijn ogen niet naar iemand anders afdwalen. Ik ging naast hem zitten, nam zijn hand en hield die stevig in de mijne, en sloot mijn ogen, terwijl ik mijn hoofd op zijn schouder liet rusten.

'Hé, schat… Gaat het?' vroeg Aidan. Ik hoorde de bezorgdheid in zijn stem, die omsloeg in paniek.

'Nee,' vertelde ik hem eerlijk. 'Ik raak een beetje in paniek. Ik denk dat ik een paniekaanval had in het toilet.'

'Fuck, baby. Kijk me aan, praat met me. Wat is er aan de hand?'

Ik schudde mijn hoofd en weigerde mijn ogen te openen. 'Elke man die ik zie die ook maar een beetje op BJ lijkt, doet me denken dat hij het is. Ik moet gewoon mijn ogen dichthouden en niet rondkijken. Wat hij gedaan heeft, heeft al te veel momenten van mijn leven gestolen en ik ga niet toestaan dat hij dit van ons afpakt. Ik heb zin in de reis en ik weiger hem dit te laten verpesten.'

Aidan sloeg zijn arm om me heen en hield me tegen zijn borst gedrukt. Hij drukte een kus in mijn haar en fluisterde iets wat ik niet kon verstaan. Ik vroeg hem wat hij zei, maar hij gaf geen antwoord, zei alleen dat ik mijn hoofd moest leegmaken en alleen moest denken aan hoe geweldig het zou zijn om al die foto's van de huwelijksreis van mijn ouders in het echt te zien.

In gedachten bladerde ik door het fotoalbum en was opgelucht toen ik hoorde dat het instappen voor onze vlucht werd omgeroepen. Ik stond op en keek vluchtig rond op het vliegveld, klaar om aan boord te gaan.

En toen zag ik hem.

De angst gierde door me heen en verscheurde me vanbinnen. Ik kon niet ademen. Mijn voeten stonden aan de grond genageld en mijn hart bonkte tegen mijn ribben. Het was tien jaar geleden, maar ik wist dat hij het was.

Zijn haar was langer dan ik me herinnerde, en een beetje donkerder. Zijn kaak was bedekt met stoppels, wat hem een nog ruigere uitstraling gaf dan hij tien jaar geleden had.

'Aidan,' fluisterde ik. 'Hij is het. Precies daar.'

Aidan was onmiddellijk op zijn hoede. Ik was dankbaar dat ik hem niet hoefde uit te leggen over wie ik het had. Hij keek nonchalant om zich heen, alsof hij alleen maar de omgeving in zich opnam, en keek toen naar de man die mijn leven had veranderd.

'Weet je het zeker? Ik dacht dat je een contactverbod had?'

'Dat heb ik ook.'

'Blijf hier,' zei Aidan kordaat, voordat hij naar de balie liep. Hij sprak een paar minuten met de medewerker bij de gate en wees toen in de richting van BJ. Na nog een paar minuten schudden ze elkaar de hand en draaide Aidan zich weer naar mij om.

'Hij is het niet, schat. Er is niemand in het vliegtuig met de naam Brian Joseph Ziegler. Ze hebben elke combinatie gecontroleerd. Kijk nog eens, schat. Weet je zeker dat hij het is?'

Ik keek weer naar de man. Hij stond met zijn gezicht naar de gate, waardoor ik zijn profiel kon zien. Ik staarde naar hem, nam de man voor me in me op en probeerde hem te verenigen met de jongen die ik me herinnerde. Hoe beter ik keek, hoe meer verschillen ik zag. Zijn neus was iets groter en spitser. Zijn haar kon met de jaren donkerder zijn geworden, maar het kon ook gewoon een donkerdere tint zijn. Toen draaide hij zich om en keek me aan. Zijn ogen waren anders. In plaats van het dreigende, kwaadaardige blauw dat ik verwachtte, had de man zachte blauwe ogen, lieve ogen. Hij knikte naar me, omdat hij zag dat ik naar hem keek, en bleef verder over de luchthaven turen.

'Ik had het mis,' zei ik hoofdschuddend. 'Hij is het niet. Hij lijkt er sterk op, maar hij is het niet.'

Aidan sloeg zijn armen om me heen en drukte mijn hoofd onder zijn kin. Ik was veilig bij hem. Hij zou niet toelaten dat me iets overkwam.

Samen met de andere passagiers, inclusief de dubbelganger van BJ, gingen we aan boord van het vliegtuig. Hij zat een paar rijen achter ons. Het maakte me nerveus om hem zo dichtbij te hebben, ook al was hij BJ niet. Toen we zaten, leunde ik tegen Aidan aan, troost bij hem zoekend.

Ik keek op en onze ogen ontmoetten elkaar, liefde schijnend in de diepte van de donkere chocoladebruine poelen. 'Kijk naar mij, naar niemand anders,' zei hij. Ik knikte en richtte al mijn aandacht op Aidan. 'Ik wil nooit dat je bang bent om met me te praten. Ik wou dat je niet naar het toilet was gerend toen je in paniek begon te raken, ik wou dat je met me had gepraat. Maar ik ga ervoor zorgen dat je geen paniekaanval meer krijgt.'

'Hoe ga je-'

Mijn woorden werden afgekapt door zijn lippen op de mijne. In het vliegtuig, omringd door andere passagiers, kuste Aidan me met evenveel passie als in de slaapkamer. Zijn tong plaagde mijn lippen en ze openden zich voor hem. Zijn tong gleed tegen de mijne terwijl zijn hand over mijn wang streek. Hij kantelde zijn hoofd en bewoog zich over me heen, me afschermend van de andere passagiers, terwijl hij me bleef kussen.

Zijn tong zocht keer op keer de mijne en ze raakten in elkaar verstrengeld. Ik kreunde zachtjes, genietend van het ritme van zijn stoten, wetende dat het overeenkwam met het tempo dat hij eerder die dag met zijn heupen had aangegeven; het ritme dat me om meer had laten schreeuwen. Zijn hand gleed naar mijn heup en hij kneep er zachtjes in voordat hij zich terugtrok.

Onze voorhoofden rustten tegen elkaar, onze ogen gesloten en onze ademhaling zwaar. 'Ik hou zoveel van je, liefste,' murmelde Aidan, zijn adem streek over mijn gezicht. Ik opende mijn ogen om naar hem te kijken en zag al die liefde in zijn ogen.

'Ik hou van jou, Aidan. Je bent geweldig.'

Zijn ogen twinkelden ondeugend. 'Als je weer zenuwachtig wordt, laat het me dan gewoon weten, dan kan ik je afleiden.'

'Oh, in dat geval denk ik dat ik zenuwachtig word. Ik voel mijn hart bonken en-'

Ik kreeg geen tijd om meer te zeggen. Aidan kuste me opnieuw, en de passie van de eerste kus vloeide over in de nieuwe. Ik kon het niet helpen me af te vragen of er een manier was waarop we meer konden doen dan alleen zoenen, maar besloot dat dat geen goed idee was. Toch zou ik zijn kussen elke dag, de hele dag wel willen.

We bereikten onze kruishoogte terwijl hij me kuste. Aidan zoog al mijn angsten uit me weg terwijl zijn handen zachtjes over mijn kleren gleden en me opwonden tot een razernij die me bijna deed barsten. Toen zijn vingers van mijn heup afgleden om tussen mijn benen door te glijden en dan omhoog over mijn borst, wilde ik mijn kleren van mijn lijf rukken en hem zijn gang laten gaan.

Eindelijk trok Aidan zich terug met een ondeugende glimlach en een blik van pure glorie op zijn gezicht. 'Heb ik je afgeleid?'

'Als je me nog meer had afgeleid, was ik nu naakt en zou je in me zitten,' fluisterde ik.

Hij nestelde zich lachend in mijn hals en het diepe geluid dreunde door me heen. Hij hield me stevig vast en ik genoot van zijn nabijheid. Hij had me absoluut uit mijn hoofd gekregen en weg van mijn angsten voor BJ. Hem stond later een hele grote traktatie te wachten.

Aidan hield mijn hand vast tijdens de rest van de vlucht naar Chicago. We zaten rustig naast elkaar te lezen en kusten af en toe. We landden en stapten over voor de vlucht naar Phoenix. Ik had een beetje moeite met de menigte in Chicago, maar Aidan leidde me af met een vluggertje in het familietoilet na onze Chicago style pizza.

Phoenix was net zo druk als Chicago, maar we waren op weg naar buiten om onze auto te zoeken, dus hield Aidan me gewoon dicht tegen zich aan terwijl hij me de luchthaven uitleidde. We vonden een SUV die op ons stond te wachten, gooiden onze tassen achterin en namen voorin plaats. Aidan richtte de auto in de richting van Flagstaff en we vertrokken.

HOOFDSTUK 21

DE VOLGENDE OCHTEND maakte Aidan me vroeg wakker. Hij was al aangekleed toen ik opstond. Terwijl ik douchte, ging hij ontbijt voor ons halen en bracht het mee terug naar de kamer. We aten en vertrokken om de Grand Canyon te gaan bekijken.

De rit ernaartoe maakte me nerveus. Ik had me al zo lang voorgesteld hoe het zou zijn om over die kliffen uit te kijken dat ik niet zeker wist of het aan mijn verwachtingen zou voldoen. Aidan en ik speelden autospelletjes uit onze kindertijd: nummerborden zoeken, roepen als we oude auto's zagen, en een knotsgek potje 'ik zie, ik zie wat jij niet ziet', dat ik natuurlijk won.

Aidan stopte bij de ingang van het Grand Canyon National Park. We betaalden de toegangsprijs en kregen een kaart. Ik was zo opgewonden dat ik er bijna van gonsde. De weg voerde ons dieper het park in, maar we konden de canyon nog steeds niet zien.

Het bezoekerscentrum leek een goede plek om te stoppen, dus Aidan parkeerde de auto. We liepen van de parkeerplaats naar Mather Point, het uitkijkpunt dat het dichtst bij het bezoekerscentrum lag, en zagen eindelijk voor het eerst de Grand Canyon.

Ik had nog nooit zoiets moois gezien in mijn leven. De canyon strekte zich voor ons uit en verder dan we aan beide kanten konden kijken. De kleuren waren spectaculair, een mix van roze-, bruin- en zandtinten met hier en daar wat groen en grijs. We konden de rotslagen zien en de glooiingen en rondingen in de aarde. Het was verbazingwekkend, echt spectaculair.

Een paar andere mensen kwamen naast ons staan en Aidan wendde zich tot de man naast hem. 'Zou u een foto van ons kunnen maken?'

De man, die daar met zijn vrouw en kinderen was, deed een stap achteruit. Aidan gaf hem zijn telefoon en zei er iets over tegen de man.

Hij liep weer naar me toe en de rest van het gezin van de man stapte opzij, zodat ze niet op de foto zouden staan. Ik glimlachte naar ze en zag daardoor totaal niet dat Aidan voor me op één knie zat.

Ik hapte naar adem toen hij mijn hand pakte en ik naar hem neerkeek. De tranen schoten in mijn ogen en hij glimlachte naar me op. 'Claire… Ik hou van je met heel mijn hart. Ik hou van je om de prachtige vrouw die je bent, de lieve en zorgzame vrouw die je bent, om hoe je je voor me openstelt en me van je laat houden, ook al weet ik dat je soms bang bent. Ik hou al jaren van je en hoewel we nog maar kort samen zijn, weet ik dat jij de enige bent met wie ik mijn leven wil doorbrengen. Ik moet het weten, Claire Murphy, wil je me de eer aandoen mijn vrouw te worden?'

Mijn adem stokte in mijn keel en de tranen stroomden over mijn gezicht. Aidan hield nog steeds mijn handen vast en ik voelde me als aan de grond genageld. Aidans gezicht betrok toen hij merkte dat ik geen antwoord gaf. Hij keek naar het gezin dat ons aandachtig gadesloeg en toen weer naar mij.

Eindelijk vond ik mijn adem terug en fluisterde ik: 'Ja.'

Aidan verstijfde. 'Zei je ja?'

Ik glimlachte en knikte. 'Ja, ik zou niets liever willen dan met je trouwen. Ja.'

Aidan sprong op, tilde me op en draaide ons in het rond terwijl hij me kuste. 'O, shit. Ik ben de ring vergeten.'

Hij zette me neer en graaide in zijn zak, waar hij een klein, zwart, fluwelen doosje uit tevoorschijn haalde. Hij opende het deksel en toonde me een platina ring met een smaragdgeslepen amethist. Twee diamanten waaierden uit vanaf de amethist, bijna als een reusachtig plusteken. Hij was prachtig. En veel te duur.

'Aidan, waar heb je het geld voor dit vandaan? Je was aan het sparen voor een huis.'

Hij glimlachte terwijl hij de ring uit het doosje haalde en aan mijn vinger schoof. 'Ons huis was een stuk goedkoper dan we hadden gepland en ik had deze ring al een tijdje op het oog. Ik ben laatst gegaan toen ik besefte dat het geld dat we voor het huis nodig hadden niet zoveel was als we dachten. Nu heeft mijn perfecte vrouw de perfecte ring.'

Ik glimlachte naar hem en trok hem naar me toe voor een kus, waarmee we onze verloving bezegelden. We lieten elkaar los en Aidan ging eindelijk zijn telefoon ophalen bij het gezin, dat ons allemaal feliciteerde en daarna weer naar de canyon keek. 'Ze hebben dat allemaal opgenomen,' zei Aidan toen hij weer bij me was.

'Wat? Heb je dat allemaal op video? O, God, ik zag er vast uit als een complete gek!'

'Je bent prachtig, mijn verloofde.'

'Ooh, dat klinkt goed,' koerde ik terwijl ik mijn armen weer om zijn nek sloeg. Ik drukte een kus op zijn keel en hij maakte een gesmoord geluid voordat zijn handen naar mijn taille gingen.

Ik voelde hem hard worden tegen mijn buik en likte met mijn tong langs zijn kaaklijn, waardoor zijn pik tegen me aan sprong. 'Jezus. Ik had moeten wachten tot we terug waren in het hotel. Ik weet niet of ik het de hele dag ga volhouden zonder in je te zijn. Zeker niet als je daarmee doorgaat.'

Ik wreef mezelf tegen hem aan en hij kreunde voordat hij mijn mond met de zijne veroverde. Zijn kus was ruw en agressief en claimde me net zo goed als zijn ring. Hij drukte me tegen de reling die ons van de bodem van de canyon scheidde en liet zijn handen over mijn heupen naar beneden glijden om mijn kont te omvatten.

'Fuck, je voelt zo goed,' raspte hij in mijn oor. 'Ik wil je hier en nu nemen, je prachtige kreten laten echoën over de canyon onder ons.'

'Ik dacht dat we een helikoptervlucht moesten halen?' vroeg ik, deels om hem te plagen en deels omdat ik die niet wilde missen.

'We kunnen een andere nemen. Ik denk dat ik ga ontploffen. Jou zien met mijn ring om je vinger, wetende dat we van elkaar zijn, jij die me plaagt… het wordt een lange dag.'

Aidan deinsde terug, zijn erectie tekende zich af tegen de voorkant van zijn korte broek. Hij leunde naast me op de reling en keek uit over het prachtige landschap om ons heen. 'Het was niet mijn bedoeling je zo op te winden,' plaagde ik.

'Jawel. Maar ik vond het heerlijk. Ik hou van je, Claire. Dank je dat je mijn vrouw wilt zijn. Niets zal me ooit gelukkiger maken.'

'Ik hou van jou, Aidan. En nu, op naar die helikopter.'

We haalden een lichte lunch in het bezoekerscentrum en gingen toen richting de helikopterlandplaats. De rit langs de South Rim naar Tusayan duurde niet lang. Aidan stopte af en toe zodat we de Grand Canyon vanuit verschillende hoeken konden bekijken. Ik nam meer foto's dan ik dacht dat mijn telefoon kon bevatten, inclusief een foto van mijn nieuwe verlovingsring om naar Mandy, Sam, Addi, Lexi en Charlie te sms'en.

We hadden nog tijd voor de helikoptertour, dus we dwaalden door het museum en de ruïnes en wachtten daarna op onze vlucht. Er waren een handvol andere mensen bij ons en we maakten een praatje terwijl we wachtten tot de helikopter klaar was.

'Ben je nerveus?' vroeg Aidan terwijl we wachtten.

'Nee, ik ben opgewonden. We zijn niet op een vliegveld, dus ik ben niet zo paranoïde als voorheen. Bovendien heb ik mijn verloofde hier om voor me te zorgen.'

Hij sloeg zijn armen om mijn middel en ging achter me staan toen de piloot naar ons toe liep en zich voorstelde. Hij legde uit dat de tocht ongeveer een uur zou duren en dat we over de hele Grand Canyon zouden vliegen, op sommige plaatsen waar dat was toegestaan iets lager. We zouden altijd op een veilige afstand van de grond blijven, maar er waren de normale veiligheidsmaatregelen die we moesten nemen, zoals het dragen van veiligheidsgordels en blijven zitten. De groep van ons stapte in het toestel en nam plaats. Ook nu liet Aidan me aan het raam zitten.

De helikopter steeg op, draaide zich om en vloog over de Grand Canyon. Het was adembenemend, nog meer dan vanaf de grond. Via onze koptelefoons wees de piloot op de kleinere canyons die zich uitstrekten vanuit de hoofd-Grand Canyon. We volgden de Colorado River westwaarts terwijl deze zich erdoorheen slingerde. We konden stipjes zien van mensen die de rivier af kajakten en een paar groepen die de canyon in wandelden.

Hij draaide weer om, vloog dichter bij de North Rim en wees op een verscheidenheid aan tempels en een rotsformatie genaamd Dragon Head. Ik kon de draak niet zien, maar Aidan hield vol dat het er precies op leek. Ik vond hem een beetje gek.

Voordat we het wisten was het uur voorbij en landden we weer met beide benen op de grond. Met mijn telefoon vol foto's en lege magen verlieten we het Grand Canyon National Park en beloofden we dat we er nog een dag zouden doorbrengen.

Op de terugweg naar het hotel bestookte Aidan me met vragen over mijn ideale bruiloft. Ik moest toegeven dat ik er nooit echt veel over had nagedacht. 'Ik had eerlijk gezegd nooit gedacht dat ik zou trouwen, dus ik heb het niet uitgestippeld. Bovendien ben ik niet een van die super-meisjemeisjes die fantaseert over ooit een prinses te zijn. Ik weet niet hoe ik zou willen dat onze bruiloft eruit zou zien.'

'Nou, wil je een grote bruiloft of een kleine?'

'Absoluut klein. Ik vind het niet fijn om in het middelpunt van de belangstelling te staan en ik wil geen massa mensen die ons amper kennen. Een deel van mij zou liever hebben dat het alleen wij tweeën zijn voor de ceremonie en dat we dan later een groot feest geven voor al onze vrienden en familie. Moeten zij er echt bij zijn om onze geloften te horen?'

Aidan lachte en schudde zijn hoofd. Ik had het gevoel dat hij dat de rest van zijn leven zou doen. 'En je ouders en Rebecca? Of Mandy en je vrienden?'

Ik haalde mijn schouders op. 'Ik weet het niet. Ik denk dat als we een bruiloft zouden hebben, dat de enige mensen zijn die ik zou uitnodigen. Bruiloften lijken me te veel gedoe. Sam praat soms over de bruiden met wie ze werkt en het is alsof ze zich meer zorgen maken over hoe alles eruitziet dan over het genieten. Mensen zeggen dat je trouwdag de gelukkigste dag van je leven is, maar het lijkt alsof mensen het zichzelf moeilijker maken, of er in ieder geval niet echt van genieten.'

'Ja, dat kan ik me voorstellen. Misschien doen we iets kleins voor onze naaste familie en geven we dan een feest voor iedereen. Dat idee bevalt me wel. En de grote witte jurk?'

Ik trok een wenkbrauw naar hem op. 'Ik denk dat jij al voor het witte gedeelte hebt gezorgd. Misschien draag ik wel een lavendelkleurige jurk die bij mijn ring past om iedereen op het verkeerde been te zetten.'

Aidans lach vulde de auto en deed mij ook lachen. 'Daarom hou ik van je', zei hij. 'Je maakt me altijd aan het lachen. Ik kan me mijn leven niet zonder jou voorstellen.'

Hij bracht mijn hand naar zijn lippen en kuste mijn vingers. Ik kneep in zijn hand en hij liet onze ineengestrengelde handen op mijn dij zakken. 'Oké, kleine bruiloft, lavendelkleurige jurk… Wat zou onze openingsdans zijn?'

'Ik heb 'At Last' van Etta James altijd prachtig gevonden. Het heeft een ondertoon van verdriet, maar het is zo'n mooi lied. Ik denk dat het op de een of andere manier wel bij ons past, omdat ik nooit had gedacht dat ik iemand als jij zou vinden, maar eindelijk is het zover.'

Aidan bracht mijn hand weer naar zijn lippen. 'Dat is een geweldig nummer. Ik voel hetzelfde. Jij bent precies wie ik altijd al hoopte te vinden en ik ben dolgelukkig dat jij er net zo over denkt.'

We reden de parkeerplaats van het hotel op en liepen naar onze kamer. 'En de huwelijksnacht? Seks of geen seks?' vroeg Aidan terwijl hij zijn armen om me heen sloeg en zijn erectie al tegen mijn buik drukte.

'Zeker weten seks. Misschien is dat nog een reden voor een kleine bruiloft. Ik wil niet te uitgeput zijn van de bruiloft om van onze eerste nacht als man en vrouw te kunnen genieten.'

'En onze eerste nacht als verloofden? Bestaat dat? Ben je

te moe om van onze eerste nacht als verloofd stel te genieten?'

Ik giechelde en greep zijn kont vast. 'Ik denk dat ik me wel kan laten overhalen om vanavond wat plezier te hebben. Maar op een gegeven moment moet je me wel te eten geven. Je zei toch dat je van een vrouw hield die een biefstuk met je deelt en die er daarna met seks weer afwerkt.'

'Ooh, en dat klopt', zei hij terwijl hij zijn gezicht in mijn nek nestelde. Zijn tong danste over mijn huid en mijn hoofd viel naar achteren om hem toegang tot mijn nek te geven. 'Volgens mij vind je dit wel lekker', plaagde hij.

Ik duwde mijn heupen tegen de zijne, zijn erectie schuurde tussen ons in. 'Ik weet vrij zeker dat jij er ook van geniet.'

Zijn vingers groeven zich scherp in mijn heupen. 'Fuck, schat. Je weet dat ik ervan geniet. Ik heb me de hele dag nauwelijks in kunnen houden. Maar nu moet ik je precies laten zien hoeveel ik van je hou.'

Zijn mond was op de mijne voor ik kon reageren. Hij beet zachtjes in mijn onderlip, waardoor ik naar adem hapte, waar hij misbruik van maakte. Zijn tong gleed mijn mond in terwijl zijn vingers naar mijn kont gleden. Aidan duwde me achteruit naar het kingsize bed terwijl hij me kuste. Zijn kus was zacht en teder, niet wat ik had verwacht. Nadat hij zich de hele dag had ingehouden, dacht ik dat hij klaar zou zijn voor snelle en harde seks. In plaats daarvan kreeg ik het langzaam en liefdevol.

We bereikten het bed met onze lippen nog steeds op elkaar geklemd. Ik liet me zakken terwijl hij over me heen kroop. Eenmaal liggend bedekte hij me en positioneerde hij zich tussen mijn benen, net als onze eerste nacht samen op de bank. Hij stootte keer op keer tegen me aan en ik voelde mijn lichaam al op hem reageren. Kreunend verbrak ik onze kus en hij verstrengelde zijn vingers in mijn haar.

'Kom voor me klaar, schat. Precies zo. Net als de eerste keer. Ik wil je eerst horen, dan ga ik je voelen, en dan ga ik je proeven.'

Zijn schorre stem versterkte het verlangen van mijn lichaam en ik ging hopeloos over het randje toen zijn pik tegen me aan wreef. 'Minder kleren. Nu', smeekte ik toen ik weer met beide benen op de grond stond.

Aidan kroop van me af en trok zijn shirt over zijn hoofd uit. Hij deed zijn korte broek uit en lag binnen enkele seconden naakt op bed. Ik was echter nog volledig gekleed. 'Hé, je zei minder kleren. Waarom ben jij niet naakt?' plaagde hij.

Ik probeerde mijn al pijnlijke ledematen op te tillen en hij lachte om mijn drama voordat hij me te hulp schoot. Hij schoof mijn shirt omhoog, waardoor mijn buik bloot kwam te liggen, en kuste de huid die tevoorschijn kwam. Ik verplaatste me om hem te helpen tot mijn shirt op de grond lag. Hij liet zijn hoofd naar mijn tepel zakken, sloot zijn warme mond om de ene en omvatte mijn andere borst met zijn hand.

Mijn lichaam begon alweer strakker te worden, alleen al door de manipulatie van zijn handen en mond op mijn borsten. Mijn ogen vielen dicht en mijn slipje werd doorweekt terwijl Aidan aan mijn tepels zoog, ze verdraaide en plaagde tot ik onder hem kronkelde.

Aidan schoof zijn armen om mijn rug, maakte de sluiting van mijn beha open en gooide hem op de grond. Zijn mond keerde terug naar mijn borst, maar zijn handen gleden naar mijn korte broek. Hij schoof de stof langzaam over mijn benen en liet mijn tepel met een plof los toen hij er niet meer bij kon. Zijn mond kwam ter hoogte van de samenkomst van mijn dijen en ik kwam bijna klaar bij een enkele veeg van zijn tong over me heen.

Ik boog mijn rug, kreunde en schreeuwde het uit terwijl

Aidans tong over me heen gleed. Hij stak zijn vingers in me en mijn orgasme overspoelde me in een flits. Ik stootte tegen hem aan en hield zijn gezicht tegen me aan gedrukt terwijl ik mijn orgasme uitreed. Toen ik eindelijk weer adem kon halen, liet ik hem los en kuste hij zijn weg omhoog over mijn lichaam, waarbij hij zijn tong in mijn navel doopte, in de plooien onder mijn borsten en in de holte tussen mijn sleutelbeenderen.

'God, je smaakt zo lekker', kreunde hij tegen mijn lippen. Zijn pik zocht mijn ingang en ik opende me voor hem, geprikkeld door het gevoel van hem die tegen mijn gevoelige huid schuurde.

Aidan liet zijn tong langs mijn lippen glijden terwijl hij me binnendrong. Ik kreunde bij beide sensaties, me vol en zeer voldaan voelend door mijn verloofde. Hij trok zich langzaam terug en hield alleen het topje in me. Toen hij zich weer in me boog, vulde hij me langzaam en ik kreunde bij het gevoel van hem.

'Kun je me er nog eentje bezorgen, liefje?' vroeg Aidan bij het geluid van mijn gekreun.

'Ik denk het wel. Je voelt zo goed', kreunde ik bij een volgende zachte stoot.

Aidan bewoog langzaam in en uit mijn lichaam, waardoor mijn genot werd uitgerekt en het zijne versterkt. Mijn hele lichaam pulseerde, energie stroomde van hem naar mij en weer terug. We bewogen als één, onze heupen raakten elkaar bij elke kromming van onze rug, onze snelheid nam samen toe alsof we elkaars gedachten konden lezen.

Op dat moment wist ik dat Aidan voor altijd van me zou houden en dat mijn leven nooit meer hetzelfde zou zijn.

De druk en het genot bouwden zich snel op naarmate onze stoten sneller en onregelmatiger werden. Aidan gromde boven me en ik trok hem naar beneden voor een kus terwijl ik explodeerde. Mijn lichaam spleet wijd open en klampte zich wanhopig aan het zijne vast om mijn genot te verlengen. Aidan verbrak onze kus met het brullen van mijn naam en een ruwe schok van zijn lichaam terwijl hij me over het randje volgde.

Aidan zakte op me neer, zijn adem werd de mijne, zijn zweet werd het mijne, zijn hartslag werd de mijne. Ik hield hem stevig tegen me aan, zelfs toen het gewicht van zijn lichaam me de adem benam. Na een paar seconden rolde hij opzij en draaide mij met zich mee. 'Ik hou van je', fluisterde hij tegen mijn haar.

'Ik hou van jou', zei ik terug, terwijl ik zijn nek kuste, onze armen om elkaar heen sloegen en we elkaar dicht bij ons hielden.

'Zeg me alsjeblieft dat we morgen kunnen uitslapen. Ik moet hiervan bijkomen. En het hopelijk nog eens doen.'

Ik lachte en kroop tegen hem aan om het me gemakkelijk te maken. 'We kunnen zeker uitslapen. Maar voordat je het je te gemakkelijk maakt, je hebt me een diner beloofd. Je kunt een dikke vrouw geen eten ontzeggen. Dat is geen fraai gezicht.'

'Jij bent niet dik, je bent perfect. Maar ja, ik trakteer je op een etentje. En dan een toetje als we terugkomen. Misschien kunnen we morgen een roadtrip maken. Naar Phoenix of Vegas of ergens in Californië.'

'Vegas? Echt?'

Aidan leunde achterover en keek me met duidelijke verbazing aan. 'Wil je naar Vegas? Waarom?'

Ik lachte om zijn schok en legde het uit. 'De cheerleader in mij heeft altijd al Cirque du Soleil willen zien. Toen ik op de middelbare school zat, droomde ik er zelfs van om in die shows mee te doen. Dat zou nu niet meer gebeuren, maar ik ben verbijsterd door de manier waarop ze bewegen. Denk je dat we kaartjes kunnen krijgen?'

'Voor jou, schat, alles. Laten we uitslapen en dan 's

middags en 's avonds naar Vegas gaan. Volgens mij is het maar een paar uur rijden vanaf hier, dus we moeten na de show wel terug kunnen rijden.'

Ik sprong op en klapte in mijn handen. 'Hé, misschien moeten we trouwen als we er toch zijn', plaagde ik terwijl ik in mijn koffer naar schone kleren zocht.

Ik draaide me om toen ik Aidan niet hoorde opstaan, klaar om hem te smeken op te staan. In plaats daarvan lag hij daar met een domme grijns op zijn gezicht. 'Serieus? Wil je morgen trouwen? In Vegas?'

'Het was maar een grapje, Aidan. We zijn pas een paar uur verloofd.'

'Ja, maar er is geen regel over hoe lang we verloofd moeten zijn voordat we trouwen. Ik vind dat we het moeten doen.'

Ik lachte hem uit en trok mijn kleren aan terwijl hij eindelijk uit bed klom. Hij kleedde zich snel aan en we gingen op zoek naar een plek om te eten. 'We hoeven het niet te doen, maar het was maar een idee', zei Aidan toen we in de auto stapten. 'Ik kan gewoon niet wachten tot je mijn vrouw bent.'

Ik aaide zijn wang en glimlachte naar hem. 'We hebben het er morgen over. Voor nu heb ik gewoon eten nodig. Heel, heel veel eten als jouw prestaties daarbinnen een indicatie waren van hoe de rest van deze reis eruit gaat zien.'

Aidan lachte en reed richting de stad op zoek naar bief-stuk, bier en genoeg brandstof voor de nacht.

HOOFDSTUK 22

DE VOLGENDE OCHTEND sliepen we uit, precies zoals Aidan wilde. Niet dat ik klaagde. Aidan maakte me op zijn eigen, speciale manier wakker, wat absoluut mijn favoriete manier aan het worden was om de dag te beginnen. Na een snel ontbijt gingen we op weg naar Las Vegas.

Over The Strip rijden was een ervaring op zich. Het was midden op de dag, maar de lichten waren nog steeds helder en prachtig. Ik had me Vegas voorgesteld als schreeuwerig en kitscherig, en dat was het deels ook zeker, maar het was ook mooi en stijlvol. Elk hotel wedijverde met de omringende hotels om het meest adembenemend te zijn, van de displays aan de voorkant en de versieringen bovenop tot het hotel zelf. Als er al zoveel detail in de buitenkant was gestoken, kon ik me alleen maar voorstellen hoe de binnenkant eruitzag.

Aidan had de avond ervoor online kaartjes voor Cirque du Soleil gevonden, dus we konden voor de dag bij The Mirage parkeren. Zodra ik het hotel binnenstapte, wist ik dat we er onze hele dag konden doorbrengen. Met het aquarium in de lobby, het atrium dat aanvoelde als een echt regenwoud, en de restaurants, winkels en het casino, begreep ik wel dat je kon verdwalen zonder ooit één plek te verlaten.

Met sterretjes in onze ogen liepen Aidan en ik het casino in om een paar gokkasten en misschien wat andere spellen te spelen. We wisselden wat geld in en liepen naar de gokkasten met een lage inzet. We wonnen en verloren, maar besloten uiteindelijk dat we ongeveer quitte stonden. Aidan wilde zijn geluk beproeven met blackjack, dus ik liep met hem mee naar een tafel.

Hij ging aan een tafel met een inzet van tien dollar zitten, samen met drie anderen. Hij gaf zijn fiche en kreeg zijn kaarten, wachtend tot hij aan de beurt was. Ik pruilde toen Aidan me zijn kaarten niet wilde laten zien. Hij nam één kaart en wachtte toen tot het spel voorbij was. Hij draaide zijn kaarten om en had negentien, waarmee hij de dealer versloeg, maar niet de speler rechts van hem.

Na nog een paar rondes gaf Aidan het gelukkig op. Ik maakte me zorgen dat hij onze aanbetaling zou verliezen als hij nog veel langer doorging. 'Haal me uit dit casino voordat ik er te diep in verzeild raak,' zei hij terwijl hij mijn hand pakte. We wisselden onze schamele fiches in en liepen naar de te felle zonneschijn van de Vegas strip.

Het ene na het andere hotel lonkte naar ons terwijl we liepen. Op de een of andere manier hadden we twee uur in The Mirage doorgebracht, misschien was het een truc van het hotel, en we hadden razende honger. Aidan stond erop dat we in een ander hotel lunchten en voor de show teruggingen naar The Mirage om te dineren.

Het was moeilijk om een keuze te maken, maar uiteindelijk kozen we voor New York, New York voor de lunch. Aidan koos het Italiaanse restaurant en we genoten van een heerlijke lunch die het me bijna onmogelijk maakte om nog te lopen. Ik was blij dat ik die dag een maxijurk en slippers had aangetrokken.

We strompelden naar buiten na de lunch en gingen op zoek naar iets anders om te doen. Er was geen gebrek aan mogelijkheden, maar we probeerden niet al ons geld uit te geven. Een andere show zou meer kosten dan we wilden uitgeven en zonder een kamer in een van de hotels konden we geen gebruik maken van de voorzieningen, zoals de geweldige zwembaden die ze allemaal hadden.

De hitte en de zon begonnen me te veel te worden en ik zeurde dat Aidan iets met airconditioning moest vinden waar ik op zijn minst naar binnen kon om uit te rusten. Hij stopte, grijnsde naar me en knikte toen naar de plek waar we voor stonden. 'Waarom gaan we hier niet naar binnen?'

Ik keek op en besefte dat hij voor een van de trouwkapellen was gestopt die bijna net zo overvloedig waren als casino's in Las Vegas. Ik schudde mijn hoofd en rolde met mijn ogen. 'Er is vast iemand aan het trouwen daarbinnen. Ze zullen denken dat we willen trouwen als we daar naar binnen gaan.'

'Nou,' zei hij met een schouderophalen, 'dat willen we toch ook. Kom op schat, laten we trouwen. Nu meteen. Je draagt de lavendelkleurige jurk die je zei te willen dragen, het zijn alleen wij twee, en we kunnen dat feest over een paar maanden geven als we in het nieuwe huis gesetteld zijn. Het's perfect.'

'Aidan, dit is niet grappig. Ik weet dat je alleen maar een grapje maakt over zo trouwen en het kwetst me dat je denkt dat ons huwelijk iets is om grapjes over te maken.'

Hij pakte mijn handen en bukte om me in de ogen te kijken. 'Ik maak geen grapje, liefje. Ik ben nog nooit zo serieus geweest. Ik wil geen seconde langer wachten om te zeggen dat je mijn vrouw bent. Als je dit niet wilt, vind ik dat prima. Ik wil gewoon met je trouwen en het maakt mij niet uit of dat nu in Vegas is, over een maand in onze achtertuin of over een jaar in een kerk. Hoe eerder hoe beter voor mij, want ik hou van je. Ik heb je gezegd dat ik je nooit ergens toe zou dwingen en dat zal ik ook niet doen, maar je moet weten dat ik dit volkomen serieus meen. Ik trouw onmiddellijk met je als je me wilt.'

Ik staarde hem met open mond aan, niet wetend wat ik moest zeggen. Met hem trouwen was alles wat ik wilde, maar wilde ik echt een bruiloft in Vegas? Ik ijsbeerde heen en weer op de stoep voor de kapel. Al mijn gedachten tolden door mijn hoofd.

Wilde ik trouwen zonder mijn familie?

Of mijn vrienden?

Was ik klaar om getrouwd te zijn?

Had ik het gevoel dat Aidan me onder druk zette?

Was ik klaar voor de veranderingen?

Wat wilde ik echt?

Toen ik stopte met ijsberen, keek ik op naar Aidan. Hij stond op de stoep naar me te kijken. Hij zag er totaal niet gestrest uit. Hij zag er kalm en tevreden uit.

'Wat denk je op dit moment?' Ik moest het weten.

'Ik bid dat je niet van gedachten verandert en zegt dat je eigenlijk helemaal niet met me wilt trouwen,' antwoordde hij zonder aarzelen.

Ik verstijfde. Dacht hij echt dat ik hem niet wilde? Dat ik ooit van gedachten zou veranderen over hem?

'Hoe kun je dat denken?'

'Ik zit hier al veel langer in dan jij, schat. Ik ben al jaren verliefd op je, ik verlang naar je, hou op elke mogelijke manier van je. Voor jou is dit allemaal vrij nieuw. Ik denk dat een deel van mij zich zorgen maakt dat je nog niet klaar bent om te trouwen en dat ik je met dit alles heb overweldigd.'

'Wauw, serieus? Eerder had ik verwacht dat jij ervandoor zou gaan. Het voelde alsof ik met jou in een sprookje leefde. Maar je bent niet al jaren alleen. Ik ben ook voor jou gevallen. Dit is niet nieuw voor me, en ik zit hier net zo diep in als jij. Nu meteen trouwen lijkt gek, maar ik denk dat het goed is. Ik wil niet wachten om jou als mijn man te hebben. Laten we naar binnen gaan.'

'Meen je dat?' vroeg Aidan terwijl hij naar me toe stapte. Ik knikte terwijl zijn armen om mijn middel gleden, hij me in de lucht tilde en me in het rond draaide. We lachten samen als een paar gekken op de stoep aan de Las Vegas strip. Aidan zette me eindelijk weer neer en nam mijn wangen in zijn sterke handen.

Aidan drukte zijn lippen op de mijne en we kusten zacht. Zijn tong plaagde kort mijn lippen voordat hij zich terugtrok. 'Kom op. De volgende keer dat ik je kus, ben je mevrouw Claire Matthews.'

Ik pakte zijn hand en we gingen de kapel in.

'Hallo, kan ik u helpen vandaag?' vroeg een lieve stem toen we binnenkwamen.

We draaiden ons om en zagen een lange vrouw van in de 50 op ons afkomen. Ze droeg een grijs pak met een roze blouse eronder. Ze zag er professioneel en erg vriendelijk uit. Aidan kneep in mijn hand en ik wist dat hij hetzelfde dacht als ik. We waren op een goede plek beland.

'Hoi, we zouden graag willen trouwen. Zo snel mogelijk,' zei Aidan terwijl hij naar haar toe stapte.

'Nou, dan bent u aan het juiste adres. We zijn nu een ceremonie aan het afronden, maar hebben de rest van de dag vrij. Schikt dat voor u?'

'Ja, dat is perfect,' zei Aidan tegen haar.

'Oké, dan heb ik van u beiden een identiteitsbewijs nodig en moet u een paar vragen beantwoorden zodat we weten dat u hier uit vrije wil bent en niet onder invloed van alcohol of gedwongen wordt. Als u me wilt volgen, kunnen we beginnen.'

Een uur later kregen Aidan en ik toestemming om in de kapel te trouwen. Het was niet wat ik van een bruiloft in Las

Vegas had verwacht, maar we vermoedden dat we een plek hadden gevonden die net iets beter was dan de rest.

'Wilt u onze jurken bekijken? We hebben trouwjurken die u kunt dragen als u dat wilt', zei Marilyn. Ze hielp ons al vanaf het begin en we kwamen erachter dat zij degene zou zijn die de ceremonie voor ons zou leiden.

'Ze zei dat ze in een lavendelkleurige jurk wilde trouwen die bij haar ring past, dus ik denk dat ze perfect is', zei Aidan voordat ik de kans kreeg om te antwoorden. Ik glimlachte naar hem en trok hem naar me toe voor een snelle kus. Hij nestelde zich tegen mijn oor en fluisterde: 'Dat is valsspelen. Ik wilde dat onze volgende kus als man en vrouw zou zijn.'

'Ik kon het niet laten. Bovendien heb ik nog maar één dag de kans gehad om mijn fiancé te kussen.'

Hij leunde weer naar me toe voor nog een kus en kneep toen in mijn hand voordat hij verdween door de deur die Marilyn aanwees. Ze nam me mee door een andere deur waar ik een boeket bloemen kon uitkiezen om te dragen en daarna naar een badkamer zodat ik mijn haar en make-up kon bijwerken. Toen ik tevoorschijn kwam, had Marilyn een tiara voor me om te dragen, als ik dat wilde, wat ik deed, en ze zei dat we er klaar voor waren.

De zenuwen dreigden me te overweldigen. Ik ging trouwen! Met Aidan. In mijn stoutste dromen had ik me nooit voorgesteld dat ik in een kapel in Las Vegas zou staan, op het punt om met Aidan Matthews te trouwen.

Na een paar minuten ging de deur voor me open en stapte ik de kleine kapel binnen. Aidan stond vooraan bij het altaar, zijn granaatrode T-shirt en zandkleurige korte broek misstonden in de met witte bloemen versierde ruimte. Er waren een handvol kerkbanken in de kapel, maar die waren natuurlijk leeg. Ik keek ernaar en had er bijna spijt van dat onze familie en vrienden er niet waren. Ik zag Mandy al naast het altaar staan wachten als mijn getuige. Ik kon de arm van mijn vader door de mijne voelen terwijl ik naar het altaar liep.

Mijn pas haperde toen ik dacht aan alle dingen die we misten. Ik bleef midden in het gangpad staan en Aidans gezicht betrok. Hij knikte, precies wetend wat ik voelde en dacht.

Met een blik naar Marilyn stapte Aidan van het altaar af en kwam naar me toe. Ze knikte naar de persoon in de hoek die muziek speelde en de romantische klanken werden zachter gezet, maar dreven nog steeds zachtjes om ons heen.

'Je wilt dit niet doen, hè?' vroeg Aidan toen hij naast me kwam staan.

Ik haalde mijn schouders op en keek op naar zijn zachte, bruine ogen. Ik zag daar zoveel liefde dat mijn adem stokte. 'Ik weet het niet. Ik wil met je trouwen, ja, maar ik heb het gevoel dat onze familie en vrienden hier zouden moeten zijn. Ik heb bijna het gevoel dat we iets verkeerd doen door hen hier niet bij te betrekken. Alsof we stiekem doen of zo.'

Aidan haalde zijn telefoon uit zijn zak en gaf die aan mij. 'Bel ze. Bel wie je maar wilt en vertel ze wat er aan de hand is. Vraag of ze boos zullen zijn of dat je het verkeerd aanpakt. Praat zo lang als je wilt. Ik heb je eerder al gezegd dat ik zo lang zal wachten als nodig is om met je te trouwen. Als je hier nu meteen weg wilt lopen, dan doen we dat. Dit moet goed voelen.'

'Vind je het niet erg dat jouw ouders hier niet zijn? Of je vrienden? Zou je niet willen dat je dit met hen deelde?' vroeg ik, terwijl ik grip probeerde te krijgen op de gekte die mijn keel dichtkneep.

Aidan gaf me een lieve kus. 'De enige persoon met wie ik dit hoef te delen ben jij. Ik begrijp je verlangen om anderen om je heen te hebben, maar ik heb alleen jou nodig. Hoe dan ook ga ik met je trouwen, of het nu vandaag is of op een andere dag, zolang ik maar met jou trouw, ben ik gelukkig.'

Ik keek naar zijn telefoon in mijn hand en besefte dat hij gelijk had. Ik raakte in paniek omdat ik dacht dat mijn familie en vrienden van streek zouden zijn dat ze er niet bij waren. Maar trouwen had niets met hen te maken. Het ging om mij en Aidan.

Maar hij had gelijk. Hij kende me misschien beter dan ik mezelf kende. Ik moest met mijn ouders en Mandy praten, om ze te vertellen wat we van plan waren. Om het uit te leggen voordat het gebeurde, voor het geval er scheve gezichten zouden ontstaan.

Ik toetste eerst het telefoonnummer van mijn ouders in. Mijn moeder nam na de tweede keer overgaan op, 'Hallo?'

'Hoi mam, met mij.'

'Claire, schat. Hoe is het? Hoe is de reis?'

'Geweldig mam. We hebben een fantastische tijd.'

'Oh, fijn schat. Je vader en ik zijn zo jaloers dat je daar bent, maar we zijn blij dat je het naar je zin hebt. Aidan is zo'n sympathieke man. Hij zal ook een geweldige echtgenoot zijn.'

Ik had ze de avond ervoor gebeld om ze over de verloving te vertellen en mijn ouders bekenden dat ze het al wisten. Aidan was voor ons vertrek naar hen toegegaan en had hen ingelicht over zijn plan om me bij de Grand Canyon ten huwelijk te vragen. Ze waren uitzinnig van vreugde dat hij deel ging uitmaken van onze familie.

'Dat zal hij zijn, en dat is eigenlijk deels waarom ik bel. We hebben vandaag een uitstapje gemaakt. Ik wilde een Cirque du Soleil-show zien, dus we zijn in Vegas. We over-wegen te trouwen. Ehm, nu meteen.'

Mama was even stil en ik hoorde papa's stem op de achtergrond vragen wat er aan de hand was. Eindelijk sprak ze, maar ik hoorde de tranen in haar stem. 'Oh, schat, dat is geweldig. Ik wou dat je vader en ik erbij konden zijn, maar ik begrijp dat jullie niet langer willen wachten om te trouwen. Kunnen we een receptie houden als jullie weer thuis zijn?'

'Je bent niet boos, mam?' vroeg ik, geschokt en verbaasd.

'Ik zou nooit boos zijn. Jij en Rebecca zijn opgevoed om jullie eigen beslissingen te nemen. Als dit is wat goed is voor jou, wees dan gelukkig en geniet ervan. Bruiloften kunnen meer gedoe dan plezier zijn, maar het huwelijk is wat er echt toe doet. Wees gelukkig, lieverd.'

De tranen stroomden over mijn wangen en ik knikte. 'Dank je, mam. Mag ik papa even spreken?'

"Ik hou van je, Claire. Gefeliciteerd schat', zei ze.

Ik bedankte haar en hoorde het geschuif van de telefoon tussen mijn ouders voordat de stem van mijn vader door de lijn schalde: 'Gefeliciteerd, meisje.'

'Dank je, pap. Ik wou dat jullie hier waren.'

'Nou, als Aidan ons had ingelicht over dit deel van het plan, waren we op het vliegtuig gestapt.'

Ik lachte. 'Het was niet gepland, pap. We wilden gewoon niet wachten. Ik bedoel, niet op die manier, gewoon…'

'Het is oké, lieverd. Je vader heeft geen illusies dat jij of je zus gewacht hebben tot het huwelijk om van jullie man te houden. Ik wilde ook niet wachten om met je moeder te trouwen. We hielden zoveel van elkaar dat we klaar waren om naar het stadhuis te gaan, maar je kent je oma's.'

Ik lachte toen ik me voorstelde hoe mijn oma's tegelijkertijd stampij zouden maken over het feit dat mijn ouders geen grote bruiloft hadden. 'Ik kan me voorstellen dat dat niet zo goed zou zijn gevallen.'

'Nog niet een beetje. Luister, schat, dit is misschien niet het juiste moment, maar je moeder en ik hebben geld opzij-gezet voor je bruiloft. We wilden je helpen net als we bij Rebecca deden, maar aangezien je het een beetje anders aanpakt, wil je het geld misschien voor het huis gebruiken. Het is aan jou en Aidan, maar ik wilde je ervan op de hoogte brengen. Jullie kunnen het de komende dagen bespreken en zien wat jullie ervan vinden.'

'Wauw, pap, dank je. Weet u het zeker?'

'Ja, meisje. We hadden dat geld voor jou. Luister, mag ik Aidan even spreken?'

Ik keek naar mijn aanstaande man en nam afscheid van mijn vader voordat ik de telefoon overhandigde. Ik probeerde wanhopig hun gesprek af te luisteren, maar het lukte gewoon niet. Aidan stemde in met wat mijn vader hem ook vertelde en na een minuut hing hij op.

'Waar ging dat over?'

'Hij wilde er zeker van zijn dat ik je hier niet toe dwong. En hij wilde me welkom heten in de familie. Ben je er klaar voor?'

Ik keek op naar Aidan en wist dat ik nog nooit ergens zo klaar voor was geweest in mijn leven. 'Absoluut.'

HOOFDSTUK 23

Aidan liep terug naar zijn plek bij het altaar. De muziek begon opnieuw en ik hield mijn hoofd hoog terwijl ik het laatste stukje door het korte gangpad liep.

'Zijn we er klaar voor?' vroeg Marilyn toen Aidan mijn hand pakte. We stonden als een front voor haar en knikten.

'Goed, dan kunnen we beginnen. We zijn hier vandaag bijeengekomen om deze twee mensen te verenigen. De liefde tussen Aidan en Claire is het soort liefde dat we hier graag zien. Hun liefde is waar en puur, een liefde die blijkt uit elke blik, aanraking en elk woord tussen hen. Vanaf het moment dat jullie binnenkwamen, wist ik dat jullie speciaal waren, maar ik wist pas echt hoe speciaal tot een paar minuten geleden, toen Aidan bereid was om hiervan af te zien als dat was wat u, Claire, wilde. En door te zien hoe Aidan u precies gaf wat u nodig had om het vertrouwen te hebben om hiermee door te gaan, zie ik hoe goed jullie elkaar kennen en hoe diep jullie vertrouwen, liefde en respect voor elkaar is.'

Aidan en ik keken elkaar aan en hij knipoogde naar me. Ik kneep in zijn handen. Warmte overspoelde me toen ik in de ogen van mijn bruidegom keek, de man met wie ik de rest van mijn leven zou doorbrengen. Ik was op dat moment zo vervuld van geluk dat ik bang was dat ik uit elkaar zou barsten.

'Jullie hebben beiden een gelofte voorbereid die jullie willen delen en ik nodig u uit die nu uit te spreken. Aidan, u eerst, alstublieft.'

Hij glimlachte naar Marilyn en richtte zich toen weer op mij. 'Claire, ik hou al jaren van je. Ik heb je alle redenen verteld waarom ik van je hou, maar wat ik je nog niet heb verteld, is over de eerste keer dat ik je zag. Het was je eerste werkdag en je liep achter Jenn aan. Toen ik de vergader-ruimte binnenliep, schonk je een kopje koffie in. Ik kon je gezicht niet zien, maar ik hoorde je lachen om iets wat Jenn zei en het geluid van je lach vulde mijn hart. Op dat moment wilde ik je over mijn schouder gooien en je wegslepen van iedereen en alles. Ik keek naar je handen terwijl ze room en suiker in je kopje deden en stelde me jouw delicate aanraking op mij voor. Toen je je omdraaide en onze blikken elkaar kruisten, dacht ik dat iemand alle lucht uit de kamer had gezogen. Je was, en bent nog steeds, de mooiste vrouw die ik ooit heb gezien. Ik heb mijn ouders die avond verteld dat ik hoe dan ook een manier zou vinden om je in mijn leven te hebben, zolang je me maar wilde. Ik beloof vandaag dat ik mij aan dat woord zal houden. Ik zal je koesteren, van je houden, je aanbidden, alle dagen van mijn leven. Ik zal aan je zijde staan en je demonen verslaan, je aanvallers afweren en je verdedigen tegen iedereen die je in twijfel durft te trekken. Ik zal de rest van mijn dagen, de goede en de slechte, God danken dat Hij je in mijn leven heeft gebracht en proberen de man te zijn die jij ziet als je naar me kijkt. Ik hou zo veel van je, Claire.'

De tranen stroomden over mijn wangen terwijl ik naar zijn woorden luisterde. Mijn hart bonkte in mijn borst, terwijl ik me dezelfde dag herinnerde die hij beschreef. Ik dacht dat hij gek was door de manier waarop hij naar me staarde. Het was een van de redenen waarom ik hem niet wilde leren kennen. Te horen dat hij me vanaf dat eerste moment al wilde, was de allergrootste schok van mijn leven.

'Ik herinner me die dag. Ik hou ook al jaren van je, dat weet je. Vandaag, en elke dag vanaf nu, beloof ik je leven zo moeilijk mogelijk te maken. Ik beloof je uit te dagen om elke dag met passie te leven. Ik beloof je aan te sporen je dromen na te jagen. Ik beloof ruzie met je te maken als je niet trouw bent aan jezelf. Ik beloof ook je leven elke dag beter te maken. Ik beloof je partner te zijn bij elke beslissing. Ik beloof je te steunen, zelfs als ik niet weet waarom. Ik beloof dapper genoeg te zijn om samen met jou risico's te nemen. Ik beloof het leven samen aan te gaan. Ik beloof met heel mijn hart van je te houden. Nu en voor altijd ben ik van jou, Aidan.'

Aidan en ik leunden naar elkaar toe, halverwege een kus, toen we verstijfden en naar Marilyn keken. Ze glimlachte naar ons, haar ogen schitterden van onvergoten tranen. We deden een stap achteruit, omdat we wilden dat die kus ons huwelijk zou seal.

'Dat was prachtig. En nu, de ringen?'

Mijn hart sprong op in mijn keel. Niet alleen hadden we dit niet gepland, maar we hadden ook geen ringen. Paniek overspoelde me tot ik naar Aidan keek, die in zijn zak graaide. Ik kneep mijn ogen samen en legde mijn hoofd schuin, me afvragend waar ter wereld hij mee bezig was.

Onder mijn verbaasde ademtocht kwamen twee glimmende sieraden uit zijn zak. Aidan knipoogde naar me terwijl hij de ringen op het boek legde dat Marilyn vasthield. 'Ze hebben ook een juwelierszaak. Ik heb ze uitgekozen terwijl jij je klaarmaakte. Als je ze niet mooi vindt, zei Marilyn dat we ze mogen ruilen.'

Ik pakte zijn hand weer en mijn eeuwige glimlach keerde terug. 'Je bent perfect.'

Aidan knipoogde weer naar me en toen richtten we ons op Marilyn. 'Deze ringen zijn een uiterlijk symbool van jullie liefde. Jullie dragen deze ringen om de wereld te vertellen dat jullie deel uitmaken van een verbond, de ene helft van een geheel. Ik spreek een zegen uit over deze ringen, opdat ze jullie voor altijd aan elkaar zullen binden, in liefde en geluk. Aidan, neem alstublieft de ring van Claire.'

Hij pakte een ring van het boek en greep mijn linkerhand. Aidan hield de ring verborgen onder zijn vingers terwijl hij hem om mijn vinger schoof en zei: 'Met deze ring, trouw ik je.'

Toen de ring naar de basis van mijn vinger gleed, keek ik er eindelijk naar. Aidan had een eenvoudige platina band gekozen met diamanten en amethistschilfers in het midden van de band. Hij fonkelde in de zee van wit om ons heen en was de perfecte aanvulling op mijn verlovingsring.

De tranen sprongen weer in mijn ogen en maakten mijn zicht wazig. Aidan kneep in mijn vingers, trok me terug naar het moment en ik tilde mijn hoofd op van mijn prachtige ringen, nog nieuw aan mijn vinger.

Ik pakte de ring die Aidan voor zichzelf had gekozen uit Marilyns boek en herhaalde zijn woorden, terwijl ik zijn platina band, met een diamantschilfer en twee amethistschilfers ingelegd, om zijn vinger schoof.

Marilyns stem doorbrak mijn roes van geluk. 'Ik verklaar u nu tot man en vrouw. Je kunt haar eindelijk die kus geven, Aidan.'

Lachend vielen Aidan en ik in elkaars armen. Onze lippen ontmoetten elkaar in een razernij. Het voelde alsof ik hem in geen eeuwen had gekust. Zijn hand gleed om mijn nek, trok me dichterbij, terwijl zijn tong mijn lippen aftastte. Ik gaf me aan hem over, zijn tong drong mijn lippen binnen zodra ze zich openden. Hij hield me dichter tegen zich aan, zijn kus beloofde het genot dat zou komen. Ik klampte me aan hem vast, niet in staat om mijn echtgenoot los te laten.

Gah! Ik had een echtgenoot.

Ik glimlachte bij de gedachte, waardoor onze kus per ongeluk werd verbroken. Aidans ogen waren dromerig en sexy, maar niets kon tippen aan de glimlach op zijn gezicht. 'Wat dacht je ervan om te dansen?' vroeg hij, zijn grijns met de seconde breder wordend.

'Ik weet het niet, Aidan. Ik wil niet zomaar op een of ander oud nummer dansen. Ik wil dansen op-'

Ik stopte met praten toen ik de eerste noten van At Last hoorde, het lied dat ik Aidan had verteld dat ik wilde voor onze eerste dans. Hij grijnsde naar me alsof hij de loterij had gewonnen.

'Ze hadden het. Dans met me, vrouw.'

Ik glimlachte naar hem terug en liet hem me in zijn armen trekken. Tijdens onze kus had Marilyn een paar stoelen verplaatst en er was nu genoeg ruimte in het gangpad voor ons om samen op ons lied te dansen. Aidan hield me stevig vast, onze lichamen tegen elkaar gedrukt, onze handen ineengeslagen en rustend tegen zijn borst. Mijn andere hand rustte op zijn middel en de zijne lag laag op mijn rug en leidde me over de kleine, geïmproviseerde dansvloer.

'Dit is perfect, echtgenoot,' zei ik, zonder mijn hoofd van zijn borst te halen. Zijn gestage hartslag kalmeerde me en paste perfect bij de langzame en vredige melodie van de muziek. We dansten langzaam, draaiden rond en hielden elkaar stevig vast, genietend van de eerste momenten van ons huwelijk.

Toen het lied eindigde, kuste Aidan me opnieuw en we draaiden ons om om Marilyn te bedanken. Ze gaf ons een wegwerpcamera. 'We hebben wat foto's gemaakt. Er zullen er ook meer online staan. Ik zal u de link sturen. Alle foto's zijn royaltyvrij, dus u kunt er zo veel afdrukken als u wilt en ze gebruiken voor welk doel dan ook, zonder u zorgen te maken over auteursrechten. Het was een genot om jullie te trouwen. Jullie hebben me herinnerd waarom we deze plek hebben opgezet. Geniet van jullie leven samen.'

We omhelsden Marilyn en liepen naar buiten. De zon was laag aan de hemel gezakt. Met een enorme grijns gingen we terug naar The Mirage voor het diner en Cirque du Soleil.

Het diner en de show waren geweldig. Ik had nog nooit zoiets spectaculairs of fantasierijks gezien als Cirque du Soleil. Zelfs Aidan gaf toe dat het sensationeel was. Tegen de tijd dat de show was afgelopen en we weer in de auto zaten, gaven we allebei toe hoe uitgeput we waren.

'Iets zegt me dat we die belofte om de liefde te bedrijven op onze huwelijksnacht niet gaan nakomen. Ik heb het gevoel dat jij gaat flauwvallen.'

Ik geeuwde luid en strekte tegelijkertijd mijn armen en benen. Moe dekte niet eens de lading van hoe uitgeput ik was. De dag was emotioneel geweest, maar ook een van de beste dagen van mijn leven. Nee, dat was niet waar. Het was de beste dag van mijn leven. Zonder enige twijfel. Met Aidan trouwen was de beste beslissing die ik had kunnen nemen.

Ik nestelde me in mijn stoel en liet mijn hoofd op Aidans schouder rusten terwijl hij reed. We praatten over de show en over onze laatste paar dagen in Arizona. We spraken af om nog een keer naar de Grand Canyon te gaan en bespraken het plan om onze laatste nacht in Phoenix door te brengen. Aidan stelde een uitstapje naar Californië voor, maar we waren het erover eens dat we Flagstaff en Sedona wilden verkennen.

Niet lang daarna viel ik in slaap terwijl Aidan over mijn knie wreef. Toen ik weer wakker werd, hing hij over me heen met het hotel dat achter hem opdoemde. 'Hé, vrouwtje, we zijn bij het hotel.'

Ik mompelde mijn afkeuring dat ik moest opstaan. Aidan hielp me uit de auto en tilde me toen in zijn armen, waardoor ik schrikbarend snel wakker werd. 'Aidan, je bezeert jezelf nog. Ik ben te zwaar voor je om te dragen.'

'Nou, ten eerste, au. Ik ben meer dan sterk genoeg om je te dragen. Ten tweede hoort een echtgenoot zijn vrouw over de drempel te dragen.'

'Thuis, niet vanuit de auto. Aidan, je raakt nog ernstig gewond.'

'Als je niet stopt met bewegen misschien wel, maar als je stil kunt blijven, kan ik mijn prachtige vrouw prima naar ons bed dragen.' Mijn lichaam ontbrandde alsof ik door de bliksem was getroffen bij het idee weer met Aidan in bed te liggen. 'Dat leek je wakker te maken.'

'Ik denk dat ik mijn tweede adem krijg', zei ik terwijl ik tegen zijn nek leunde. Ik drukte mijn lippen op zijn blote huid en kuste net naast zijn adamsappel, waarna ik met mijn tong over dezelfde plek streek.

'O, Jezus, schat. Ik hou het niet vol als je daarmee doorgaat.'

Dus deed ik het natuurlijk nog een keer. Aidan bleef midden in de gang staan en haalde diep adem. Ik liet mijn tanden over zijn sleutelbeen glijden en liet mijn vingers over zijn tepel dansen.

'Je bent een duivel, vrouwtje', perste hij eruit terwijl hij weer begon te lopen. Ik minderde vaart met hem te plagen tot we voor onze deur stonden. Ik haalde mijn sleutel tevoorschijn en deed de deur van het slot. Aidan schopte hem open en stormde naar binnen. De deur viel achter ons dicht en Aidan liet me op het bed zakken, terwijl hij zijn shirt uittrok en zich over me heen liet zakken.

'Ik hou van je', zei hij. Hij hield zijn gewicht van me af,

maar raakte me van top tot teen aan. De warmte die van zijn lichaam afstraalde, maakte me nog heter.

'Ik hou van jou, Aidan', antwoordde ik voordat hij me kuste.

Zijn lippen kwamen langzaam op de mijne, me plagend zoals ik hem had geplaagd. Zijn zachte kussen veroorzaakten een langzaam brandend vuur door mijn lichaam, de hitte verspreidde zich van onze lippen naar de rest van mij, het vuur nestelde zich waar onze lichamen elkaar ontmoetten tussen mijn dijen. Het enige deel van Aidan dat bewoog waren zijn lippen, die me steeds gekker maakten. Ik kreunde van frustratie en hij lachte.

'Word je ongeduldig, vrouwtje?'

'Ja, manlief. Ik wil de liefde bedrijven met mijn man, behalve dat hij me plaagt.'

'Ik plaag je niet. Ik wil gewoon mijn tijd met je nemen vanavond. We krijgen maar één eerste keer als man en vrouw. Dat ga ik niet overhaasten.'

Hij begon me weer te kussen terwijl mijn hart zich vulde met dezelfde warmte die zich tussen mijn benen had verzameld. Ik liet mijn handen over Aidans gladde huid glijden, prentte het gevoel van hem in mijn geheugen, het samentrekken van zijn spieren, de heuvels en dalen van zijn lichaam. Toen mijn vingers naar zijn borstkas bewogen, glipte zijn zelfbeheersing weg. Hij duwde zijn tong in mijn mond, en stootte tegelijkertijd zijn heupen tegen me aan.

Ik kreunde bij het voelen van zijn lijf, de belofte die hij gaf. Hij kuste me tot ik tegen hem aan kronkelde, wanhopig om meer van zijn lichaam te voelen. Samen kleedden we ons uit, we ontdeden ons van al onze kleren totdat alleen mijn perzikkleurige string ons nog scheidde.

'Ik ben blij dat ik niet wist dat dit alles was wat je onder die jurk aanhad. Dit', zei hij terwijl hij een vinger over het dunne stukje stof liet glijden, 'is sexy.'

Mijn heupen stootten tegen zijn hand, wanhopig naar zijn aanraking.

'Ik hou van je, Claire.'

'Ik hou van jou, Aidan.'

Met zijn ogen op de mijne gericht, liet hij zich tussen mijn benen zakken, zijn adem streek over mijn buik en dijen. Hij keek naar beneden, naar mij, nog steeds bedekt door mijn slipje, en liet zijn gezicht daar zakken. Zijn lippen sloten zich om me heen, en zogen mijn string zijn mond in, samen met de rest van mij. Het schuren van de stof over mijn gevoelige huid deed mijn hele lichaam samentrekken.

Zijn tong schoot naar buiten om in me te graven, me aan het bed vastpinnend. 'O, Aidan,' kreunde ik, genietend van het gevoel van hem tussen mijn benen.

'Ik zal altijd eerst voor jou zorgen, vrouwtje. Ik heb het alleen wel nodig dat je voor me klaarkomt. Ik kan het niet veel langer volhouden voordat ik de liefde bedrijf met mijn vrouw.'

Bij het laatste woord stootte Aidan zijn vingers diep in me en klemde zich hard op mijn clit vast. Alle spanning die hij in mijn lichaam had opgebouwd, kwam vrij, waardoor ik rillend en trillend achterbleef en mijn slipje doordrenkte.

'Terwijl ik bijkwam van mijn glorieuze orgasme, nestelde Aidan zich op me, zijn erectie hard tussen ons in. Mijn slipje was eindelijk weg en ik voelde mijn man genesteld tussen mijn benen.

'Je bent zo mooi, vrouwtje.'

'Jij mag er ook best wezen, manlief.'

Aidan gleed in me terwijl we spraken en vulde me tot ik barstte. Hitte overstroomde mijn aderen en stroomde uit mijn lichaam. Ik hief mijn knieën naar zijn zijden en sloeg mijn benen om zijn heupen om hem dichtbij te houden. 'Je voelt zo goed, mijn mooie vrouw. Ik hou van je.'

'Ik hou van jou', fluisterde ik; de sensaties die door me

heen schoten waren meer dan ik aankon. Ik boog mijn heupen naar die van Aidan, wanhopig op zoek naar de bevrijding van het verblindende genot.

Aidan voelde mijn behoefte en stootte harder en dieper in me, terwijl hij zijn bewegingen langzaam en gestaag hield. Vuur bouwde zich in me op bij elke ontmoeting van onze lichamen, als twee stokjes die tegen elkaar wrijven. Het langzame, passionele liefdesspel liet me naar adem snakken, wanhopig om klaar te komen, jankerend van verlangen.

Ik trok Aidan naar me toe voor een kus, nam de controle over en dwong mijn tong zijn mond in, smachtend naar een ontlading. Zijn kussen wakkerden het vuur in me aan. Ik verbrak de kus, hijgend, schreeuwend. Aidan bewoog sneller, zijn lichaam beukte tegen het mijne aan en dreef me steeds verder de tornado van mijn verlangen in.

'Laat je gaan, schat. Laat het me horen. Laat het eruit, vrouwtje.'

Bij het horen van mijn nieuwe titel schoot mijn lichaam over de rand, zijn naam schreeuwend en trillend terwijl ik klaarkwam in een krachtige en verbazingwekkende golf. Mijn reactie nam het laatste beetje van Aidans zelfbeheersing weg en binnen enkele seconden kreunde hij mijn naam en stootte hij hard tegen me aan, terwijl hij zich in me uitstortte.

Hij stortte op me neer, niet meer in staat zichzelf overeind te houden. Ik hield hem stevig vast met mijn armen en benen, en putte de laatste kracht die ik had uit alleen maar om hem vast te houden. Toen hij van me af rolde, draaide hij me naar zich toe en legde mijn hoofd onder zijn kin.

'Jezus, ik hou van je. Claire, dit is de beste dag van mijn leven. Jou als mijn vrouw hebben... Ik kan niet eens beginnen te vertellen hoeveel ik van je hou.'

Ik kneep hem steviger vast en voelde dezelfde stormvloed van emoties. 'Ik ook', was alles wat ik kon uitbrengen. Aidan leek het te begrijpen en trok me nog dichter naar zich toe, hield me stevig vast tot zijn ademhaling vertraagde en we allebei in slaap vielen.

Man en vrouw.

HOOFDSTUK 24

DE REST VAN onze reis naar het westen ging veel te snel voorbij. Voor we het wisten, waren we weer in Winterville en keerden we terug naar ons normale leven.

Nadat we waren getrouwd, besloot ik mijn vriendinnen niet te bellen. Ik had Mandy verteld dat we verloofd waren en zij zou het nieuws verspreiden, maar ik wilde wachten en hun allemaal persoonlijk vertellen dat we besloten hadden te trouwen.

De dinsdag nadat we terugkwamen, een volle week nadat we getrouwd waren, liep ik Bijt me! binnen voor onze wekelijkse meidenavond. Aidan had Xander meegenomen om naar het nieuwe huis te gaan kijken, zodat hij wat ideeën kon opdoen over wat we moesten opknappen. We hadden besloten het geld van mijn ouders te gebruiken om mensen in te huren voor de reparaties die we niet zelf konden doen, en Xander had gezegd dat hij Aidan zou helpen uit te zoeken welke dat waren.

Aidan was ook van plan om Xander te vertellen dat we getrouwd waren terwijl ze naar het huis keken.

De vertrouwde geur van cupcakes vulde mijn neus toen

ik de deur van Bijt me! opende. Charlie keek als eerste op, zag me en glimlachte. Ze kwam vanachter de toonbank vandaan om me halverwege de tafel tegemoet te komen die de andere meiden in de hoek hadden geclaimd.

Charlie knuffelde me, waarna ik werd doorgegeven aan Sam, toen Addi, toen Lexi, en tot slot Mandy, voordat ik zachtjes op een stoel werd geduwd. Charlie zette een bordje met drie cupcakes voor me neer terwijl iedereen me feliciteerde en me bestookte met vragen over de bruiloft.

'Laat de ring eens zien,' zei Sam boven iedereen uit.

Ik stak mijn hand uit in het midden van de tafel zodat ze naar mijn ringen konden kijken, en vroeg me af of het hun zou opvallen dat ik twee ringen droeg.

'Waarom heeft hij je een tweede ring gegeven? Bewaar je die niet voor als je getrouwd bent?' vroeg Addi onschuldig.

Ik bloosde en Mandy gilde. 'Nee, echt niet. Jullie zijn getrouwd, hè?'

Ik knikte en ze sprongen allemaal op om me weer te knuffelen. 'Hoe?' 'Wanneer?' 'Waar?' vlogen in een stroomversnelling op me af. Charlie verdween, maar kwam snel terug met een fles wijn en zes bekers.

'Hier, ik kook hier normaal mee, maar het is goede wijn. We moeten toosten.'

Charlie opende de fles wijn en schonk samen met Sam glazen in die ze aan ons allemaal uitdeelden. Toen Sam naar me toe reikte, stopte ze en trok haar hand terug alsof ze zich brandde. 'Wacht, je bent toch niet zwanger?'

'Jezus Sam, serieus?' zei Mandy, maar toen aarzelde ook zij. Alle vijf keerden ze zich naar mij om en wachtten op mijn antwoord.

Ik lachte. 'Eerlijk meiden? Is dat de enige reden die jullie kunnen bedenken waarom Aidan met me zou trouwen?'

'Nee, natuurlijk niet,' zei Lexi zachtjes. 'Maar we weten allemaal dat jullie nog niet zo lang samen zijn en jullie komen getrouwd terug. Het is een enigszins redelijke vraag.'

'Nou, er waren genoeg mogelijkheden voor mij om zwanger te raken, maar nee, dat ben ik niet. We denken nog niet aan kinderen. We tekenen over een paar weken voor het huis en daar zullen we ons op richten. We genieten ook liever een tijdje van het getrouwd zijn voordat we aan kinderen beginnen. We hebben de tijd.'

Sam bekeek me een minuut voordat ze eindelijk accepteerde wat ik had gezegd. Ze gaf me het glas wijn en we hieven ze allemaal. Mandy zei: 'Op Aidan en Claire. Op een lang en gelukkig huwelijk vol met heel veel liefde.'

'En heel veel seks,' voegde Sam eraan toe.

We lachten allemaal en namen een slokje van onze wijn voordat ze weer begonnen met vragen over onze bruiloft.

'Aidan deed zijn aanzoek bij de Grand Canyon. We keken erover uit, stonden daar gewoon en hij vroeg een man in de buurt om een foto te maken, maar eigenlijk nam die vent zijn aanzoek op. Ik dacht dat hij een grapje maakte, maar ik zei natuurlijk ja. Toen we terugkwamen in het hotel probeerden we te beslissen wat we gingen doen en Aidan zei dat Vegas dichtbij was. Ik wilde naar een show, dus gingen we. We stuitten op een schattig kapelletje en besloten te trouwen. Ik sprak daar met mijn ouders en zij vonden het goed. Zodra het huis is opgeknapt, geven we een enorm feest om de bruiloft en de housewarming te vieren. Meiden, het was zo lief en geweldig. Ik had het niet beter kunnen plannen als ik er een jaar over had gedaan, maar ik ben blij dat we niet gewacht hebben. Ik ben een week getrouwd en ik weet dat het perfect is. Hij is perfect.'

'Dat is zo lief. Ik ben echt blij voor jullie,' zei Mandy.

'Aidan zou het vanavond aan Xander vertellen terwijl ze naar het huis keken.'

'Misschien krijgt hij Xander zover dat jullie ook gaan trouwen,' plaagde Sam.

'Oh, nee,' protesteerde Mandy. 'Gooi mij niet op die hoop. Ik hou van Xander, maar we leren elkaar ook nog steeds kennen. Claire en Aidan hebben jaren samengewerkt. Het is niet zo dat dit iets plotselings is.'

'Dat zeiden wij ook. We zijn al heel lang vrienden. Verloven en trouwen was de juiste stap voor ons. We wilden niet wachten omdat we allebei wisten dat we klaar waren met zoeken.'

'Ik zoek ook niet meer, maar voor Xander en mij is het nog niet het juiste moment. Ik zie mezelf wel met hem trouwen, en we hebben het erover gehad, maar het is voor ons nog niet het juiste moment.'

Ik maakte me zorgen dat Mandy aan haar relatie met Xander begon te twijfelen. Het laatste wat ik wilde, was dat haar geluk in het gedrang kwam door het mijne. Ze was als een zus voor me en ik wilde niet dat ze dacht dat Xander niet van haar hield omdat ze nog niet getrouwd waren.

Het gesprek ging om ons heen door en ik vroeg of alles goed met haar was. 'Ja. Ik ben blij voor jullie. Ik wil alleen niet dat iedereen Xander en mij nu in een huwelijk gaat duwen. Ik ben bang dat hij ervandoor gaat als hij denkt dat ik hem onder druk zet.'

'Hij houdt van je, Mandy. Hij gaat nergens heen. Maar als je er klaar voor bent om te trouwen, zou je met hem moeten praten.'

Ze haalde haar schouders op en keek naar de anderen, die nog steeds verdiept waren in hun gesprek. 'Eerlijk gezegd had ik er niet eens over nagedacht totdat jullie je vorige week verloofden. Jij en Aidan zijn korter samen dan Xander en ik en ik denk dat ik me afvraag of hij niet zoveel van me houdt als hij nog niet klaar is om zich aan me te binden.'

'Hij is aan je toegewijd, Mandy. Dat weet je. Je kunt jullie relatie niet met de mijne vergelijken. Zoals je al zei, Aidan en ik kennen elkaar al jaren. Er is niets mis mee dat jij en Xander nog niet getrouwd of verloofd zijn. Maak jezelf niet gek alleen omdat ik getrouwd ben.'

Mandy schudde haar hoofd en leek haar gedachten op een rijtje te zetten. 'Je hebt gelijk. Ik hou van Xander en dat is wat telt. We trouwen wel als de tijd rijp is voor ons.'

'Ja, dat zullen jullie. Ooh, daar heb je ze.'

Xanders ogen weken niet van Mandy en ik wist dat het niet lang zou duren voordat hij haar ten huwelijk zou vragen. Aidan knipoogde naar me toen hij dichterbij kwam, mijn gedachten lezend zoals hij al jaren deed.

'Verstoren we jullie avond, dames?' vroeg Aidan.

'Absoluut niet. We waren aan het proosten op de kersverse bruid,' vertelde Lexi hem. Aidan trok me overeind en gaf me een tenenkrommende kus voor ieders neus. Geroep en gejuich barstte achter me los toen Aidan me achterover boog om onze kus te verdiepen. Toen hij me eindelijk losliet, pikte hij mijn stoel in en trok me vervolgens op zijn schoot. Hij keek naar het bordje voor me, met nog één cupcake erop. Dezelfde cupcake die hij me maanden geleden had gevoerd op onze eerste avond uit.

Aidan trok een wenkbrauw op naar me, zijn ogen werden donkerder, en trok me dicht tegen zich aan. 'Die nemen we mee naar huis, vrouwtje. En ik ga me vermaken met het verslinden ervan, nadat ik je lichaam heb bedekt met het glazuur.'

Hij likte aan mijn keel en beet zachtjes in mijn oor, wat stootjes van genot door mijn lichaam stuurde.

Xander hief een beker en proostte opnieuw op ons, waarbij hij Mandy's woorden van geluk herhaalde. We namen allemaal nog een slok en ik keek de tafel rond naar mijn vrienden en echtgenoot. 'Xander heeft een paar geweldige ideeën voor het huis. En het ziet ernaar uit dat we alles in ongeveer zes weken klaar kunnen hebben.'

'Dat klinkt geweldig. Dan kunnen we daarna het feest geven.'

'Jep, 27 september, hou allemaal jullie agenda's vrij. Het wordt onze huwelijksreceptie en housewarmingparty. We verwachten jullie allemaal. Oh, en Charlie, we hebben een paar honderd cupcakes nodig. Sam, hopelijk kun jij wat foto's voor ons maken.'

'Natuurlijk,' antwoordden ze allebei.

We praatten allemaal over de plannen voor het huis en de receptie en over de rest van de zomer. Na een tijdje begon iedereen te vertrekken. Aidan en ik stonden op met Xander en Mandy en liepen samen naar buiten, met de laatste cupcake.

We namen afscheid van onze vrienden en liepen richting ons appartement. 'Kom op, vrouwtje, ik neem je mee naar huis en ik ga met je vrijen.'

Ik glimlachte. Het leven kon niet beter worden dan dat.

EPILOOG

LEXI

'Op Claire en Aidan,' klonk het in koor om me heen. Ik hief mijn glas en proostte op het stel. Claire en Aidan vierden hun bruiloft en nieuwe huis en iedereen was gekomen om hen te feliciteren.

Ik was blij voor ze. Hoewel ik Claire nauwelijks kende toen ze trouwden, mocht ik haar echt. Aidan leek ook goed voor haar te zijn. Hij haalde haar uit haar schulp en hielp haar te helen, iets wat haar vóór Aidan duidelijk niet was gelukt.

Ik nam een slokje van mijn champagne en wenste dat ik in plaats daarvan een biertje had. Er was ergens wel bier, maar voor de toespraken deelden ze champagne uit. Mandy sprak, daarna de vader van Claire en toen de vader van Aidan. Het was lief.

Nu ik Claire de afgelopen maanden had leren kennen, realiseerde ik me hoe belangrijk het voor hen was dat hun ouders er waren en gelukkig waren. Claire werkte harder dan bijna iedereen die ik kende, en Aidan kwam vlak na haar. Het was haar gelukt om haar programma op tijd voor het schooljaar van de grond te krijgen en ze had het als eerste naar Addi's school gebracht. Never Alone ging van start met een overweldigende respons van de leraren en ouders. De leerlingen tot wie Claire zich als eerste richtte, accepteerden haar boodschap en Addi zei dat er een paar leerlingen waren die naar voren stapten om anderen te helpen nadat ze Claire hadden horen spreken.

Never Alone bleek een enorm succes te zijn. Net als hun huwelijk en nieuwe huis.

Xander en Aidan hadden aan het nieuwe huis gewerkt en er iets werkelijk spectaculairs van gemaakt. Toen de toespraken voorbij waren, dwaalde ik met een biertje door het huis. De keuken was volledig gestript en vervangen door nieuwe kastjes, aanrechtbladen en apparatuur. De oorspronkelijke hardhouten vloeren liepen door het hele huis en vulden de kasten aan, waardoor de hele ruimte met elkaar verbonden werd.

Een enorme bank vulde de woonkamer, een waar ik me op wilde uitstrekken. Ik glimlachte in mezelf bij de gedachte dat Claire en Aidan de bank inwijdden. Ik hoopte dat ze dat hadden gedaan. Ik dwaalde verder, langs Claires kantoor aan huis, een berging, een logeerkamer, en eindigde uiteindelijk in de slaapkamer van Claire en Aidan.

Ik keek snel rond, omdat ik hun privacy niet wilde schenden. Een kingsizebed domineerde de kamer met bijpassende ladekasten en nachtkastjes. Een grote foto van Aidan op één knie voor de Grand Canyon hing aan de ene kant van de kamer en een andere grote afdruk van hun bruiloft aan de andere kant. Het was duidelijk een plek waar ze veel liefde deelden.

Liefde.

Het was een vreemd woord voor me. Een woord dat ik nauwelijks hoorde, behalve als een van mijn ouders iets wilde. Als kind van gescheiden ouders werd ik heen en weer geschoven en door beide ouders gemanipuleerd. Liefde was niet iets wat ik goed kende.

Ik denk dat ik me daarom zo tot Claire aangetrokken voelde toen zij en Aidan net een relatie hadden. Ik had het gevoel dat ik iemand had ontmoet die hetzelfde over liefde dacht als ik.

Uiteindelijk ben ik blij dat Claire niet zoals ik was. Ik ben blij dat ze in staat was haar hart open te stellen en liefde te accepteren. Ik wilde niet dat iemand anders hetzelfde lot zou ondergaan als ik. Liefde leek me iets prachtigs. De mensen die ik kende die beweerden verliefd te zijn, waren meestal gelukkig, en als ze dat niet waren, hadden ze iemand om hun verdriet mee te delen.

Maar ik niet. Ik was alleen.

Nou ja, niet helemaal. Ik had mijn nieuwe vrienden. Ik had Charlie. En als ik hem nodig had, had ik ook Mike.

'Waar is Mike vanavond?' vroeg Charlie, die mijn gedachten onderbrak toen ze me in de kamer van Claire en Aidan vond.

Ik wierp haar een gegeneerde blik toe, maar Charlie haalde alleen haar schouders op. Het deerde haar niet dat ik in de slaapkamer was.

'Hij is thuis, denk ik. Ik weet het niet echt zeker.'

Mike was mijn vriend met voordelen. We hadden al heel lang iets, maar onze relatie was puur lichamelijk. Hij was niet mijn vriend en dat vond ik prima. Ik had het zelfs liever zo. Het was makkelijker.

'Ik weet niet of ik je ooit zal begrijpen. Ik kan niet met een man naar bed tenzij het meer is dan alleen seks.'

Ik haalde mijn schouders op. 'Het werkt voor mij.'

Charlie en ik kenden elkaar al jaren. Ze wist van mijn ouders, maar ik had haar nooit de details verteld over de manier waarop ze me hadden behandeld, hoe ze mijn liefde voor hen hadden gebruikt om elkaar pijn te doen. Het was mijn geheim om te dragen, mijn probleem. Mijn verleden.

'Ik weet dat het zo is. Ik maak me alleen zorgen dat je uiteindelijk gekwetst zult worden.'

Ik lachte. Je moest een hart hebben om gekwetst te worden, maar dat deelde ik niet met Charlie. Ik wist dat ze me niet zou geloven als ik haar vertelde dat ik er geen had. Ze was een romanticus, en zo zoet als haar cupcakes. Ze kon zich niet voorstellen dat ik zo harteloos was als ik wist dat ik was. Natuurlijk had het me in mijn carrière geholpen om harteloos te zijn. Ik kon met elke man de strijd aan en liet mijn emoties niet de overhand krijgen.

Zo heb ik Mike ontmoet.

Als een van mijn collega's en manager van Gebouw X-7L, een van de productiegebouwen bij EAAC Pigments, had Mike me in actie gezien. Hij wist dat ik fel en onbuigzaam was. Hij wist ook dat ik vurig en gepassioneerd was. Ik leefde dat uit in mijn werk, en hij had me meer dan eens verteld dat ik dat ook naar de slaapkamer bracht.

Daarom werkten Mike en ik goed samen. We konden ruziemaken op het werk, en dat deden we constant, om die agressie vervolgens in de slaapkamer eruit te werken. Het was wat we allebei nodig hadden. Geen emotioneel gedoe, geen gevoelens, alleen seks. Hete, bezwete, gepassioneerde seks.

'Ik beloof je, ik zal niet gekwetst worden,' verzekerde ik Charlie. Ze maakte zich altijd zorgen om me. De waarheid was dat zij degene was die waarschijnlijk gekwetst zou worden. Charlie werd sneller verliefd dan ik van ondergoed wisselde. Ze was als kind in de steek gelaten door haar ouders en werd opgevoed door haar oma. Toen haar oma stierf, vertelde ze me dat ze een beetje instortte. Ze was er niet op voorbereid om alleen te zijn en sindsdien was ze op zoek naar liefde, om die vervolgens keer op keer in haar gezicht te laten ontploffen.

Dat ging ik niet meemaken. Ik kende de waarheid over liefde. En ik zou het risico niet lopen dat het me weer pijn zou doen.

'Niemand zal het merken als we een paar minuten weg zijn,' zei een fluisterende stem buiten de slaapkamerdeur. Charlie en ik keken elkaar aan en liepen toen naar de deur.

Een zacht gegiechel trok aan mijn diepste wezen. Ze klonken gelukkig. Ik hoopte dat ze dat waren. Het frustreerde me echter. Zo vertrouwend zijn, zo zorgeloos... Ook maar één keer zou ik me graag zo voelen. Me geen zorgen hoeven te maken over hoe erg de boel in mijn gezicht zou ontploffen. Maar dat deden ze altijd.

'Aidan, we hebben gasten,' Claire's protest eindigde in een zacht gekreun, een waar Aidan zeker op had gemikt. 'Nou, als we snel kunnen zijn,' stemde ze uiteindelijk toe.

De deur zwaaide open en Charlie en ik waren betrapt. 'We gingen net weg,' zeiden we tegelijk terwijl we de deur op slot deden en achter ons dichttrokken. Ik hoorde hun gelach een seconde voordat er weer een gekreun in de lucht hing.

Verdomme. Alleen al het geluid wond me op. 'Ik moet Mike bellen als ik hier wegga.'

'Doet al dat 'en ze leefden nog lang en gelukkig' je je regeling heroverwegen?'

Ik schudde mijn hoofd. 'Nee. Onze regeling is goed. Bovendien zijn we allebei in de running voor die promotie. Als een van ons die krijgt, moeten we sowieso stoppen met wat we hebben.'

'Waarom?' Charlie keek verbijsterd.

'Wie de baan krijgt, wordt de baas. Ik kan niet met iemand slapen die voor me werkt. Het zou te... ingewikkeld worden.' Een puinhoop. Moeilijk. Lelijk. Kies maar, het was niet goed. Nu we op gelijke voet stonden, konden we een fysieke relatie hebben en was het geen probleem. Als ik de baas van Mike was, of hij die van mij, zou seks een manier worden om de ander te manipuleren. Een extra orgasme om zijn kant te kiezen bij een kwestie, uit eten voor het krijgen van de betere werknemers, meer seks voor meer geld.

Daar ging ik niet aan beginnen.

Dus hoewel ik hoopte dat ik de baan zou krijgen, wilde een deel van me dat de dingen bleven zoals ze waren. Comfortabel. Gelijkwaardig.

Jammer dat ik de uitkomst niet in de hand had.

Hartelijk dank dat je Claire en Aidan hebt leren kennen! Ik hoop dat hun verhaal je heeft geraakt, net als mij!

De serie gaat verder met het verhaal van Lexi. Ze heeft nooit liefde gewild. Het heeft te veel schade aangericht tijdens haar jeugd om het haar volwassen leven te laten verpesten. Ze was gelukkig met haar 'vriend met voordelen'-relatie met Mike. Maar wanneer hij haar baas wordt en weigert een stap terug te doen, moet ze beslissen of er meer in het leven is dan werk. Haal nu jouw exemplaar van *Vormvol en verbluffend*!

Wil je iets met een beetje meer spanning? Begin vandaag nog met mijn romantische thrillerserie. Ze is een vrouw met rondingen die de liefde zo goed als heeft opgegeven. Hij is de beste vriend van haar broer en een sexy, stoere SEAL. Samen moeten ze zijn broer vinden, en misschien ook wel elkaar. *Vrijheid* is nu verkrijgbaar.

Hier vindt u al mijn Nederlandstalige boeken.

OVER DE AUTEUR

USA TODAY Bestsellerauteur Mary E Thompson bracht het grootste deel van haar jeugd door met de wens dat ze wat minder rondingen had. Ze verschool zich in de bladzijden van boeken, omdat haar favoriete personages er nooit om gaven welke kledingmaat ze had. Nu kan het Mary ook niets meer schelen en schrijft ze verhalen die vrouwen zoals zij vieren. Echte vrouwen die rondingen hebben, hun dromen najagen en de liefde vinden, want we zouden allemaal gelukkig moeten zijn, ongeacht onze kledingmaat.

Haar vrije tijd brengt Mary door met haar man en twee kinderen, waarbij ze te veel tv kijkt, haar plaatselijke voetbal team aanmoedigt (Go Bills!) en chocola voor haar gezin verstopt.

Bezoek https://maryethompson.com/pages/nederlands om je aan te melden voor Mary's nieuwsbrief. Abonnees ontvangen gratis e-books en andere leuke dingen, zoals exclusieve content en winacties alleen voor leden. Bovendien horen ze als eerste over nieuwe boeken en aanbiedingen!

www.ingramcontent.com/pod-product-compliance
Lightning Source LLC
Chambersburg PA
CBHW020753310726
48969CB00002B/516